KB152994

이강백 희곡전집

일천구백칠십오년부터 일천구백칠십구년까지의 작품들

두 번째 묶음

이강백 희곡전집

일천구백칠십오년부터 일천구백칠십구년까지의 작품들

두 번째 묶음

이강백 희곡 전집 두 번째 묶음

차례

지은이의 머리글

1975년부터 1979년까지의 작품들에 대하여

1971년부터 1974년까지의 희곡들은 이미 출간된 제1집에 수록되었고, 이 책 제2집에는 1975년부터 1979년까지의 다섯 해 동안에 쓴 여섯 편의 희곡들을 수록하였다. 그러므로 두 책엔 70년대에 내가 쓴 희곡 거의 전부가 들어 있는 셈이다.

연극은 그 시대의 거울로서, 그 시대의 고통과 기쁨을 가장 민감하게 반영해 준다. 그런 점에서 연극은 다른 예술에 비해 사람들에게 강한 호소력을 갖고 있지만, 시대가 변한 뒤에는 그때 씌어진 희곡의 호소력이 퇴색해 버리는 경우가 허다하다. 그래서 극작가들은 시대가 변한 뒤에도 오랫동안 생명을 유지할 수 있는 작품을 쓰고자 고심(苦心)하고, 각자 나름대로의 독특한 방법을 개발해낸다. 나의 경우는, 제1집의 머리글에서도 밝혔듯이, 우화(寓話)적인 방법을 통해서 그러한 문제에 대응해 보고자 했던 것이다.

그러나 70년대에 씌어진 내 희곡들의 무대 공연을 본 사람들은, 그 시대를 뛰어 넘는 방법으로서의 우화적 필요성보다는, 70년대라는 상황을 어떻게 표현하느냐의 방법론적인 필요성 때문에 우화적 형식을 택한 것 같다는 인상이 더 강하게 느껴진다고 한다. 사실 제1집에 수록된 「알」, 「파수꾼」, 「내마」를 그러한 측면에서 말하는 사람들이 많고, 이 책 제 2집에 수록한 「미술관에서의 혼돈과 정리」, 「개뿔」에 대해서도 같은 의견을 많이 들었다.

70년대의 상황, 특히 정치적 경직화에서 빚어진 상황을 어떤 방법으로 표현할 수 있겠느냐에 대해서는 여러 가지가 있을 수 있겠지만, 무대 위에서의 공연을 목적으로 하는 희곡은 사전 심사를 받아야 한다는 제한된 조건이 있다. 그러므로 극작가들은 시대적 상황을 직접적으로 묘사할 경우 공연 금지를 당하게 된다는 심리적 부담감을 갖고 있기 때문에, 상황에 대한 직접적인 방법이 아닌 다른 우회적 방법을 모색하게 된다. 그러한 우회적 방법은 상징, 은유, 해학을 만들어낸다는 성과를 거두기도 하지만, 대개는 곧장 질러갈 수 있는 길을 놔두고 멀리 돌아서 가는 것처럼 답답하고 비효과적일 때가 많다. 그 이유 때문인지 70년대의 희곡은 소설이나 시에 비해서 시대적 상황을 구체적으로 다룬 작품의 수효가 많지 않고, 70년대 소설이나 시가 거둔 성공적인 작품과 견줄 만한 작품이 눈에 뜨이지 않는다. 어쨌든 그 책임은 극작가에게 있는 것이지만, 70년대 상황이 극작가들에겐 더욱 곤혹스러웠다는 점을 지적해 두고자 한다.

70년대 상황에 대한 곤혹스러움은 나를 우화적인 방법에 더욱 더 집착하게 만들면서도 한편으로는 과연 그 방법이 효과적이겠느냐는 의문에 사로잡히게 하였다. 따라서 70년대 후반기에 속하는 작품들은 나 자신의 그 이율배반적 태도 때문에 뭔가 자신감이 결여된 듯한 상태에서 머뭇거리고 있는 인상을 준다.

그러한 인상을 주는 작품 중에 하나가 「보석과 여인」이라고 할 수 있겠는데, 이 희곡은 1975년 9월에 한국 극작 워크숍의 『단막극선집』 제3집에 발표한 작품이다. 이 희곡은 같은 해 겨울에 〈극단 자유극장〉이 김정옥(金正鈺) 선생 연출로 〈까페 떼아뜨르〉에서 공연할 예정이었다. 대본

인쇄를 하고 배역까지 정했던 그 공연은 〈까페 떼아뜨르〉 경영주 이병복(李秉福) 씨가 계속되는 적자 때문에 다른 사람에게 팔아버림으로써 취소되었다. 사실 이 희곡은 〈까페 떼아뜨르〉라는 관객 100여 명 규모의 조그만 장소를 염두에 두고 썼었으며, 그 장소에서 공연되지 못했을 때의 실망은 매우 컸다. 그 뒤 「보석과 여인」은 4년이란 긴 세월이 흐른 1979년에 강영걸(康英傑) 씨의 연출로 〈창고극장〉에서 초연되었다. 「보석과 여인」에 대한 공연평은 유민영(柳民榮)선생이 「주간 조선」에 썼던 것으로 기억되는데, 「피의 결혼」을 쓴 스페인의 극작가 로르카를 연상시키는 그 무엇이 있다고 하였다. 자신감이 없이 엉거주춤한 상태에서 씌어진 「보석과 여인」에 대한 이 과분한 평은 나를 몹시 부끄럽게 만들고 자성(自省)케 하였다.

「올훼의 죽음」은 1975년 11월호 『월간 문학』에 발표하였던 희곡이다. 이 희곡은 추송웅(秋松雄) 씨가 나에게 의뢰했었던 1인극으로서, 역시 〈까페 떼아뜨르〉라는 공연장소를 전제로 하고 썼었다. 그러나 앞에서도 말했듯이 그곳은 다른 사람에게 팔려 연극과는 전혀 상관없는 장소가 되어 버렸고, 추송웅 씨 또한 「올훼의 죽음」에 대해 작품으로서의 불만을 가진 탓인지 다른 장소에서도 공연하지 않았다. 훌륭한 재능과 명성을 가진 배우라면 1인극을 꼭 하고 싶어하는데, 그러한 현상이 생긴 것은 70년대에 1인극이 관객들의 굉장한 호응을 받아 대성공을 거둔 영향 때문이라고 할 수 있다. 그러나 내 개인적인 견해로서는, 1인극은 외도(外道)이지 정도(正道)는 아니라고 여겨진다.

「결혼」(제1집 수록) 「보석과 여인」 「올훼의 죽음」은 〈까페 떼아뜨르〉와 밀접한 관계가 있다. 극장, 즉 연극이 공연되는 공간이 희곡에 미치는 영향은 매우 큰 것이다. 저녁 7시부터 8시까지의 한 시간 정도의 공연, 100여 좌석 정도의 조그만 규모, 공연이 끝난 뒤엔 배우와 극작가와 관객들이 커피나 홍차를 마시면서 담소(談笑)할 수 있었던 그 장소는, 나뿐만이 아니라 다른 극작가들에게도 상당한 영향을 주어서 많은 단막극을 쓸 수 있는 계기를 마련해 주었었다. 지금은 그러한 역할을 해주는 공연장소가 없기 때문에 단막극 공연이 드물고, 단막극을 쓰면 공연이 안된다는 점에서 극작가들이 아예 단막극을 쓰려고 하질 않는다. 신춘문예라든가 문학잡지를 통해서 연극계에 발을 내딛은 신예 극작가들이 단막극을 좀 더 써야할 필요가 있음에도 불구하고, 처음부터 무리하게 장막극에 손을 대는 것은 단막극의 공연이 불가능하다는 현실에 원인이 있다.

「우리들 세상」은 1975년에 문예진흥원 창작 지원금을 받아 쓴 희곡인데, 그 당시 문예진흥원 계획으로서는 매년 오륙 명의 극작가들을 선정해서 창작 지원금을 주고, 작품을 쓰도록 하여, 그 작품을 모아 '희곡은행 제도' 를 운영함으로써 직업극단이나 아마추어 극단들이 활용할 수 있도록 하자는 것이었다. 그러한 바람직한 계획은 '새마을 정신에 맞는 작품' 이어야 한다는 목적을 내세운 탓에 수포로 돌아갈 수밖에 없었다. 특정한 목적이 아닌, 창작의 자유를 보장했더라면 '희곡 은행 제도' 가 매우 훌륭한 구실을 할 수 있었다는 점에서 유감스럽게 생각한다.

1975년 그 해에는 정책적으로 각 지방의 소인극단(素人劇團)을 한 자리에 모아 경연대회를 열고, 그 경연대회에 공연할 희곡으로서 문예진흥원 창작 지원금을 받은 극작가들의 작품을 지정했었다. 나는 무슨 사정 때문이었는지 이젠 기억나질 않지만, 장충동 국립극장에서 열렸던 그 경연대회에 가 보질 못하였다. 그래서 「우리들 세상」의 초연(初演)에 대해서는 쓸 말이 없다. 다만 그 공연을 보았던 이근삼(李根三) 선생이 뒷날 나를 우연히 만난 장소에서 지적하기를, 「우리들 세상」 뒷부분을 없애버리는 것이 좋겠다고 하였다. 즉, 벙어리 소녀인 바람이 다른 등장인물들이 교활하게 맡겨 놓은 무거운 추(錘)가 달린 줄을 홀로 붙잡고 고통을 겪는 장면이 매우 인상적인데, 실제로 경연대회에서 어느 소인극단이 그 장면으로 끝을 맺는 공연을 하더라는 것이었다.

「미술관에서의 혼돈과 정리」는 1975년 『연극 평론』 겨울호에 발표한 희곡이다. 이 작품은 우리 나라의 현대사(現代史)를 단 한 편의 희곡에 담아 보겠다는 거창한 욕심을 갖고 썼었다. 진열된 예술품들이 모조리 도둑 맞아 없어져버린 미술관, 그것은 일제(日帝)의 식민지 통치 시대를 겪고난 우리의 참담한 모습이었으며, 과거의 영광에 집착한 망상(妄想)적인 주인과, 예술품이 없어진 그 자리에 그림과 조각 노릇을 하고 있는 무기력한 등장인물들, 그리고 '바악' 이라는 등장인물에 의해서 진행되는 새로운 변환, 그것은 내 눈에 비친 우리들의 모습이었다. 이 작품을 쓸 때 나는 악몽을 꾸곤 하였다. 그 악몽이란 거대한 공룡과의 싸움이었는데, 내가 칼로써 공룡의 목을 치면 다시 그 잘린 자리에 새로운 목이 나타나는 그런 꿈이었다. 자르고 잘라도 계속 나타나는 그 공룡의 목은, 이 희곡을 쓰는데 있어서 힘이 벅찼음을 의미한다. 마지막 장을 쓰고난 날 밤의 꿈은, 공룡이 죽어서 내가 그 공룡의 시체 위에 흙을 덮어 주고 있었다. 그런데 흙을 다 덮고난 뒤 바라보니, 그 공룡은 죽은 것이 아니라 살아서 꿈틀꿈틀하는 것이었다. 즉, 그 꿈은 공룡을 죽이지 못한 상태에서 작품을 끝냈음을 의미하고, 아울러 우리의 현대사에 품고 있는 두려움을 의미하기도 한다. 「미술관에서의 혼돈과 정리」는 1976년 방태수(方泰守) 씨의 연출로 〈극단 에저또〉에 의해서, 국립극장 소극장에서 5월 29일부터 6월 2일까지 초연되었고, 곧이어 장소를 쎄실극장으로 옮겨 연장 공연되었다. 방태수 씨의 연출 특징을 잘 살린 무대를 만들었지만 흥행에는 대참패였다.

1976년에는 단 한 편의 희곡도 쓰지 못하였다. 그 이유는 「미술관에서의 혼돈과 정리」의 흥행이 대참패로 끝났다는 데에 원인이 있다. 극단 자체가 빚을 잔뜩 진 형편에서 작품료를 달라는 말을 할 수도 없었고, 거창한 욕심을 내었던 희곡이 아무런 반응을 받지 못한 허탈감이 겹쳐서 의기소침해졌다.

「내가 날씨에 따라 변할 사람 같소」는 1977년 11월호 『한국 연극』에 발표한 희곡이다. 이 작품은 그 해 장마철 동안에 썼었다. 의기소침한 상태는 계속되고 있었으며, 나를 둘러싼 모든 여건들이 전혀 개선될 가망이 없는 채 그대로 굳어 버릴 것만 같은 두려움이 장마철의 후덥지근한 무더위와 혼재(混在)하고 있었다. 「내가 날씨에 따라 변할 사람 같소」는 1978년 6월 7일부터 13일까지 쎄실극장에서 초연되었다. 연출은 김도훈(金道勳) 씨였고 극단은 〈실험극장〉이었다. 조동호(趙東鎬) 씨 작곡에 김명수(金明洙) 씨가 안무를 맡아서 뮤지컬로 변형하여 공연한 이 작품은, 나 자신이 변신(變身)을 꾀해 보는 시작(試作)으로서, 내 희곡에서는 볼 수 없었던 사랑과 유머를 작품의 기조로 삼았다. 연극 평론가 한상철(韓相喆) 선생은 이 작품에 대해서 지적하기를 '그것은 작가가 생의 기쁨과 즐거움은 물론 생의 슬픔과 괴로움까지도 모두 포용해 보려는 의지의 발로라고 하겠다. 좋은 날보다 나쁜 날이 많은 인생에게 무엇인가 기쁨을 주어야겠다는 것이 작가의 생각이다. 그래서 그는 비(雨)라는 우울한 현실에 터무니없는 환상이지만 꿈과 희망을 심어 보려 했다. 꿈이 현실이고 현실이 꿈이었으면…… 하는 생각을 생각으로만 끝내지 않고 정말 현실로 화하도록 했다. 그런데 바로 그 점에서 이 극은 약간의 파란을 불러들이지 않았나 생각된다. 그는 꿈이 현실에 의해 언제나 파괴되는 것을 극 속에서만은 그 반대가 되어보도록 했지만 실은 극은 현실 그 자체보다 더 큰 리얼리티를 갖는다는 원리에서 벗어나 있다.' 이러한 한상철 선생의 지적은 핵심을 찔렀다고 할 수 있다. 즉, 극이라는 것 자체가 허구적일 수만은 없는, 오히려 현실보다 더 큰 리얼리티를 갖지 않으면 안된다.

70년대의 마지막 해인 1979년에 「개뿔」이 공연되었다. 이 작품은 대사가 없는 무언극(無言劇)이다. 사실 이 무언극에 대해서는 밝혀 두어야 할 에피소드가 있다. 나는 「개뿔」이란 제목을 가진 원고지 350매 가량의 대사가 많은 희곡을 썼었는데, 그것이 〈극단 가교〉의 신청으로 제3회 대한민국 연극제에 선정되어 있었다. 그리고 연출은 1년간 뉴욕에가 있었던 이승규(李昇珪) 씨가 돌아와서 맡기로 되어 있었다. 그러나 돌아온 이승규 씨는 뉴욕에서 보았던 감동적인 무언극 이야기를 꺼내면서, 나더러 무언극 대본을 쓴 것이 있느냐고 물었다. 나는 내가 썼던 제목이 없는 무언극 대본 2편을 보여 주었는데, 그 중에 하나가 마음에 든다고 하였다. 문제는 이미 연극제에 선정된 「개뿔」 대신 그 무언극을 공연할 수 있는 방법을 찾아야 했다. 그래서 내용은 그 무언극으로 하고 제목만은 「개뿔」로 하자는 편법을 사용하였다. 이 무언극 공연은 예상

외의 충격을 가져와서, 70년대 상황에 정면도전하는 연극으로 평가되었다. 또 하나 우연치고는 놀라운 사건은, 「개뿔」이 공연된 때가 10월 4일부터 10일이었는데, 그 직후 10월 26일에 박정희 대통령이 시해되었고 유신체제가 무너졌다.

70년대의 내 희곡들을 총괄하면서 「개뿔」의 공연 팸플릿에 내가 쓴 글을 인용하고 싶다. '결국 우리는 살아남기를 선택한 자들이다. 그러므로 죽은 쪽을 택한 자들에 비해 명예롭지도 못하고, 또한 그 어떤 위로와 동정으로써 달래본다 할지라도, 살아 남았다는 그 수치스러운 느낌은 지워버릴 수가 없다. 침묵은 죽은 자들에겐 당연한 것이 된다. 그러나 살아 남은 자들에겐 용납될 수 없는 것이다. 두뇌와 팔 다리를 움직이지 않는 죽은 자에 비하여, 산 자는 끊임없이 자기 자신을 움직이지 않으면 안된다. 바로 이것이 우리가 견디어야 할 삶의 고통이며, 치러야 할 의무이다.'

무엇인가를 해야 한다 - 그것이 살아 있는 사람들의 일이며 나에게는 희곡을 쓰는 일이다. 내가 평생 쓰는 희곡을 책으로 내겠다는 평민사의 언약은, 평민사의 발행인이 바뀐 뒤에도 변함없이 지켜지고 있다. 그 점에 대해 깊은 감사를 드린다.

보석과 여인

· **등장인물**

그이

그녀

남자

· **무대**

보석세공인(寶石細工人)의 방. 어떤 날 아침. 밤새껏 보석을 다듬던 그이는 죽어가고 있다. 독이 퍼지듯이, 처음엔 다리부터 차츰차츰 머리 쪽으로 그이의 육신은 재로 변한다. 마침내 멈춰지는 보석 연마기(硏磨機). 재가 된 그이의 손 위에 갓 다듬어진 보석이 남아 있다.

방의 구석진 곳에서 그이의 죽음을 지켜보던 남자, 회색의 넓다란 보자기를 펼쳐 그이를 덮어 준다. 잠시 침묵. 남자는 보자기 밑으로 손을 넣는다. 한 웅큼 재를 꺼낸다. 손가락 사이로 그 미세한 가루가 흘러내려 흩어진 것을 바라본다.

그녀가 들어온다. 그이와 치를 결혼식을 위해 순백(純白)의 옷을 입고 있다. 처음에 그녀는 방안의 광경을, 그 광경의 의미를 이해하지 못한다.

남자 부드럽군요.

그녀 (침묵)

남자 가벼웁기도 하구요.

그녀 (침묵)

남자 아가씨, 난 그저 이렇다는 생각밖엔 안 듭니다.

그녀 어떻게 된 거죠?

남자 부드러움…… 그뿐입니다, 아가씨.

그녀 (비로소 경악하며) 설마 그이가…….

남자 지금 이렇게 재가 되어 휘날리고 있습니다.

그녀 전 그이의 부인이에요. 뭔가 이상했죠! 어제 밤 늦게 당신이 그이를 뵙겠다구 왔을 때 왠지 섬 했어요. 말씀 좀 해보세요. 당신이 밤새껏 그이와 여기 이 방에 계셨잖아요?

남자 부인, 아니 아직 결혼식을 치르지 않으셨으니까 아가씨라야 옳겠지요. 하지만 원하신다면 부인이라 불러는 드리지요. 아, 그런 눈으로 날 보지 마십쇼. 내가 뭘 어떻게 했다는 건 아닙니다. 어젯밤 부인께서 문을 열어 주셨을 때, 그때 내가 들고 왔던 그 작은 상자를 의심하시는가 본데……

그녀 그래요. 그 속엔 뭐가 있었죠?

남자 돌입니다.

그녀 돌?

남자 네. 어떤 돌은 말입니다, 사람들이 다듬어서 보석을 만들지요. (보석을 가리키며) 이걸 보십쇼. 부인의 그이께서 밤새껏 다듬으신 겁니다. 참, 다시 없는 솜씨에요. 여든 여덟, 이 각면체(角面體)들이 서로 치밀하게 아물려서 한 점 빈틈이 없거든요. 부인, 이건 보석으로서의 가장 완전한 모양입니다. 일단 이 안으로 들어온 빛은 밖으론 절대 새어나갈 수가 없습니다. 그래서 시간이 오래될수록 이 보석의 내부엔 자꾸만 빛이 축적되는 겁니다. 마침내는 하늘에서 방금 뜯어내 온 별처럼 찬란하다 못해…… 그렇습니다, 부인. 이건 한낱 여인을 장식하기보다 저 장엄한 하늘의 별이 되어야 하는 겁니다.

그녀 그런 건 상관없어요. 저에게 지금 소중한 건 그이에요. 어디 계시죠, 그인?

남자 바람에 흩어지고 있군요.

그녀 제발 좀 저에게 가르쳐 주세요.

남자 그인 계약을 어기셨습니다. 보석을 이런 완전한 모양으로는 다시 깎지 않겠다는. 그런데 그걸 어기신 겁니다. (보석을 내밀며) 사랑하는 부인께 대신 이걸 전해 달라 하시더군요.

그녀 그이가 안 계신다면, 아, 이런 것이 무슨 소용 있겠어요!

남자 진정하십시요, 부인. 이렇게 깎여진 보석은 세상에서 단 하나 이것뿐입니다.

그녀 하나라구요! 수천 개인들 그게 무엇일까요! (보석을 내던지며) 아무 소용없어요, 저에게. 그이면 됐던 거예요. 그이라면 다 황홀하게 꾸미고도 남았어요! 오, 차라리 저에게 재앙을 주세요! (비탄으로 울부짖으며 나간다)

남자 (보석을 주워들고) 쯧쯧, 인간들이란 가장 완전하며 가장 소용 없는 걸 만든단 말이야. 난 이해 못 하겠어. 기껏 그들 꼴을 보며 웃는 수밖에. (키득키득 웃는다) 웃는 것도 싫군. 그저 이 돌을 하늘에 던져 올려 별이나 만들자.

암전(暗轉). 울려 퍼지는 결혼 축하곡. 사원(寺院)의 종소리. 사람들의 환호성이 거리를 메운다.
그이는 창 밖을 바라본다. 노인. 구부러진 허리. 백발(白髮). 살갗은 고목의 껍질 같다. 그이는 한숨을 쉰다.
남자, 어느 사이에 들어와 구석진 자리에서 지긋이 한탄하는 그이를 지켜본다.

남자 어찌 그리 탄식을 하십니까?
그이 당신은? 당신은 누구요?
남자 아, 저 환성은 하늘까지 흔들릴 정돕니다. 도시가 온통 야단났군요. 노래 부르며 어울려 떠들고 그리곤 마셔댑니다. 그런데 오직 당신만이 한숨을 쉬시다니. 오, 그건 뭡니까? 당신의 손가락 사이에서 빛이 쏟아집니다!
그이 (쥐었던 손을 펼쳐 보석을 드러내 보인다.)
남자 보석 아닙니까?
그이 그렇소.
남자 놀랍군요! 세상을 두루 돌아다닌 난데, 이런 건 처음 봅니다!
그이 마침내 깎아낸 거요. 완전한 모양의, 그 비법의 세공술을 터득해냈소. (한숨을 쉬며) 그러나 왠지 기쁘지가 않구려.
남자 왜요? 왜 기쁘지 않으시다는 겁니까?
그이 난 이것 때문에 일생을 다 바쳤소. 친구 하나 사귀지 않았고, 뭇 처녀들이 문 앞에 모여와 소곤거려 불렀는데도 난 그저 홀로 이 어두운 방에 틀어박혀 보석을 다듬고 있었소. 낮과 밤도 몰랐소. 계절이 어떻게 바뀌는지 모두 내 알 바 아니었소. 오로지 완전한 모양의 여기 이런 것을 깎고자 했던 거요.

남자 그런데 오늘에야 이루셨군요.

그이 (손바닥 위의 보석을 뚫어지게 바라보며) 그렇소. 하지만 내가 지금까지 이 완전한 것을 바라왔던 건, 나 자신의 기쁨을 위해서는 아니었던 것 같소. 내 말을 알겠소? 내가 갖기 위해서, 내 소유가 되는 것만으로 만족하려 했다면 난 지금 이렇게 탄식하고 있을 리 없지 않겠소?

남자 글쎄요…….

그이 내가 지금까지 이 완전한 것을 바라왔던 건, 알고 보니, 남을 주는 기쁨 때문에 그랬던 것 같소.

남자 오, 이제야 알 것 같습니다. 나도 그런 경험이 있었거든요. 난 어떤 희귀한 씨앗을 얻어서, 그걸 심고 가꿔 아름다운 한 송이 꽃을 피우게 되었었습니다. 물론 그렇지요, 나 혼자 보기 위한 꽃이라면야 그렇게 애를 쓰고 공들여 가꾸진 않았을 겁니다. 그저 볼품없는 꽃일지라도 혼자 만족할 순 있으니까요. 그러니 그 희귀하고 아름다운 꽃은 타인에게 주고자 했던 겁니다. 하지만 결국은 어떻게 되었는지 아시겠습니까? 막상 꽃을 꺾어 들고 돌아다녀 보니 그걸 줄 만한 사람이 없더군요. 이 집 저 집 창문만 기웃거리다가 마침내는 돼지우리 속에 던져 버리고야 말았습니다.

그이 (신음처럼 깊은 탄식을 한다.)

남자 바로 그런 경우가 아닙니까, 탄식하시는 건?

그이 그렇소.

남자 참으로 묘한 일이군요. 일생을 다 바쳐 마침내 바랐던 걸 성취 하고서도 한탄해야 하니 말입니다.

그이 이 부질없는 것에 평생을 매달렸다니…….

남자 전혀 없습니까, 드릴 만한 사람이?

그이 있다면야 왜 내가 후회 하겠소? 보시오, 나를. 머리는 새하얗고 허리는 굽어 버렸소. 목소리는 쉬어 터졌으며 살갗은 어느새 흉칙하게 찌그러졌소. 어리석다는 건 바로 이렇소. 차라리 이따위 걸 소망하기보다 한 여인을 사랑하는 쪽이 더 옳았던 것 같소. 더구나 오늘 거리엔 결혼식의 행렬이 지나갔소. 난 어여쁜 신부를 보았소. 그리고 하염없이 울었소. 만약 나에게 다시 젊음을 준다면, 한 번 다시 젊음을 준다면…….

남자 왜 말씀을 그만 두십니까?

그이 아, 그건 불가능한 거요.

남자 궁금한데요. 다시 젊음을 준다면 어떻게 하시겠습니까?

그이 한 여인을 사랑하겠소.

남자 글쎄요. 그것 역시 결국엔 후회되지 않을까요?

그이 아니요. 난 결코 후회하지 않을 거요!

남자 사랑 역시 당신이 늘 소망했던 그 완전한 보석과 같은 거지요. 말하자면 당신은 한 여인을 완전히 사랑하고자 할 겁니다.

그이 물론이요, 나는.

남자 그렇다면 어찌 될 것 같습니까? 당신은 그 여인에게 당신의 사랑을 드러내보이기 위해, 이 세상에서 가장 완전한 형태의 보석을 다듬어 주고자 할 겁니다.

그이 당연히 난 그럴 거요.

남자 아, 욕심도 많으시군요. 완전한 사랑과 완전한 보석, 그 두 가지를 모두 갖고 싶지 않는 사람이 어디 있겠습니까? 그 중 하나만이라도 가질 수 있다는 것에 만족하셔야지요.

그이 (손 위에 놓인 보석을 바라보며) 내가 한 여인을 사랑할 수 있게 된다면 난 이것을 기꺼이 포기하겠소.

남자 (냉소하며) 그랬다가 다시 만드시려구요? 만약 당신이 터득한 그 완전한 형태의 보석 세공술(細工術)을 포기하신다면, 난 당신의 사랑을 위해 젊음을 다시 드릴 수도 있겠습니다만…….

그이 누구요? 당신이 누구이기에 다시 젊음을 주시겠다는 거요?

남자 자, 어떻게 하시렵니까?

그이 당신이 설마……?

남자 그것 보십시요. 당신은 후회한다는 말은 하면서도 보석을 포기하진 못하는군요.

그이 (보석을 남자에게 내던진다.) 젊음을 주시요! 당신이 그렇게 할 수 있다면!

남자 계약하셔야 합니다.

그이 좋소. 어떤 계약이요?

남자 만일 당신이 이런 완전한 형태의 보석을 깎을 경우엔 당신은 늙어버립니다. 그리고 그 즉시 재로 변해지고 말 겁니다.

그이 계약하겠소!

남자, 두 손을 드높이 쳐든다. 장생도(長生圖)를 그린 옷깃이 팔 아래로 펼쳐져 내려온다. 남자는 옷깃으로 그이를 가리고 주문을 왼다. 땅에 떨어진 보석이 불이 되어 타오른다. 마침내 그 불이 다 사그라져 꺼졌을 때 남자는 두 손을 내리고 청년이 된 그이가 나타난다.

그이 아, 나를, 이런 나를 믿어도 좋습니까!

남자 감탄만 하고 있을 겨를이 없어요. 어서 나가서 사랑하고 싶은 여인을 만나십시요.

그이 물론 난 나갈 겁니다. 이 오랫동안 닫아 놨던 문을 열어 젖히고 말입니다. 그런데 나는 어디로 가야 합니까?

남자 (잠시 무엇인가를 점치더니) 우선 역(驛)으로 가보시지요. 막 출발하려는 기차가 있을 겁니다. 당신은 차표 파는 남자에게 43번 좌석을 달라고 하십시요. 잊어선 안 됩니다. 꼭 43번 좌석을요. (퇴장한다.)

그이 잠깐만! 아, 잠깐만 내 말을! 가버렸구나. 어찌 됐든 탄식은 끝났다. 이 젊음! 그 부질없는 것을 쥐어잡고 한숨짓던 그 늙은이, 그 늙은이는 이제 내가 아니다. 그래, 어리석다는 건 그것 한 번으로 충분해. 암, 그렇구 말구! 잘 있거라, 이 어두운 방이여. 맹세코 다시는 들어오지 않겠다. 난 떠난다. 녹슨 문고리를 힘껏 잡아당기고 삐거덕 거리는 후회의 문을 나선다. 이 신선함! 이 매혹적인 거리! 보라. 만물은 살아 움직인다. 역전 광장이다. 난 재빠른 걸음으로 질러간다. 기적(汽笛)이 울린다. 다급하게, 재촉하듯이, 기적이 울린다!

남자, 역 직원의 모습으로 등장해서 무대를 정리한다. 보석 연마기를 변조시켜 탁상으로 만들고 그곳에 〈차표 파는 곳〉이라고 쓴 안내판

이 달린 조그만 창틀을 설치한다. 그이는 창구로 뛰어간다.

그이 차표 한 장 주시요. 지금 막 떠나려는 기차로 말입니다.

남자 네. 몇 번 좌석을 원하십니까?

그이 몇 번? 몇 번 좌석이더라…….

남자 43번 아닙니까?

그이 그렇습니다. 43번. (창구 너머로 바라보며) 아, 그런데…… 당신은?

남자 (차표를 내주며) 뭘 말씀하시는지요?

그이 어디서 본 것 같아서요, 당신 얼굴이…….

남자 비슷한 사람이야 이 세상에 많잖습니까? 어서 서두르십시요. 그러다가 기차 놓치겠습니다.

기적이 울린다. 그이는 뛰어간다. 남자는 설치했던 창틀을 탁상 아래로 내려놓고 풍경화가 그려진 그림책을 올려 놓는다. 그리고 탁상 앞에 한 개의 의자를 마련한다. 〈43번〉이란 번호 표시를 의자 등받이에 붙인다. 탁상으로 돌아가 앉는다. 그녀가 등장한다. 수심에 잠긴 모습. 43번 좌석의 번호를 확인하고 앉는다. 가련하게 한숨을 쉰다. 그이가 허겁지겁 들어온다. 좌석 번호를 주욱 확인하며 다가온다. 드디어 43번 좌석을 발견한다. 손에 쥔 차표와 좌석 번호를 번갈아 대조한다.

그이 43번. 죄송합니다만 이건 내 자리인데요.

그녀 (자기의 상념에 잠겨 그이이의 말을 듣지 못한다.)

그이 내 자리입니다.

그녀 (침묵)

그이 (강경하게) 일어나 주십시오.

그녀 네?

그이 잘못 앉으신 것 같습니다. (차표를 보여 주며) 보십시오. 이 번호가 맞지 않습니까?

그녀 저 역시 같은 건데요?

그이 같다니요? (그녀가 내민 차표를 확인하더니) 그렇군요. 좌석 하나에 표가 두 장이라니! 이건 역 직원이 착오를 저지른 것 같습니다. (엉거주춤 일어나 있는 그녀에게) 아, 앉으십시오. 내 표는 다른 걸로 바꿔와야 되겠습니다.

그녀 늦으셨어요, 이젠.

그이 늦다니요?

그녀 보세요. 창 밖으로 풍경이 흘러가고 있어요.

남자 (그림책의 페이지를 넘기고 있다.)

그이 그렇군요.

잠시 침묵, 그녀는 바뀌어지는 풍경을 하염없이 바라본다. 그이는 자기의 차표를 들여다본다. 사이. 그이가 먼저 발을 굴러 소리를 낸다. 두 사람의 시선이 마주친다.

그이 저어, 괜찮습니다. 내 다린 튼튼하니까요.

그녀 (그이에게는 관심없이 차창 밖으로 시선을 돌린다.)

그이 무릎이 떨린다든가, 주저 앉고만 싶다든가, 그런 적이 더러는 있었지요. 하지만 그건 옛날 늙었을 때의 일입니다. 이젠 하루쯤 이렇게 서 있다 해도 끄떡 없을 겁니다. (그이는 튼튼해진 발이 기쁜듯이 굽혔다가 펼치기를 해 본다. 사이. 아무 말 없는 창백한 그녀를 바라본다.) 뭔가, 도와 드릴 것이 없겠습니까? 좀 편찮으신 것 같아서요.

그녀 (살며시 고개를 가로 젓는다.)

남자 (언덕과 나무들이 들어 있는 풍경화를 펼친다.)

그이 (환성을 지르며) 오, 저 언던 위에 서 있는 저것이 뭡니까?

그녀 (마지 못해서) 느티나무에요.

그이 느티나무!

그녀 (침묵)

그이 어쩜 저렇게 클까요! 난 아주 작디작은 것들만 보아 왔거든요. 그런데, 저렇게 엄청난 것이 이 세상에 있으리라곤 전혀 뜻밖입니다!

남자 (초원 지대의 목장 풍경화를 펼친다.)

그이 저런! 저 뭉실뭉실한 것들은 또 뭡니까?

그녀 정말 모르세요?

그이 모릅니다!

그녀 양떼에요.

그이 오, 저것이 양떼라는 겁니까? 혹시 말입니다, 염소라는 것도 보이거든 좀 가르쳐 주십시오. 염소는 언젠가 한 번 보긴 봤었습니다. 50년 전이던가 60년 전이던가…… 이마에 뿔이 있다는 것만은 생각납니다. 그렇지요? 뿔이 있지요, 염소는?

그녀 네, 그래요.

남자, 계속 풍경화를 넘긴다. 과수원 정경, 농부들이 바구니에 잘 익은 과일들을 따서 담고 있다. 그이는 매혹당하여 아예 말을 잊고 있다. 무심코 고개를 돌렸던 그녀가 그이를 바라본다.

그이 오, 세상에!

그녀 (그이의 감탄하는 태도에 미소를 짓는다.)

그이 보석 같은 게 주렁주렁 열려 있다니!

그녀 또 처음 보세요?

그이 네?

그녀 아, 아무것도 아니예요.

그녀는 다시 침울해진 얼굴을 창 밖으로 돌린다.

남자 (산악 지방의 준엄하고 드높은 산들을 보여 준다.)

그이 저건 산이군요! 저렇게 높은 산이 이 세상에 있으리라곤 미처 몰랐었습니다. 용서하십시오, 나 혼자 떠들어서…….

그녀 아녜요.

그이 여긴, 초행이십니까?

그녀 아뇨. 예전에 몇 차례 왔다 갔었어요. 그래서인지 저에게는 느티나무도, 양떼도, 그리고 과수원 풍경도, 높은 산도 아무 의미가 없군요.

남자 (터널 입구의 그림. 이어서 새까맣게 칠해진 페이지를 펼친다.)

그이 이건 또 뭡니까?

그녀 터널이에요.

그이 (미소를 짓고) 이번엔 어둠 속에서 당신의 얼굴이 뚜렷하게 보이는군요.

잠시 침묵.

그이 그리고 또 하나, 내 눈에 보이는 것이 있습니다.

그녀 (침묵)

그이 저 풍경을 넘기는 손이, 그 손이 보여요.

그녀 손이라뇨?

그이 이 어둠 속에서, 당신 얼굴 너머로 온갖 풍경을 번갈아 넘겨 주던 그 손이 드러나 보여요.

그녀 저에겐 아무것도 보이지 않아요.

그이 아까 산을 지날 때에 난 비로소 알아챘지요. 구름사이로 그 풍경을 붙들고 있는 걸 슬쩍 봤거든요. 아, 흥미 없으신가요, 이런 이야긴?

그녀 (건성 대답으로) 아뇨, 재미 있어요.

그이 우린 종착역에 거의 다 왔군요.

그녀 어떻게 아시죠?

그이 저 손을 보고 압니다. 겨우 몇 장 남은 걸 쥐고 있거든요.

그녀 터널 다음 작은 도시가 나와요. 그곳이 종착역이죠.

그이 저어, 실례가 안되신다면 묻고 싶은데요. 그곳에 어떤 일로 가십니까?

그녀 (침묵)

그이 말씀 않으셔도 괜찮습니다.

가파른 산으로 둘러 싸인 소도시의 풍경을 펼친다. 탄공의 갱구가 여기저기 상처처럼 그 입을 벌리고 근처 산들은 벌목 당하여 삭막하다. 좁고 더러운 길, 건물들은 찌들어져 있고, 하늘을 물들인 황혼마

저 을씨년스럽다. 남자는 호각을 꺼내 분다.

그이 저어, 다시 만날 수 있을까요?

그녀 (고개를 가로 젓는다.)

그이 (창밖의 음울한 광경에 질린 듯이) 이곳은 삭막하고 쓸쓸해 보입니다. 여기에서 얼마나 머무르실 겁니까?

그녀 아마 평생 동안요……. (놀란 듯 바라보는 그이에게 애매한 미소를 짓고) 먼 친척 한 분이 계셔요. 전 그 댁에 가서 다시는 나오지 않을 거예요. 우습죠? 전 그 일 때문에 왔답니다. 들어가서 다시는 나오지 않는……. 어쩔 수 없죠. 그래요. 전 그렇게 살아갈 거예요.

남자 (재촉하듯이 호각을 분다.)

그이 난 찾아가면 안 됩니까?

그녀 안 돼요. (일어나며) 고마와요, 잠시나마 벗해 주셔서.

그이 혹시 그래도 밖에 나오실 때 말입니다, 날 찾아 주실 수는 있겠지요. 내가 머무를 곳, 그곳이 어디냐면 저어…….

남자 (그림책 한 페이지를 넘긴다. 『낙원(樂園)여관』이라고 적혀 있다.)

그이 (멀어져 가는 그녀의 등 뒤에 외치며) 낙원 여관입니다!

남자, 여관의 하인이 되어 그이를 맞이한다.

그이 방 하나를 주게.

남자 네, 손님. 짐은 없으십니까?

그이 없네. 그런데 왜 이리 음침한가?

남자 음침하다구요? 그래도 이곳에선 가장 멋진 뎁니다. (그이를 안

내하며) 바로 이 방이지요.

그이 어둡군.

남자 일부러 어둡게 한 겁니다. 특실이라서요. 문을 닫아 걸면 이 방에서 그 어떤 희한한 일이 벌어져도 모르도록 말입니다.

그이 희한한 일이라니?

남자 (히죽 웃으며) 이런 곳엔 처음이십니까?

그이 음, 처음이라네.

남자 그러신 것 같습니다. 손님, 이 도시는 사람 살 곳이 못 되지요. 더럽고, 쓸쓸하고, 아무런 즐거움도 없습니다. 겨우 단 한 곳, 이 여관이 낙원 같은 구실을 하는데요, 그건 말씀입니다, (그이의 귀에 대고 은밀하게) 여자가 있습니다.

그이 여자?

남자 네, 여잡니다.

그이, 방 안을 휘둘러본다. 탁상 위에는 나부(裸婦)의 그림이 펼쳐져 있다. 방 밖 복도 쪽에서 여자들의 간드러진 웃음이 들려온다.

남자 불러다 드릴까요?

그이 (성난 태도로 남자에게 다가가서 얼굴을 들여다보며) 역시 당신이었군!

남자 왜 이러십니까, 손님?

그이 시치미 떼지 마시오. 난 알고 있소!

남자 (히죽 웃으며) 여잔 많습니다. 아까 손님께서 들어오시는 걸 보고 계단에 앉아 있던 여자들이 모두 다 손님께 반한 모양입니다. 어떻게 할까요? 예쁜 앨 하나 들어오도록 하죠. 손님,

왜 멱살은 붙드십니까?

그이 난 가겠소!

남자 그야 손님 좋을대로 하십시오.

그이 도대체 뭐요, 날 괴롭히는 건?

남자 괴롭히다니요? 손님께선 제 발로 여길 들어오셨으니 이젠 제 발로 나가시면 그만 아닙니까?

그이 (사정하듯이) 이러지 좀 말아요. 난 당신을 안다구요. 이런 곳까지 날 오게 한 것은 당신입니다.

남자 천만에요. 당신이 온 겁니다.

그이 아무튼 난 한 여인을 이곳까지 따라 왔습니다. 그것 때문에 당신은 나의 약점을, 그렇지요, 나의 약점을 잡아 괴롭히고 있습니다.

남자 (냉소하며) 뭘 말씀하시는지 난 모르겠군요.

그이 난 이곳에서 나갈 수 없잖습니까! 그 여인을, 그래도 그 여인을 만날 수 있는 곳이라고는 여기뿐입니다! (의자에 쓰러지듯 앉는다.)

남자 글쎄요, 손님. 뭐가 뭔지 모르지만 손님께서 몹시 괴로와 한다는 것만은 느껴지는군요.

그이 그런데 뭡니까! 여기가 이런 난잡한 곳이라니! 방 안에는 저 따위 그림이 널려 있고, 또 밖에는 좋지 못한 여자들이 모여 있습니다. 맙소사! 오고 싶어도 그 여인은 이런 델 못 올 겁니다!

남자 (유리잔에 술을 가득 부어 내밀며) 그 여인을 사랑하십니까?

그이 (남자를 노여운 눈으로 쳐다보더니 술을 받아 마신다.)

남자 당신은 서투르시군요. 마치 갓 청년이 된 사람처럼 덤벙대기만 하고. 사랑이라는 건 느긋해야 합니다. 더구나 당신의 경우처럼 첫사랑이라면 좀 기다릴 줄도 아셔야지요. 안절부절 못 한다고 해서, 뭐 당장 뾰족한 수가 나오는 것도 아니잖습니까?

그이 (안타깝게 머리를 흔든다.)

남자 (계산서를 떼어 그이에게 내민다.) 내 계산서를 보면 기분이 달라지실 겁니다. 자, 받으십시오. 이 곳에서 3주일째 그 여인을 기다리며 머무르신 것으로 해 드리지요.

그이 오, 감사합니다!

남자 그럼 기다려 보십시오. 편안한 자세로 좀 그 의자에 웅크리고 누워서라도 말입니다.

남자, 뒷걸음으로 퇴장한다. 잠시 침묵. 그이는 의자에 웅크리고 눕는다. 손에는 반쯤 남은 술잔을 쥐고 있다. 복도에서 여자들의 웃음소리가 들려온다. 몇 번 몸을 뒤채이던 그이, 벌떡 일어나 방 안을 서성거린다. 탁상 위에 펼쳐진 나부(裸婦) 그림을 바라본다. 침묵. 그이는 그림을 넘겨 다른 페이지를 들춰 본다. 사이. 그녀가 들어온다. 더욱 야윈 모습. 커다란 검정색 쇼올로 얼굴과 어깨를 가렸다.

그이 와 주셨군요.

그녀 (침묵)

그이 기다리고 있었습니다, 간절히.

그녀 이러시면 안 되요. 소문이, 이곳에서 3주일째 저를 기다리고 계신다는 소문 때문에 제가 곤란해지고 있어요.

그이 그런 소문이 났던가요?

그녀 너무 작은 도시에요. 이곳은 누가 뭘 하는지 금방 알려지고 말아요. 더구나 이 여관의 하인이 온종일 거리를 돌아 다니며 소문을 퍼뜨리고 있어요.

그이 난 그런 일을 시키지 않았습니다.

그녀 이미 말씀드렸지만 저는 숨어 살듯 조용히 지내고자 왔어요. (일어서며) 조금이나마 저를 위하신다면 그렇게 살도록 해주세요.

그이 앉으십시오.

그녀 아뇨. 가야 해요.

그이 당신은 왜 자꾸만 자기 자신을 움츠리십니까?

그녀 (침묵)

그이 지난번 우리가 만났을 때보다 더욱 야위셨습니다. 무슨 불행이 당신을 그렇게 만들고 있습니까? 대답 않으신다면 결코 이곳에서 떠나지 않겠습니다.

그녀 그래요. 저는 불행해요.

그이 말씀해 보십시오, 어서.

그녀 (머뭇거린다. 의자에 주저앉는다. 고통스럽게 띄엄띄엄 말한다.) 사랑했어요, 한 사람을…….

그이 아, 그래서요?

그녀 아뇨. 말하지 않는 것이 좋겠어요. 다만 사랑하는 사람이 없는 이 세상의 풍경은 저에겐 아무 의미도 없다는 것을 말씀드리고 싶군요.

그이 그러나 나는 당신 때문에 이 세상의 풍경들을 의미있게 보았습니다.

그녀 그럴 리 있을까요? 제가 아니었더라도 그건 보실 수 있던 거예요.

그이 아닙니다. 커다란 느티나무, 풀밭의 양떼들, 과수원의 보석 같은 과일들, 그리고 드높은 산을 당신이 처음 가르쳐 주었습니다. 믿지 않으실지 모릅니다만 그날 나에겐 이 세상이 처음입니다. 그저 모든 것이 눈앞에 스쳐 지나갈 것이었습니다. 그러나 그날 처음 당신이 있어 내 마음이 그걸 받아들였던 겁니다.

그녀 도저히 저에겐…….

그이 제가 말하지요. 당신은 나에게 있어 이 세상을 함께 보아준 그런 의미를 가집니다.

그녀 (몸을 떨며) 너무 무거워요. 그런 의민 견딜 수 없는 무게에요.

그이 그림책 한 권의, 겨우 한 권의 무게에 지나지 않습니다. (탁상 위에 놓인 그림책을 가져온다.) 무릎 위에 놓으십시오. 어때요, 견딜만 하지요?

그녀 (침묵)

그이 우리 이걸 함께 봅시다. 천천히 먼저 느티나무부터 차례대로요.

그이는 그녀의 무릎 위에 놓인 그림책을 한 장씩 넘겨간다. 남자, 들어온다. 바이올린을 든 광대 악사처럼 두 사람 뒤에서 악기를 연주한다. 처음엔 아무 소리도 나지 않는다. 그러나 차츰차츰 그이와 그녀의 관계가 이뤄져 갈수록 이 음악은 점점 높아져 간다.

그이 아름답지요, 이 풍경은?

그녀 네.

그이 더 크게 말해 봐요.

그녀 네, 아름다와요.

그이 염소가 보이거든 꼭 나에게 가르쳐 줘요.

그녀 여긴 없어요. 양뿐이에요.

그이 오, 그래요?

그녀 왜죠?

그이 그날과 같아서요. 그날 당신은 그 뿔 달린 걸 가르쳐 주지 않았지요.

그녀 오늘은 제가 염소 있는 곳을 가르쳐 드릴께요.

그이 어딘가요, 그곳이?

그녀 저 높은 산 위 염소들이 있어요.

그이 산 위에?

그녀 네. 그래서 저 산 봉우리들이 염소 뿔처럼 뾰쪽뾰쪽한 거예요. (잠시 침묵)

그녀 (한숨을 쉬며) 어두워요, 여긴.

그이 터널입니다.

그녀 (가까스로 미소를 짓고) 이젠 저에게도 보여요. 이 어둠 속에서 보이는 건 당신 손이군요. 가만, 움직이지 마시구요. 그대로 붙들고 계셔요. 당신 손 참 큼직해요. 그날 말씀하셨던, 왜 있잖아요, 당신이 보셨다던 그 손이 이만한가요?

그이 크기는 아마 비슷할지도 모르겠군요.

그녀 대답해 줘요. 언제까지나, 언제까지나, 저에게 이 세상을 보여 주세요.

그이 그럼요, 언제까지나 보여 드리지요.

잠시 침묵.

그녀 함께 본다는 건 왜 이리 좋은 걸까요?

그이 글쎄요. 보지 못할 걸 다시 볼 수 있으니까 그렇겠지요.

그녀 그래요.

그이 다음 건 차마…….

그녀 괜찮아요. 무엇이든 보고 싶어요.

그이 (마지막 나부(裸婦)의 페이지를 펼친다.)

그녀 여자군요. (사이) 아름답군요!

그이 네, 나도 동감입니다. 혼자 봤을 땐 사실 좀 추했었지요. 그래서 하인더러 왜 이런 걸 여기 놨느냐고 따지기조차 했었습니다. 그런데 이렇게 함께 보니까 웬지는 몰라도 모든 것이 다 아름갑게 보이는군요. (그녀의 손을 잡고 일어서며) 우리 여길 나갑시다.

그녀 (엉겁결에 책을 든다.) 어디로요?

그이 역으로요. 그리고 처음 떠나왔던 그 곳으로 가는 겁니다.

두 사람 퇴장한다. 남자는 신나게 음악을 연주한다. 잠시 후. 깔깔거리며 웃고나서 들고 있는 바이올린을 관객들에게 보여 준다. 현(絃)이 달려 있지 않는 악기였다. 다시 깔깔거리며 연주한다. 그러더니 연주를 뚝 그친다. 악기의 손잡이를 비튼다. 마개처럼 빠진다. 남자는 손바닥을 펼쳐 그 구멍을 기울인다. 보석들이 한웅큼 쏟아진다. 남자는 그것들을 탁상 위에 나란히 진열한다. 보석상(寶石商)의 주인이 된 것이다. 그이와 그녀가 들어 온다. 보석들을 들여다본다.

남자 결혼 반지를 사러 오셨군요?

그이 그렇습니다만.

남자 아, 잘 오셨습니다. 저희 상점이야말로 가장 좋은 보석들만 구비해 놓고 있으니까요.

그녀 (한 개를 집어 들고) 제 맘에 꼭 들어요.

그이 글쎄, 다른 걸 골라 봐요.

남자 그러십쇼.

그녀 (다른 보석을 집어 들고) 어때요, 이건?

그이 (고개를 흔든다.) 주인, 더 좋은 건 없소?

남자 눈이 높으시군요, 손님. 여기 최상급의 다이어몬드가 있긴 있습니다만 워낙 값이 엄청나서…….

그녀 전 이걸로 좋아요.

남자 (보석과 함께 확대경을 그이에게 주고 자신만만하게) 어떻습니까?

그이 (보석을 살펴보더니 이맛살을 찌푸린다.) 어찌 이럴까?

남자 이렇다뇨?

그이 이 보석말입니다.

남자 남 아프리카 원산입니다.

그이 그건 압니다만.

남자 아주 순수한 겁니다. 속에 반점 하나 없습지요.

그이 그런데 모양이, 모양이 엉터리로군.

남자 네? 뭐라고 하셨어요, 손님?

그이 아무것도 아니요.

남자 증명서도 있습지요. 경력 57년, 이 보석을 세공한 사람의 이름과…….

그녀 됐어요. 보석상마다 다 가 봤어도 마찬가지였잖아요?

그이 결혼 반지는 사랑을 맹세하는 거요. 그럼 완전한 형태여야지. 도대체 왜 이따위 엉터리들뿐일까. 모두들 조잡하기 이를데 없고 질 좋은 재료들만 망쳐 놓았거든. 이것만 해도 그래요. 커트 방법이 틀렸어요. 각도가 어긋나 있단 말이요. 그래서 마치 밑 터진 항아리에 물부어지듯이, 이 보석 안으로 들어 온 빛은 그 어긋난 쪽으로 쑥 빠지고 말아요. 어딘지 이 보석이 어둡게 보이는 건 그렇게 잘못 깎여진 탓이요. 나갑시다. 나가서 다른 상점에 가 좀더 완전한 보석을 골라 봅시다.

그녀 저어, 반지쯤 아무려면 어때요?

그이 어떻다니?

그녀 전 당신 사랑이면 되는 거예요. (남자에게 보석 한 개를 집어 주며) 아무거나 하나 포장해 주세요.

남자 네, 그렇게 합지요.

그녀 마음 상하셨어요?

그이 하지만…….

그녀 당신 맘은 알아요. 뭐든지 저에게 제일 좋은 걸 해주시려는 마음, 그 마음을 알아요. 그래서 저는 행복하구요, 또 당신에게 늘 감사하고 있어요.

남자, 포장한 보석을 내어준다. 그이와 그녀는 그것을 받아 들고 문 쪽으로 나간다. 남자, 그이를 불러 오도록 한다. 종이 한장을 꺼낸다.

남자 이걸 받아 가셔야지요, 손님.

그이 아참, 보석 값을 치뤄야지.

남자 받아 보십시오.

그이 영수증? 이건 영수증이 아닙니까?

남자 (나직하게) 이미 지불되었습지요.

그이 누가 지불을?

남자 (자기 자신을 가리킨다.) 나를 모르겠습니까?

그이 당신은?

남자 오랜만입니다.

그이 그렇군요.

남자 단 둘이서 할 말이 있습니다. 뭔가 마무리질 일이 있잖겠습니까?

그이 (사이. 그녀에게) 먼저 집에 가요. 난 좀 늦을 것 같소.

그녀 무슨 일이셔요?

그이 염려 말아요. 난 이 분과 예전부터 아는 사이여서…….

그녀 네. 그럼 너무 기다리게 하진 마세요.

그녀, 퇴장한다. 잠시 침묵.

그이 뭡니까, 마무리 짓고 싶다는 일은?

남자 뭐 아무것도 아닙니다. 그저 두 분 사이가 무척 다정하시군요.

그이 우린 사랑하고 있어요.

남자 (히죽 웃으며) 물론 그러시겠지요. 하지만 사랑이란 흔해빠진 거라서요, 마치 여기 놓여 있는 이런 엉터리로 깎여진 보석과 같거든요. 이것도 보석이듯이 사랑도 사랑이긴 한 겁니다. 용서하십쇼. 난 당신과 아까 그분 관계를 꼭 그렇다고 하는 건 아닙니다. 일반적인, 그렇지요, 많은 사람들의 사랑이란 일반적으로 그렇다는 것이지요.

그이 시간이 없어요. 요점만 말해 주시오.

남자 길겐 이야기하지 않겠습니다. 그런데 세상의 풍경이 그려진 내 책을 집어 가셨더군요.

그이 아, 미안합니다. 되돌려 드린다는 것이 그만…….

남자 좋아요. 곁에 두고 보십시요. 언제든 두 분이서 더는 보지 못하실 때에 되돌려 줘도 괜찮으니까요.

그이 고맙습니다, 여러 가지로. 당신 덕분에 사실 난 지금 후회없는 삶을 살고 있어요. 다시 젊어졌고, 세상이 아름답다는 걸 알았으며, 더구나 사랑하는 여인까지 얻었지요. 우린 내일 결혼식을 올립니다.

남자 알고 있습니다. 결혼식은 내일 오후 세시 반이지요?

그이 아, 어떻게 아십니까?

남자 뭐 그쯤 아는 거야 대수롭지 않지요. 문제는 당신이, 당신이 말입니다, 혼자 볼 수밖에 없는 그런 것이 있다는 데 문제가 있는 것 같군요. 아까 난 보석을 사시면서 두 분이 하는 행동을 주의 깊게 지켜 봤지요. 그랬더니 뭡니까, 당신은 이런 것들이 잘못 깎여진 투정만 하시던군요.

그이 나는 그녀를 사랑하고 있소.

남자 아무렴요. 그 여인 역시 진실로 당신을 사랑하고 있을 겁니다. 하지만 당신은 어쩐지, 그렇습니다, 난 이 점을 말하지 않을 수 없겠는데요, 당신은 그녀를 완전히 사랑하고 있진 않습니다. 당신이 깎을 줄 아는, 그런 완전한 모양의 보석과도 같은 핵심을 드러내지 않고 그녀를 사랑한다면 당신 사랑은 조잡한 것이다, 그런 겁니다.

그이 조잡하다니? 결코 난 그렇지가 않소!

남자 아니라면 뭡니까? 당신이 할 수 있는 최선의 것을 하지 않는데 그게 과연 완전한 사랑일까요?

그이 (침묵)

남자 세상 풍경도 그렇습니다. 사랑하는 사람과 함께 보아야 이 세상은 아름답지요. 하지만 당신이 최선을 다해 사랑하지도 않는 그 여인과 함께 세상을 바라본다는 것은 뭔가 구역질 날 일입니다. 보이는 건 모두 엉터리들, 온갖 것들이 조잡하게만 느껴질 테니까요! (깔깔거리며) 축하합니다. 결혼하시고 또 오래 사셔서 부디 그런 조잡한 엉터리 세상을 보십시오.

그이 당신은 악마로군!

남자 천만에요.

그이 우린 지금까지 잘 해 왔잖소?

남자 우리라뇨? 당신과 나? 아니면 당신과 그녀?

그이 우리 셋 모두 다. 당신은 우리를 도와 주었오. 마치 천사처럼 우릴 보살펴 주기까지 했었오. 그런데 지금은 당신은 꼭 악마와 같군요.

남자 난 천사도 악마도 아닙니다.

그이 다시 한 번 도와 주시오, 우리를.

남자 당신은 잘 해 왔다고 했잖습니까? 그 말이 맞지 않다는 건 당신이 잘 알 겁니다. 어떤 사람은 그 사랑의 핵심을 빼놓고서도 그저 어물쩍 잘할 수 있어요. 하지만 당신의 경우는 다릅니다. 당신은 완전한 사랑을 위해 완전한 형태의 보석을 깎을 수 있습니다. 이제 와서 당신이 할 수 있는 건 뭐가 있겠습니까? 두 가지 것 중에서 하나를 선택해야 하시겠지요. 즉 완전한 사랑을 포기하고 그 여인과 한 평생을 사시든가…….

그이 날 괴롭히지 마시오, 제발 좀!

남자 아니면 완전한 사랑으로 죽으시든가…….

그이 죽는다?

남자 표현상의 차이입니다. 당신은 사랑의 진실함을 보이기 위하여 완전한 모양의 보석을 깎으시든가, 그저 깎지 않고서 엉터리 세상을 보시든가, 뭐 이런 거지요.

그이 (침묵)

남자 (탁상 위의 보석들을 쓸어 모으며) 물론 난 어느 쪽이나 다 좋습니다. 당신이 사랑을 포기하고 사는 쪽도 좋고, 사랑 가운데 죽는 쪽 역시 괜찮습니다. 그러나 말입니다, 나라고 해서 꼭 당신의 죽음을 바라는 건 아니지요. 죽음은 서서히, 그리고 무감각하게 다가오는 것이어야 하거든요. 살아 있으면서도 죽은 것처럼, 함께가 아닌 혼자서, 쓸쓸하게 책을 넘기듯이 풍경을 바라보는 그런 고독하고 불행한 사람들이 나는 좋습니다.

그이 (침묵)

남자 오늘 밤 자정 무렵 댁으로 찾아가 뵙겠습니다. 그때까지 나에게 들려 줄 대답을 마련해 두십시오.

남자, 퇴장한다. 침묵. 그이는 움직이지 않는다. 방안은 점점 어두워지며 마침내 아무것도 보이지 않는다. 침묵. 문이 삐거덕거리며 비스듬히 열린다. 가느다란 빛이 비친다. 그녀가 들어온다.

그녀　뭘 하고 계셔요?

그이　이 방, 예전 쓰던 방에 들어와 봤소.

그녀　너무 오래 계셔서요, 걱정이 되어 왔어요.

그이　(잠시 침묵하다가 웃어 보이려 애쓰며) 뭣 좀 생각하고 있었소.

그녀　제 옷을 보시겠어요? (문 틈으로 들어오는 빛에 옷을 비춰보이며) 결혼식 때 입을 옷이에요.

그이　아름답구려.

그녀　제가 하는 말을 들으시고 웃으시면 안 되요. 저어, 저는요, 오늘 밤 이 옷을 입은 채 잘 거예요. 침대에 아주 곱게 누워 자면 돼요. 겨우 내일인 걸요. 내일이면 저는 당신의 아내예요.

그이　그렇소, 내일이면. (미소를 짓고) 그런데 봐요, 당신도 내 말을 듣고 웃어야 해요. 뭔가 물을 게 있소. (그녀의 손을 잡고) 당신이 예전에 사랑했다던 사람, 그 사람도 당신을 사랑했었소?

그녀　(침묵, 몸을 움츠린다.)

남자　아, 다른 뜻이 있어 그러는 건 아니요. 난 그 사람이 당신을 진심으로 사랑했던가 그게 알고 싶은 거요.

그녀　(잠시 침묵. 그이의 얼굴을 바라보며) 네, 진심으로.

그이　그건 당연한 거요. 당신처럼 아름답고…….

그녀　당신이 사랑해 주니까 저는 아름다운 거예요. 당신의 큰 사랑이, 당신의 그 진실한 사랑이 아니었다면, 제가 어찌 그럴 수가 있을 것 같아요?

그이　(침묵)

그녀　오늘 밤 저는 행복해요. 이런 행복이 당신의 진실한 사랑으로 이루어진 것을 감사해요.

그이 오히려 고마운 건 나요. 비로소 나에겐 나의 가장 완전한 것을 기쁨과 함께 바칠 대상이 생긴 거요. (그녀를 문까지 배웅하며) 아주 곱게 누워요, 그 옷이 구겨지지 않게. 그리고 누군가 자정 무렵 날 찾아 오거든 이 방에서 기다리고 있다 해줘요.

그녀 이 어둠 속에서요?

그이 그래도 당신은 볼 수 있지 않소? 내 손을 말이요. 그 어떤 어둠 속에서도……. (미소를 짓고 손을 놓아 그녀를 문 밖으로 보내며) 난 이 손으로 당신에게 가장 완전한 것을 다듬어 주겠소.

— 막.

올훼의 죽음

· **등장인물**

당신

당신은 그저 그렇고 그런 남자다. 잘 생겼다면 잘 생겼다고 할 수 있겠다. 또 못났다고 하면 못나 보이기도 한다. 당신은 남보다 출세한 것 같기도 하고 혹은 그렇지 않은 것 같기도 하다. 이렇고 저렇고가 다 두루 맞는 당신. 물론 결혼은 했으며, 한 명의 아내와 일곱 명의 자녀들을 거느린다. 그리하여 당신은 매우 행복한 것 같기도 하고, 몹시 불행한 것 같기도 한다. 누구보다도 당신 스스로가 그렇게 생각하고 있다.

오른쪽에 식탁과 의자. 그 위에 놓인 커피 한 잔이 싸늘하게 식어간다. 그것은 당신의 가장 일상생활적인 모습이다.

왼쪽에는 당신의 꿈이 놓여 있다 이 꿈을, 그 생김새를 어떻게 설명해야 좋을지 모르겠다고 당신은 말한다. 그래서 우리들이 외람스럽게도 그 꿈을 묘사하지 않으면 안된다. 당신의 왼쪽에는 길쭉한 기둥 하나가 세워져 있는데, 그 기둥엔 열너댓 개의 크고 작은 손들이 꼭 가지처럼 사방팔방으로 높고 낮게 달려 있다. 그 손들은 당신이 과거에 만났던 사람들, 현재 만나는 사람들, 그리고 미래에서 만날 사람들을 나타내고 있다. 아무튼 그 손들이 달린 기둥은 조금만 밀어도 빙빙 돌아가도록 되어 있다.

당신은 지금 그 빙빙 돌아가는 돌대 앞에 있다. 산다는 것이 그렇듯이, 하루 왼종일 하릴없이 바쁜 가운데, 당신은 수많은 사람들을 만나 그들의 손을 잡았다가 놓아 주며, 그들의 손이 당신의 손을 잡았다가 놓아 준다. 한 손에 한마디씩, 당신은 재빠르게 계속해 나간다.

안녕하십니까? 뭐 그저 그렇지요. 염려해 주셔서 그건 잘 되었습니다. 사무실엔 몇 시까지 출근하신다구요? 물론 요즈음은 괜찮은 편이지요. 아! 그게 사실입니다! 당신, 고집 좀 부리지 마십쇼. 그것 참 낙심천만이겠군요. 선생님, 이렇게 뵙게 되다니 반갑습니다. 그 증명서, 어쩌면 위조일지도 모르잖아요? 아주 좋은 습관을 가지셨군요. 그들 부부는 이혼한다고 합니다만. 그럼요, 안부 전해 드리구말구요. 네, 현금을 바로 지급할 경우엔 좀 싸게 살 수 있습니다. 치과엘 다니신다지요? 사업상 유리한 대화를 나눴습니다, 우리는. 오, 저런. 그렇게까지 하시다니. 당신을 또 만날 수 있을까요? 아닙니다. 잘못 아신 거예요. 그렇지요, 당신 말이 맞아요. 네, 그건 내일 다시 의논합시다.

당신은 지칠 대로 지친 모습이다. 비틀비틀 걸어와 오른쪽의 식탁의자에 앉는다. 잠시 침묵. 손을 바라본다. 침묵. 커피잔을 잡는다. 한 모금 마신다. 이맛살을 찌푸린다.

싸늘히 식었군요.
정말 어떻게 된 건지, 글쎄 따끈한 커피 한 잔을 마실 틈이 없다니까요. (잠시 침묵) 뭔가 좀 생각해 보고 싶을 때가 있지요.
내가 오늘 누구누구를 만났었더라?
굉장히 바쁘긴 했지요. 사람들도 많이 만나구. 내 직업 탓인지, 아니면 생활이라는 게 그런 것인지. 서로들 반갑게 악수를 하구…… 그런데 누가 누구더라?
이 커피는 식은 겁니다. 한 모금 마시면 그 싸늘한 감촉이, 입을 지나 위(胃)에 이르기까지, 뭔가 모를 그런 느낌을 남기거든요.
물론 처음엔 따끈했겠지요. 아니, 분명히 따뜻했어요. 그럼요, 아주 뜨거웠습니다. 그렇게 뜨거웠었는데……. 생각 좀 해 봐야겠어요.

당신은 의자에서 일어난다. 그리고 생각 속에 잠기며, 왔다갔다 한다.

그렇지요. 아버지가 현관문 앞에 서 계셨었지요. 아침이었죠. 한 손을 나에게 내미시더군요. 난 그 손을 잡았습니다. ? 만사가 잘 되기를? 아버진 날 축복해 주셨습니다. 하긴 그날 아침, 그건 각별한 순간이었어요.
난 대학을 마치고, 또 군(軍)에서 제대를 하고, 그날 아침 인생의 첫발을 내디딜 만반의 준비를 다 갖춘 셈이었거든요. 그때 나에겐 희망이 있었죠. 한껏 부풀은, 그런 희망이. (돌대에 다가가서 손들을 돌리며) 내가 만났던 사람들을 거꾸로 되돌려 나가면, 그때의 아버지를 찾아낼 수 있습니다. 나에게 처음 축복해 주셨던 그 큼직한 손을 말이에요. (한 손을 잡는다. 돌대가 멈춘다.) 여기, 있군요.

당신은 그날, 문 앞에서 당신 아버지의 큼직한 손을 잡고 있었다.

아버지, 걱정 마십시오. 전 잘할 수 있어요. 모교(母校) 교수님이 써 주신 추천서도 너댓 장이나 되고요, 또 군에서 받은 공로 메달도 도움이 될 겁니다. 물론 아버지께서 찾아가 보라 말씀하신 그분들도 빠뜨리진 않을 작정입니다. 아, 또 소개장을 써 주신다구요? 그러십시오. 하지만 벌써 그런 소개장은 스물 아홉 통이나 받았는데요? 서른 통을 마저 채워 주시는 것두 뭐 뜻깊다면 깊다구 할 수 있겠군요.
아버지, 제가 딱 서른 살이거든요. 서른 살, 출발하기에는 좀 늦은 나이이긴 하죠. 하지만 속도가 문제지 출발 시간이 문젠 아니지요. 저는 쾌속도로 달려나갈 겁니다. 두고 보세요, 아버지. 누구처럼 빌빌거리지는 않을 테니까요. 정말이에요. 전 형님이 왜 빌빌대는지 그걸 이해 못하겠어요. 안 그래요? 형님이야 잘 생기셨겠다, 아는 거 많으시겠다, 마음씨도 좋으시겠다, 누구 못지 않으시는데 왜 그 꼴인지 모르겠단 말이에요.
네에? 형님이 듣고 계실 거라구요? 뭐, 들으시라지요. 사실 아버지가 저에게 거는 기대가 왜 그리 큰지 알 만합니다. 형님이 그 꼴이니까 그런 거죠.
서른 번째 소개장 이리 주세요. 오, 이런! 이거 시장님께 가는 거 아녜요? 아버지가 시장님을 알고 계시다니! 더구나 친한 사이였다구요! 언제요? 중학교를 함께 다닐 때요? 괜찮아요, 아버지.
그거라도 없는 것보다야 한결 낫지요. 요즈음은 뭐니뭐니 해도요, 어떤 손을 잡느냐가 문제거든요. 그렇지요. 인생의 판도가 확 달라져 버리는 걸요.

어머니껜 점심 식사 때 못들리겠다구 전해 주세요. 오늘 모든 분들을 빠짐없이 만날 작정입니다. 점심은 굶거나, 뭐 간단하게 거리에서 사서 먹죠. 시간이 없을 테니까요. 시간이! 감사합니다, 아버지. 저를 축복해 주셔서. 그럼요. 만사는 잘 될 거예요. 염려 마시구요, 그건. 손을 잡을 때엔 정중하구, 아주 은근하게 해서 깊은 인상을 남기라는 거죠? 안다니까요. 어제 밤 내내 그 연습을 해뒀어요. 아버지, 시간이 없어요. 더 하실 말씀은 나중에요, 나중에. 커피도 다 못 마시구 그냥 나가는 거예요.

당신은 아버지의 손을 밀친다. 돌대가 돌아간다. 당신이 희망에 차서 서두르면 서두를수록, 가속도가 붙는 돌대는 더 재빠르게 회정하고, 그것에 달린 손들은 휙휙 지나가서, 당신은 허겁지겁 그 손들을 붙잡는다.

여기 소개장이 있습니다. 추천서를 봐 주십시오. 공로 메달도 참고해 주시구요. 네, 선생님. 이렇게 뵙게 되어 영광입니다. 날씨가 왜 이리 좋지요. 저 자신을 말씀드릴 수 있는 좋은 기회를 주셔서 무어라고 감사의 말씀을 드려야 좋을지요. 아무튼 저는 정직하고 부지런하고, 호감 있게 보이는 태도에, 젊은이다운 패기와, 어떤 일이든지 맡겨만 주신다면 그것을 꼭 해치워 내고야 말 용기를 아울러 갖춘…… 길게 말씀 드릴 것 없이 선생님께서 그렇게 애태우며 찾던, 바로 그 사람입니다. 유능한 젊은이가 일자리를 찾고 있습니다. 저어, 한 가지 첨가해서 말씀드린다면, 저의 부친과 선생님은 죽마고우(竹馬故友)라 하시더군요. 여기 추천서가 있는데 봐 주시겠습니까? 시장님, 저 자신을 과장 하나 없이 말씀 올립니다만, 시청의 어떤 직무에도 적합한 인물이라 아니할 수 없습니다. 다음에 만나자구요? 물론 공로 메달은 아무나 타는 것이 아닙니다. 성실한 인간만이 그것을 탈 수 있는 겁니다. 훈장 탄 사람도 수두룩하다구요? 아, 존경하옵는 교수님께서 아주 중대한 서류를 전달해 달라는 부탁을 받았습니다. 바로 이것, 저에 대한 추천서인데요. 그만 나가달라구요? 그럼은요, 저는 상품 거래에 대해서 다년간 경험이 있습니다. 태어나서 지금까지, 오직 구매자의 입장에 있었으니까요. 그래서 판매자의 직무를 누구보다도 잘 이해하고 있다 하겠습니다. 빈자리 없습니까, 어디? 제기랄, 하품만 하는군. (당신은 그럴수록 더욱 용기를 내고자 한다. 물론 그러한 당신의 태도는 가상하다고 할 수 있다.) 아버지께선 오로지 사장님만을 믿구 찾아가 뵈라 하시더군요. 여기 유능한 아들을 보내드리면서, 아울러 소개장을 꼭 읽어보시라 당부하셨습니다. 대학 다닐 때 저의 성적은 어땠느냐구요? 평균 B학점 이상은 넘었습니다. 네, 그 방면에 전 거의 백지 상태입니다. 하지만 소질은 풍부하다구 자부하고 싶은데요. 선생님, 저는 젊습니다. 어찌 늙어빠진 그들의 지혜와 저의 정열을 비교하려 하십니까? 저의 정열 일 킬로그램에 그들의 지혜 십 킬로그램쯤 올려놔야 저울추가 맞습니다. 어찌 말이 좀 먹혀 들어가는 것 같군. 젊은이의 무식은 부끄럽지 않습니다. 배우면 되니까요. 그러나 정열이 식은 놈팽이들은 부끄러워 해야 합니다. 배워도 안 되니까요. 줄줄 나오는데, 네? 내일부터 나오라구요? 감사합니다, 감사해요. 그런데 무슨 자리입니까? 아차, 무슨 자리가 아니라 맡아서 할 일이 뭔가요? 내일 출근해 보면 안다구요? 네! 그러겠습니다. 고맙습니다. 감사합니다.

당신은 그 엄청난 수효의 손을 잡고나서야, 그날의 목적을 이루었다.

가만 있자, 소개장이 몇 통 남았더라? 세 통 남았군.
추천서는? 아까 그것이 마지막 한 장이었지.
공로 메달은? 그건 잠깐 꺼내어 보여 줬다가 다시 집어 넣는 거니까 밑진 건 없구.
괜찮아. 생각해 봐, 안 그래? 아직 소개장이 세 통 남았다는 건 중요한 거야. 머저리 같은 녀석들하고 비교가 안돼. 녀석들, 마저 한 장을 다 쓰고나서도 안됐을 걸. 그런데 난 남아 있단 말이야.
자부심을 가지라구, 나 자신이여! 어깨를 펴. 얼굴은 쳐들고. 기집애들이 이뻐 보이는데. 그럼. 난 머저리들하곤 다르지. 다르단 말이야. 알았어? 좋아. 행운의 여신이 날 보살핀다, 이거지. 사실 그건 그래. 오늘 만났던 사람들 중에서 나에게 노골적으로 거절을 나타낸 자는 없었어. 그저 내가 들어갔을 때, 좀 바빴었던 사람이 서넛 있었지. 아냐, 정확히 말하자면 둘이었어. 나머지 분들이야 퍽 관심있게 대해 주더군. 유망한 내가 턱 나타나는데 안 그럴 수 없지. 모두들 탐을 냈을 거야. 나이 먹은 사람들이란 좀 솔직하지 못한 데가 있어. 그 점은 내가 이해해 줘야지. 그건 그래. 젊을 때 너그럽지 않으면 언제 누굴 용서해? 더구나 나에게 호의를 품은 자들을?

됐어. 나중에라도 만나거든 정중히 인사해 줘야지. 모두들 날 도와줄 거란 말이야.

당신은 식탁에 둘러앉은 가족들을 만난다.

오, 아버지! 어머니! 축하해 주세요. 그리구 형님두요.
저, 수수께끼예요, 이건! 저 드높은 푸른 창공, 저 까마득하게 떠있는 게 뭐죠? 기러기입니다. 그런데 저 기러기의 왼쪽 눈을 탁 쏘아 맞췄다면, 그런 사수(射手)를 가리켜서 무어라구 부르죠? 네, 그렇습니다. 명사숩니다, 명사수! 더구나 아직 이렇게 화살이, 그러니까 소개장이 넉넉하게 남아 있거든요.
아버지, 아들 하나 기차게 두셨습니다. 정말이에요, 어머니!
그럼요. 대환영이었죠. 어떤 분은 글쎄, 사무실 문 밖까지 나오셔서 저를 맞이해 주셨어요. 온통 이 도시가 저 때문에 발칵 뒤집히더란 말이에요. 네, 물론이죠. 안 그럴 수 있어요!
아참, 시장님께서 아버님께 안부를 전해 달라 하시더군요.
그럼, 그건 특별 대우였어요. 시간으로 따지자면 겨우 이삼분밖에 면회가 허락되지 않았었지만요, 그때 사정이 긴급회의가 있었거든요. 회의 도중에 나오셔서, 복도에서 저를 만났죠. 그건 파격적인 겁니다. 이 도시가 생긴 이래 그런 대우를 받은 사람은 몇 안 될 거예요.
아, 피곤해. 너무 쏘다녔어요. 낮엔 식사할 시간도 없었다니까요. 나머지 이야기는 내일 해드릴께요. 제가 얻은 직장요? 그것도 내일요. 하는 일? 그것두요. 계장이냐, 과장이냐? 그것두 내일 말씀드린다니까요. 그만 좀 쉬게 내버려 두세요.

네, 아버지, 가셔서 주무세요. 어머니두요.

당신은 식탁에서, 아침에 두고 떠났던 커피, 그 싸늘하게 식어버린 커피를 마시게 된다.

이거, 식은 커피 아녜요? 아침에, 그렇군요, 한 모금 마시다가 두고 나간 그 커피군요. (잠시 침묵. 식탁의 구석진 자리에 당신의 형님이 계속 남아 있다.) 시간이 없었어요, 형님. 만나야 할 사람이 너무 많았지요. (의기양양하게) 뭐, 이만하면 첫 출발치곤 성공한 겁니다. 오히려 형님, 이 싸늘한 걸 마신다는 것이 나에겐 행복한 거예요.
하루 왼종일, 이런 식탁에 붙어 앉아 있는 머저리들이나 따끈한 걸 마시겠죠. 그들은 할 일이 없으니까요. 또 서두는 것두 없죠. 하지만 나처럼 전도양양한 친구는 어디 그럴 틈이 있나요. 아, 행복해. 아침에 두고 나간 커피를, 으슥한 저녁 무렵 한 모금 마셔 봐요. 그 맛이 아주 기막힐 테니까요.
형님, 오늘도 이 식탁에 붙어 계셨었어요? (침묵) 그런 눈으로 바라보지 마세요. 난 그런 눈이 싫습니다. 슬프디슬픈, 그런 하염없는 눈을 보면요, 내가 뭐 꼭 죄를 짓고 돌아온 것 같단 말이에요. 얼토당토 않지. 안 그래요? (잠시 침묵) 그 기다란 옷도 좀 벗으세요. 형님에겐 어울리지 않아요. 꼭 늙은이처럼 그런 걸 입구, 아무 말없이 구석진 자리에 앉아서 그 하염없는 눈으로 날 바라보면……. (맹렬하게 쏘아부치듯이) 좋아요! 맘껏 바라보세요. 사람들이요, 형님더러 뭐라구 그러는지 아세요? 난 도대체 이해할 수 없어요! (친절하게 깊은 애정을 가지고) 형님, 괜찮아요. 그까짓 거, 사람들이 뭐라구 하든 난 형님이 좋아요. 좋아서 그러는 거라구요. (더욱 가깝게 다가가려다가 자제하며) 아버지는 형님에게 건 기대가 컸어요. 그런데 형님은……. 아버진 배반 당했다구 생각하시지요. 기대를 저버린 아들, 아버지는 형님을 사랑하면서도 증오해요. 서로 말 한마디 없이, 아버지와 형님이 식탁에 마주앉아 있는 걸 보면, 난 가슴이 아파요, 그저 단 한 통의 소개장이면 형님은 저 날아가는 기러기를 쏘아 맞힐 수 있잖아요? 그런데도 일부러 그걸 포기하구, 이렇게 기다란 옷을 입고서, 조용히 침묵하고 있는 건 무슨 까닭이에요? 대답 않으시는군요. 좋아요. 네? 방금 뭐라구 그러셨죠? 더 크게 말씀해 보세요.
아, 그럼요. 모를라구요, 그걸. 그러니까 오늘 내가 누구누구를 만났는지 알구 있느냐, 그 물음이시죠? 물론요. 가만 있자…… (생각해 본다.) 32명이에요. 추천서가 다섯 통, 소개장이 서른 통, 도합 서른다섯인데, 남은 것이 세 통. 35에서 3을 빼니까 32. 정확하죠, 형님. 숫자로 계산하지 말구, 얼굴로 그들을 생각해 보라구요? 그럼 가만있자, 32명의 얼굴이라?…… 글쎄요. 누가 누구더라? 이거…… 그러니까…… (웃으며) 뭐 그까짓 거 상관없어요, 나에겐. 난 32명을 만났다는 그게 중요한 거예요. 그럼요. 그들이 어떤 얼굴을 가졌느냐 알기 위해서 만났던 건 아니죠. 그들은 이미 누구다, 이렇게 정해져 있으니까 만난 거구, 그런 얼굴 같은 건 어찌됐든 상관없죠. 혹시 32명을 만났었는데, 계산해 보니깐 몇 명이 부족하다, 이럴 때 문제가 생기는 겁니다. 형님, 그래서 난 기분이 좋은 거예요. 오늘 계산이 맞았거든요.

(당신은 커피를 한 모금 마신다.) 왜 그러세요, 형님? 왜 또 그런 눈으로 바라보시죠? (시큰둥하게) 좋아요. 형님 해보라니까 한 번 해 보죠. 단 한 명이라도 좋으니, 그 사람 얼굴을 알고 싶거든 그 사람 마음을 보라구요? 글쎄요, 형님. 나한텐 그게 그거지만요.

당신은 돌대 앞으로 다가간다. 그리고 그 손들을 돌리며 우리에게 회고하듯이 말한다.

나의 젊은 시절, 그 시절의 하루하루는 이렇게 돌아갔어요. 어떤 날이, 그 어떤 날과 다르지 않게. 난 매일, 많은 사람들과 만났었지요. 난 그들을 돌대로 삼아서, 또 그들 역시 나를 돌대로 삼아서, 인생이라는 그 길을 질주해갔던 겁니다. 서른 살, 난 늦게 출발했었지만, 아버지에게 장담했듯이, 머저리들처럼 빌빌거리지는 않았습니다. 난 돌리고, 또 돌리고…… 아무튼 닥치는 대로 돌려 나갔죠.
처음에는 보잘 것 없던 그런 자리에서, 이젠 사회적으로도 존경받은 이 정도에 나 자신을 올려 놓는 동안 이것은 수십만 번도 더 돌아갔겠지요.
그러기를 얼마, 난 정신 하나 없었어요. (돌대의 꼭지점을 가리키며) 그 사람, 어떤 얼굴이었던가? 그러기 위해서 그 사람 마음을 보고자 했던가? 그런 것엔 관심 없었습니다. 그래서 나은 젊은 날, 그 추억 추억마다에는 얼굴이 보이지 않습니다. (회전하는 돌대의 손들을 물끄러미 바라보며) 오로지 손, 이런 손들이 돌아가고 있을 뿐입니다.

당신은 잠시 침묵한다. 그러더니 지금껏 감추어왔던 당신의 사랑 이야기를 털어 놓는다.

그날도 이렇게 손들이 빙빙 돌어가고 있었지요. 그런데 우연히 저 많은 손들 가운데, 하나가, 빛났습니다. (당신은 어떤 손 하나를 가리킨다.) 정말 우연히 빛나더냐구요? 글쎄요. 아무튼, 내 가슴이 설레기 시작하더군요. 저 많은 것 속에서, 왜 유달리 저손만 보면 세상이 다 환해질까? 희고 아름다운 손…… 언뜻 손 앞을 지나갔다가, 뭇 사람들 손 속에 사무쳐 버리며…… 그러다간 또 애태우듯이 스쳐가는 손. 그 사람은 나에게 이런 모습으로 나타났던 겁니다.
좋아. 난 다짐했지요. 저 손을 잡아라!
처음에 나는, 길목을 지키고 서 있었습니다. 그 여인은 어떤 일정한 삶의 코스를 가지고 있었는데, 한 번 지나간 자리엔 꼭 다시 나타나곤 했던 겁니다. 보십시오. 방금도 지나가지 않습니까? 그 당시 나는, 사랑에 인색했었습니다. 말하자면 잡으면 그만이다, 그런 태도였지요. 일생 동안 앓는 지랄이 사랑이라는 둥, 어쩌구저쩌구엔 소 귀에 경 읽기였던 겁니다.
쉿, 또 지나갑니다. 난 노립니다. 바짝 긴장을 하고…… 그리곤 와락 덤벼들어 잡습니다! (당신은 엉뚱한 손을 잡게 된다.) 아 실례! 난 저쪽 손을 잡으려구 한 건데요. (돌대는 다시 회전한다. 당신은 노린다. 잡는다. 그러나 이번에도 다른 손이다.) 용서하십쇼! 당신 손이 아니구요, 방금 휙 지나간 저 여자의 손을 잡으려 한 겁니다. (꾸벅 절을 하고 잘못 붙잡았던 손을 놓아 보낸다.) 또 실패였습니다. 하지만 실패할수록 성공의 확률이 높아지느니만큼, 난 이 정도로 단념하진 않습니다. 앗, 또 지나가는군! (당신은 재빨리 붙든다.) 아저씨 웬일이십니까? 이런 자리에서 손을 내미시다니? 네, 가족들은 잘 지내고 있어요. 아주머닌 어떠세요? 잘 지내신다구요? 그럼, 이만 안녕히 가십시오. (씁쓸하게 웃으며) 우리 아저씨였습니다. 아주 중요한 찰나에, 하필이면 아저씨를 만나게 되다니…….

당신은 일단 식탁으로 물러나온다. 커피를 마시면서, 그 여인의 손잡기를 구상한다.

어떻게 하면 잡을 수 있을까요? 무슨 방법이 없을까?
아, 형님. 의논할 게 있어요. 심각한 거예요. 형님이 좋은 방법을 알려 주실 것 같아서 말씀드리는 건데요……. 나, 사랑에 빠졌나 봐요. 그 여인의 얼굴을 봤느냐구요? 형님은 또 얼굴 타령 이시군요. 하지만 나에게는 손이 문제예요, 손이. 그 손을 어떻게 잡을 수 있을까요? 하루에도 열 두번씩, 아니, 그 열 두번이 열 두번씩, 그 희고 빛나는 것이 내 눈 앞을 스쳐가거든요. (한숨을 쉬며) 괴롭군요. 잡았는가 하면 엉뚱한 다른 사람 손이구. 실례했노라……. 용서해 달라. 아저씨는 안녕히 가시라.
좋은 방법 없을까요, 어떤? 형님? 형님? 또 아무 말씀 않으시는군요. 식탁의 구석진 자리에 앉아서, 형님은 그저 날 바라만 보시기예요? (한 모금 커피를 마신다. 잠시 침묵. 벌떡 일어선다.) 기가 막힌데! 왜 내가 이걸 생각 못 했을까! 기다렸다가 잡을 게 아니라, 좇아가서 잡는다!

당신은 돌대로 뛰어간다. 빙빙 회전하는 손들을 따라 당신도 돌아간다. 당신은, 그 가슴 태우는 손을 붙든다. 그럴 때마다 다른 엉뚱한 손이 잡혀진다.

아, 실례, 용서, 안녕. 아, 실례, 용서. 안녕. 아, 실례, 용서, 안녕……

당신은 결코 의욕을 잃은 건 아니다. 우리들도 그 점을 인정한다. 다만 당신은 빙빙 돌아가기에 지치지 않을 수가 없었고 마음과는 달리 육신은 그 어떤 손에, 마치 나뭇가지에 걸린 빨래처럼 축 늘어진다. 더구나 운명은 잔인한 것이다. 바로 당신의 코 앞에, 당신이 좇던 그 아름답고 빛나는 손이 놓여 있다.

아, 실례. 괜찮다구요? 더 기대고 있으라구요? 누구신지 모르지만, 당신은 친절하시군요. 그래요? 나를 잘 알아요? 어떻게 아시죠? 시치미를 떼다뇨? 오늘도 수십 번 당신 손을 잡지 않았느냐구요? 그랬습니까? 내가? 그래서 정(情)까지 들었다구요? 맙소사! 정뿐 아니라 사랑마저 하는 거 아니냐구요? 이것두 인연이에요? 네에? 더욱 나아가서 연분이라뇨? 연분? 어서 청혼을 하라니요? 당신에게, 청혼을? 하루에도 수십 번 손을 만지구, 이젠 기대기까지 했으면서 왜 정작 할 말은 않느냐구요? 당신이 누군데요? 아, 실례. 그럼요. 이것두 인연이랄 수야 있죠. 하지만 내가 바랬던 건 저기……

아뇨. 가만 있어 봐요. 생각 좀 하구요. (바로 앞에 있는 그 흰 손을 우두커니 바라보며) 좋아요. 이것도 연분입니다. 청혼하죠, 당신에게. 결혼할까요? (그 손에 입맞추며) 고맙습니다, 승낙해 주셔서.

당신은 우리에게 결혼식 때 광경을 재현한다.

그리구 곧 이어 결혼식. 사진사가 마구 사진을 찍어대더군요. 장인 어른, 이리 나오십시오. 장모님도요. 가족 사진을 찍는대요.

당신은 돌아가는 손들과 팔짱을 끼고 포즈를 취한다. 그리고 사진기 셔터가 눌러질 때마다 그럴 듯한 함박웃음을 짓곤 한다.

아버지 우리 한 장 더 찍어요. (목소리를 낮추어서) 며느리, 이만하면 괜찮지요? 뭐 욕심내자면 한없는 거 아녜요? 그럼요. 전 행복합니다. 신혼 휴가는 보름 나왔습니다만, 일주일로 확 줄여 버릴 거예요. 제 아내하곤 평생 살아갈 건데, 보름 붙어 있으면 뭘 해요. 일주일 정도면 섭섭하다곤 않겠지요. 나머지 여드레는 사람들을 만나야지요. 화물 운수회사와의 계약 건은 요 며칠이 고비거든요. 뭘요, 여보? 응, 방금 아버지에게 당신이 아름답다구 칭찬하던 중이었소. 어여쁜 신부죠, 아버지? (팔짱을 낀다.) 사진사, 한 장 더! 됐소. 여보, 저쪽에 당신 식구들이 우글대는군. 가서 뭐라고 말 좀 해둬요. 왜 있잖소, 일생에 가장 행복한 날이라는 거. 그 말을 해요. 아,

형님. 아까 저쪽 사진 찍을 때 안보여서, 난 형님이 결혼식장에 오시지 않은 줄 알았어요. 받으라구요, 이 꽃다발을? 고마와요. 그런데 이 꽃, 이름이 뭐예요? 손수 꺾어 만드신 거라구요. 형님다우시군요. 잠깐만요, 형님. 저쪽에 거물급들이 축하한답시구 잔뜩 몰려왔군요. (당신은 만면에 웃음을 짓고 그들과 일일이 악수한다. 돌대가 한 바퀴 회정한다.) 형님, 어디 있으세요? 집에 가셨나 보군.
오, 교수님. 이렇게 와 주셔서 감사합니다. 그럼은요. 칠년 동안 열렬히 교제하던 여잡니다. 마침내 함락시킨 거지요. 사진사! 사진사! 여기 한 장!

당신은 곧 이어서 일상 생활을 계속해 나간다.

안녕하십니까? 뭐? 그저 그렇지요. 염려해 주셔서 그건 잘 되었습니다. 사무실엔 몇 시까지 출근하신다구요. 물론 요즈음은 괜찮은 편이지요. 아, 그게 사실입니다! 당신, 고집 좀 부리지 마십쇼. 그것 참 낙심천만이겠군요. 선생님 이렇게 뵙게 되다니 반갑습니다. 그 증명서, 어쩌면 위조일지도 모르잖아요. 아주 좋은 습관을 가지셨군요. 그들 부부는 이혼한다구 합니다만. 그럼요, 안부 전해 두리구 말구요. 네, 현금을 바로 지급할 경우엔 좀 싸게 살 수 있을 겁니다. 치과엘 다니신다구요. 사업상 유익한 대화를 나눴습니다. 우리는. 오, 저런. 그렇게까지 하시다니. 당신을 또 만날 수 있을까요? 아닙니다. 잘못 아신 거예요. 그렇지요, 당신 말이 맞아요. 네, 그럼 내일 다시 의논합시다. 누구시더라? 아니, 너희들은 누구니? (식탁 쪽을 향하여) 여보, 이리 나와 봐요. 크고 작은 것들이 잔뜩 문 앞에 몰려와 있는데, 한 번도 못 보던 아이들이야. 뭐? 자식도 몰라 보느냐구? (당황을 감추려 애쓰며) 어, 그래. 그렇다니까. 농담으로 그래 본 거요. 어쩌면. 자식들도 몰라 볼 아비가 어디 있겠어? 응, 너희들 그럼 다녀오렴. 뭐? 들어오는 중이라구? 들어와, 그럼. (들어오는 아이들의 수효를 손가락으로 꼽으며) 하나, 둘, 셋……일곱. 모두 일곱 놈이구나. 외워 둬야지. 다섯 더하기 둘은 일곱. 여보, 수고했소. 언제 이 애들을 모두 우리 자식들로 만들었지? 당신하구 결혼했던 때가 꼭 엊그제 같은데 말야…….

당신은 식탁 의자에 털썩 주저앉아서 커피를 찔끔찔끔 마신다.

이게 왜 이리 써? 쓰다 쓰다 못해서 아예 혀를 잡아 놓는군. (커피잔을 살짝 기울이더니 혀 끝을 담그어 그 맛을 본다.) 하긴. 싸늘하게 식었으니까 그렇지. 그럼 어쩔 수 없잖아? 마시고는 싶구, 한 모금씩 찔끔찔끔 넘기는 거야. (잠시 사이) 가만 있자, 오늘 내가 누구누구를 만났더라? (식탁을 손가락으로 긁어 계산하며) 아침에서 저녁, 그 마지막 사람까지……예순 네 명이로군. 그중에 일곱은 내 아들과 딸이렸다. 계산은 언제나 정확해. 숫자엔 착오가 없단 말이야.
아이 써. 그런데 얼굴이……그래, 얼굴이……모르겠거든. 생각이 안 나. 맙소사.
응? 여보, 뭘? 아, 뭘 생각하고 있느냐구? 내 얼굴이 보이우? 별 걸 다 묻는다구? 그런 거 물어 볼 바엔 요즘 물가가 얼마나 올랐는지 그런 거나 물어 달라구? 알았어.
얘들아, 너희들 이 아빠가 뭘 묻는다구 해서 이상스럽게 쳐다 보진 말아라. 너희들, 얼굴이나 달구 다니니? (찔끔, 한 모금 마시며) 미안하다. 그렇게 부탁했는데도 너희들은 날 이상하게 쳐다보는구나. 쉿, 엄마가 들을라. 이건 일급 비밀인데, 이 아빠의 얼굴은 지난 주 월요일에, 저 길 건너 정육점 아저씨 얼굴과 슬쩍 바꿔 가진 거란다. 너희 엄만 그걸 몰라. 아마 죽을 때까지도 그걸 모를 걸, 핫핫.
여보, 얘들 좀 봐. 센스가 아주 높은 애들이야. 내가 고급 농담을 한마디 툭 던졌더니, 글쎄 이렇게 까르르 웃는다우.
맙소사. 형님이 이런 꼴을 보셨더라면 뭐라구 하실까? (잠시 생각해 본다.) 뭐라구 하시긴. 언제나 말이 없으신 분인데.
여보, 잠깐만. 나, 옛집으로 전화 좀 해야겠소. (다이얼을 돌린다. 수화기를 든다.) 아, 어머니시군요. 형님 좀 바꿔 주세요. 뭐라구요? 소리가 안 들린다구요?……늙으시더니 가는귀가 먹으셨나? (커다랗게 외치듯이) 어머니, 형님을 대주세요! 형님요, 형님! 뭐요? 형님 없어요? 왜 없어요? 죽었으니까 없다구요? 맙소사! 언제요? 십 사년 전에요? (놀라서 잠시 어리둥절해 있다가 커다란 목소리로) 어머니! 이 아들은 센스가 매우 낮습니다! 고급 농담을 하셔두요, 전 통 못 알아 듣는다구요! 정말요? 아니 어머니, 제 결혼식 때도 왔던 형님이…… 잘 안 들려요? 형님이 제 결혼식 때 왔었다구요! 네? 그때가 언젠데 무슨 뚱딴지 같은 소릴 하느냐구요? 알았어요, 어머니! (수화기를 놓는다.)
여보, 형님이 죽으셨대. 십 사년 전에. (커피를 찔끔 한 모금 마시며) 오, 형님! (잠시 침묵) 형님, 믿어지지 않아요. 언제나 발밑까지, 그 기다란 옷을 입으시구서, 식탁의 구석진 자리에 조용히 앉아 계시던 분이. 그러니까 그게 마지막이셨군요. 저의 결혼식때, 이름 모를 들꽃 한 다발을 꺾어다 주셨지요. 그리곤 말 없이 웃으셨어요. 알아요, 형님. 이 세상에서 오직 한 사람의 얼굴, 난 형님의 그 얼굴을 알 뿐이에요.

여보, 뭐? 수화기를 받아 보라구? (반갑게 전화를 받는다.) 형님이세요? 아, 실례했습니다, 장인 어른이시군요. 웬일이십니까, 이 밤중에? 답답합니다. 그렇게 우시지만 마시구 말씀을 하십시오. 네, 네, 장모님이? 언제요? 혹시 십 사년 전은 아니겠지요? 죄송합니다. 방금 돌아가셨다고 저의 아내에게도 알려드리겠습니다. 네, 네, 그것두 제가 하지요. (수화기를 놓는다. 잠시 사이) 여보, 달리 할 말이 없소. 들어서 알겠지만, 당신 어머님이 돌아가셨소. 그리구 나더러 밤샘을 해 달래. 물론 당신의 오빠라든가 동생들도 올 테지만, 그래도 출세했다는 사위가 한 명 있어야 하겠다는 거요. 옳은 말씀이시지. 좋소, 가야 하구말구. 당신은 상복을 입어요. 나에겐 검정 넥타이나 매어 주구.

검정 넥타이. 그러나 사람이란 누구나 자기가 알고 있는 얼굴, 이 지상에선 사라지고 없는 그 단 하나의 얼굴을 위해서 이걸 매는 겁니다.

당신은 돌대에 가서, 돌아가는 손들을 잡으며 그들을 정중하게 맞이한다.

나의 장모님은 돌아가셨습니다.
나의 장모님은 돌아가셨습니다.
나의 장모님은 돌아가셨습니다…….

당신은 어느 사이에 달리 바뀌어진 말을 한다. 그러나 우리들은 거의 눈치채지 못하고 있다.

나의 형님은 돌아가셨습니다.
나의 형님은 돌아가셨습니다.
나의 형님은 돌아가셨습니다…….

마침내 당신은 다음과 같이 말을 바꾸어 본다.

나는 돌아가셨습니다.
나는 돌아가셨습니다.
나는 돌아가셨습니다…….

당신은 문득, 형님의 모습을 보게 된다.

아, 형님. 웬일이세요? 여긴 어떻게 오셨습니까? 이 꽃다발 날 주신다구요? 고마워요. 이런 장례식 자리에서, 이걸 받고 보니 기분이 좀 야릇하군요. 그런데 이 꽃 이름이 뭐예요? 언젠가 이걸 받았던 기억이 있어서요. 잠깐만요, 거물급들이 조문(弔問)한답시구 몰려왔군요. 어딜 가지 마세요, 예전처럼 꼭 내 곁에서 이 꼴을 봐 주십쇼. (당신은 그들과 일일이 정중하게 악수한다. 돌대가 회전한다.) 나는 돌아가셨습니다. 나는 돌아가셨습니다. 나는 돌아가셨습니다……. 얼마나 우스워요. 사람들은 내가 방금 뭐라구 그랬는지 몰라요. 그저 그들은 이렇게 대답하죠. ?안됐구려. 장모님께서 돌아가셨다니…….?

당신은 터벅터벅 식탁으로 돌아온다.

앉으세요, 형님. 집으로 전화를 했었지요. 그랬더니 형님이 돌아가셨다는 거예요. 난 믿을 수 없어요. 그럼요. 난 믿지 않아요.
그동안 어떻게 지냈는지 말해 볼까요? 놀라지 마십쇼. 내 자식이 일곱이나 생겼어요. 무려 일곱이나! 그것두 어제 저녁에야 안 사실이죠.
형님은 늙지 않으셨군요. 그때 그 얼굴이에요. 하지만 난 많이 달라졌지요? 그럼요. 언제 이렇게 늙어졌는지……
(당신은 커피를 한 모금 마신다.) 달콤하군. 달디답니다. 쓰디쓴 것을, 이렇게 달콤하게 느끼는 것은, 어쩌면 이젠 나두 뭔가 좀 달관한 건지도 모르겠군요. 그렇지요, 형님?
괜찮아요. 형님은 그렇게 아무 말씀 않으시구 가만히 앉아만 계셔도 좋아요. (잠시 침묵) 이제 겨우 반절 살았어요. 앞으로 오십 년은 더 살 수 있죠. 뭐, 욕심을 부리지 않아도, 한 이삼십 년은 너끈할 겁니다, 핫하…….
요즘 내가 만나는 사람들, 매일 많아져 가고 있어요. 내가 직접 찾아가서 만나는 사람도 있지만요, 날 만나고자 찾아오는 사람이 더 많아졌어요. 처음하곤 형편이 달라진 셈이죠. 그

땐 오로지 내가 아쉬워서 찾아가 만나야 할 사람들뿐이었거든요. 말하자면, 이젠 나도 높아졌다 이겁니다, 핫하.
형님에겐 천박스럽게 여겨지시겠지요. 사회적 지위가 높아졌다든가, 만나러 오는 사람들이 많아졌다든가 돈도 쓸 만큼은 벌었다든가…… 하지만 난 이것이 자랑스런 겁니다. 내가 바친 정열이 이것이거든요.
쓰디쓴 맛, 이런 싸늘하게 식어버린 걸 마시면서 몸서리칠 때도 있지만요, 가끔 이렇게 달콤하게 느껴질 때도 있단 말입니다. 하긴 그래요, 아직 반절밖에 살아보지 않구서 그 맛이 어떻다는 등 이야기한다는 게 우습지요. 그럼요. 좀더 살아 봐야죠. (잠시 침묵) 난 생각해 봐요, 가끔씩은. 식탁 위에 커피라도 한 잔 놓여 있는 날엔…… 앞으로 난 어떻게 살아갈 것인가 하구요.

당신은 커피잔을 들고 돌대에 다가가서 손들을 돌린다.

물론 그렇지요 내 추억 추억마다엔 얼굴이 없듯이, 나의 미래 또한 얼굴은 보이지 않아요. (회전하는 돌대의 꼭짓점을 가리키며) 나의 미래(未來)입니다. 얼굴이 있질 않아요. 그저 과거에도 그랬듯이, 이렇게 손들만이 빙빙 돌아갈 겁니다. (잠시 침묵. 당신은 돌아가는 손들을 바라본다.) 난 생각해 보죠. 마지막 날, 나의 마지막 날 광경을. 이 빙빙 돌아가는 손들, 이것들을 붙잡지 못하게 될 때, 더 이상 붙들기에는 나의 기력이 모두 쇠진해 버린 그때, 그날에도 난 여기 이것들 곁에 있겠지요. 그리곤 빙빙 돌아가는 것에 두들겨 맞아서, 마침내 이 자리에…… (당신은 돌대의 밑, 한 지점을 가리키더니 드러눕는다.) 쓰러지겠지요. 가슴을 바닥에 대구 머리를 툭 떨어뜨리고는…… 그저 기다랗게만 누워 있겠지요. 손들은 여전히 빙빙 돌아갈 거구…… 그것이 나의 마지막 날 풍경입니다.

당신은 일어선다. 그리고 애매한 미소를 짓는다. 우리들이 가장 좋아하는 모습인 것이다.

하지만 나는, 이 괴물을 사랑해요. 얼굴은 달리지 않았구, 수많은 손들만이 매달린 이 괴물을. 난 이 흉칙한 것에 묻습니다. 내 인생의 방향이 어디냐구. 그럼 이 손들은, 제각기 다른 방향을 가리키는 겁니다. 아, 피식 웃음이, 그렇지요, 웃음을 아니 웃지 못할 그런 거지요. 더구나 어떤 손이 활기에 차서 나를 부르고, 희망을 담뿍 담은 소개장을 내밀며 내 손을 붙잡으려 할 때, 난 이것을 사랑할 수 밖에 없는, 달리 더 무엇을 할 수 없는, 그런 애틋한 정을 느끼는 겁니다. (당신은 한 손에게 붙잡힌다.) 그래, 뭘 부탁한다구? 응, 알았네. 자넬 도와줌세. (돌대는 계속 돌아간다.) 그럼 형님, 안녕히. 이 괴물을 사랑하는 날 지긋이 봐 주십시오. 네, 멀리 못 나갑니다. 난 여기 이것과 함께 있어야 하거든요.

당신은 빙빙 돌아가는 손들을 번갈아 잡는다. 잠시 침묵. 막이 내린다.

— 막.

우리들 세상

· **등장인물**

가씨 변호사
나님 화가
다분 의사
라양 적십자사 회원
마군 생명보험회사 외무사원
주인 식당 주인
바람 주인의 딸

· **무대**

둥근 식탁 하나와 다섯 개의 의자들. 아라비아 숫자가 큼직하게 표시된 시계. 그리고 반원형(半圓形)의 대형 샹들리에. 이곳은 식당이다. 교외의 유원지. 방갈로 형식으로 지어진 간이 건물. 봄과 여름, 행락철 때에만 개장하고 있다.

식탁, 무대 한가운데 자리 잡는다. 의자들은 식탁 주위에 반쯤 빙 둘려 놓여진다. 시계가 그 뒤, 주방 쪽의 벽에 걸려 있다. 좀 거추장스럽게도 보이는 샹들리에, 그것은 식탁 바로 위 천정에 매달려 있다. 이 연극의 가장 중요한 몫을 할 이 물건은, 사실은 특별한 구조를 가지고 있다. 이 샹들리에에 달린 묵직한 원추 모양의 장식구(裝飾球)는 모두 다섯 개인데, 각각 그 바로 밑 다섯 의자들과 대칭을 이룬다. 만약 그 묵직한 장식구(裝飾球)가 아래로 떨어진다면, 하는 생각은 그 아래 앉을 손님들을 위해 안 하는 편이 좋을 것이다. 그리고 외견상으로는, 이 위험스런 장식구들은 금색 물들인 단단한 줄에 묶여져 있으므로, 등장인물들은 이 천정의 물건에 그다지 관심을 갖지도 않는다.

이 식당의 주인은 50대 남자로서 작은 키에 육중한 몸. 멜

빵 달린 바지를 입고, 명랑하고, 장난 좋아하고, 욕심 없고, 나쁜 일에 성낼 줄 아는 인물이다. 이 호인(好人)에게는 열너댓 살 가량의 벙어리 양녀가 있다. 이 소녀는 비록 말을 못 하지만, 악기로써 자신의 감정을 음악으로 나타낸다. (공연할 때 어떤 악기라도 상관없다. 피리, 바이올린, 하모니카, 또는 기타 등 이 희곡에서는 편의상 피리라고 지칭한다.)

손님이 뜸해진 한가한 시간, 식당 주인은 딸의 연주를 듣고 있다.

주인 좋아. 그러니까 네 마음이 기쁠 때는 말이다, 어떤 소릴 낸다는 거냐?

바람 (몇 개의 음계로 밝고 명랑한 곡조를 분다.)

주인 슬플 때는?

바람 (어둡고 쓸쓸한 소리를 낸다.)

주인 알겠다. 그럼 승낙과 거절의 뜻도 정하자. 먼저 ?네?를 해봐라.

바람 (높은 소리를 낸다.)

주인 ?아니요?는?

바람 (낮은 음계를 분다.)

주인 됐다. 우선 이 네 가지 것을 약속으로 정하자꾸나. 사실, 사람의 말이라는 것두 그런 약속이거든. 기쁜 감정이 생길 때 ?기쁩니다? 이렇게 말하는 건, 사람끼리 그렇게 발음하자구 정한 거란다. 그러니까 뭘 정하기만 한다면, 말 아닌 다른 소리로써도 얼마든지 마음을 통할 수가 있어. 얘야, 우리 즐겁게 살자꾸나! 비록 넌 말을 못 하긴 하지만 어쩜 그리 마음이 곱구 밝으냐! 그리구 또 그렇지, 이 피리라는 것두 사람의 입에 비하면 그 얼마나 정직한 거냐? 꼭 마음에 있는 소리만 내니 말이다. 하하.

바람 (밝은 곡조를 분다.)

주인 알겠다. 너 기분이 좋은 거구나!

가씨, 이 연극의 다섯 손님 중에서 첫째 인물이 들어온다. 유복한 차림을 한 중년 신사. 그는 몹시 짜증이 난 표정을 하고 있다.

주인 어서 오십시오.

가씨 원 세상에! 이걸 좀 보시오.

주인 뭘 말씀인가요?

가씨 내 꼴 말이요. 밀리구, 짓밟히구, 몰리더니, 이제 간신히 쏟아졌오. 교외선 열차, 그거 사람 탈 건 아니로군!

주인 그렇지요, 일요일엔 만원이거든요.

가씨 일요일 탓이 아니구 사람들 잘못이요, 그냥 자기만 타구 보자, 남은 모르겠다…… 내 원 참, 모처럼 하루 즐기려 왔더니 다시 돌아 가야겠소. 하행선은 몇 시에 있오?

주인 한 시간쯤 기다리셔야 합니다. 저어 힘들게 오셨는데 그냥 가시면 되겠습니까? 이 앞 큰 길을 따라 올라가십시요, 유원지가 나옵니다. 숲이 좋지요, 꽃두 피었구요, 또 골짜기엔 맑은 시냇물도 흐릅니다. 자, 가 보십시오.

가씨 정 떨어져 관두겠소. 여기 좀 쉬었다가 되돌아 가야지, 이거

원! (식탁의 의자에 앉으며) 뭐든지 마실 걸 주시오.

주인 바람아, 마실 걸 가져온.

바람 (피리로 응답하고 주방 안으로 들어간다.)

가씨 바람?

주인 네, 딸입지요.

가씨 이름 좋소.

주인 고맙습니다.

가씨 바늘과 실 있으시오? 단추가 떨어졌는데…….

주인 단추가 없잖습니까?

가씨 그렇군, 이거.

나님, 두 번째 등장인물이 들어온다. 20대의 젊은 남자, 화판(畵板)을 든 모습이 화가라는 것을 알 수 있다.

나님 안녕하셨습니까, 주인!

주인 아, 또 오셨군요.

나님 드디어 좋은 작품을 얻었답니다!

화판을 보여준다. 여러 색깔의 물감들이 마구 뒤범벅이 된 어떤 전위적인 추상화를 보는 것 같다.

나님 이건 대단한 겁니다! 수법이 참신한, 그야말로 실험 작품치곤 일대 걸작이에요!

가씨 실례지만, 뭘 그린 거요?

나님 「혼란」을 그린 겁니다. 난 매주 일요일마다 가장 혼잡한 교외선 열차 속에 기어듭니다. 그리고 화판을 펼치구, 그 위에 물감들을 올려 놓지요. 무수한 사람들이 진동합니다. 그럼 마치 지진계가 지진을 기록하듯이, 이 화판은 그들의 혼란을 그려냅니다. ?혼란? 어떻습니까! 내 작품이?

가씨 대단히 반갑소!

나님 좋으면 좋은 거지, 반갑다니요?

가씨 당신 작품 한가운데에 붙어 있는 내 단추를 발견했오.

나님 손 대지 마십시오! 이것 때문에 위대한 걸작이 된 겁니다.

주인 진정하시오, 모두들.

주인은 그 두 사람을 따로 떼어서 의자에 앉힌다. 바람이 주스를 담은 유리잔을 가져와 가씨 앞에 놓는다.

나님 예술을 모르시는군요, 선생님께선!

가씨 당신이야말로 모르는군. 분실물 은닉죄는 형법 몇 조에 해당되는 줄 아오?

다분, 세 번째 인물이 등장한다. 몸이 마른 40대의 남자.

다분 실례가 안 된다면…….

주인 앉으십시오, 손님.

다분 (의자에 앉으며) 안 됩니까, 식사는?

주인 실례는 안 됩니다.

다분 아니! 그게 아니라 음식 말입니다만. 이 식당에서는 뭘 가장 잘 하시는지요?

주인 원하시는 대로 뭐든지 해 드릴 수 있습니다.

다분 맵고, 짜고, 신 것을 주지 마십시오. 지독한 위장병에 걸려서요, 난 음식을 가려 먹지 않으면 안 됩니다. 저어, 가능하다면 죽 한 그릇을 만들어 주실까요?

주인 (약간 망설이다가) 죽 한 그릇 물론 가능합니다.

주인, 직접 죽을 만들고자 주방 안으로 들어간다. 바람은 한 곳에 떨어져서 은은하게 기쁨을 연주한다. 가씨는 비쩍 마른 다분의 멀쩡한 모습에 이상하다는 듯이 바라본다.

나님 왜 신기합니까? 단추 하나 안 떨어진 게 신기하냐구요?

가씨 그것 참 이상한데…….

다분 왜 그러시지요?

가씨 뭘 타구 오셨오?

다분 자동차요. 좀 낡아빠진 고물이긴 합니다만 자가용이 있거든요.

가씨 그럼, 그럴 테지.

다분 네에?

가씨 아, 아무것도 아니요.

나님 (자기 그림을 가리키며) 저 위대한 걸작을 어떻게 보시겠습니까?

다분 유감입니다. 난 사실 여기까지 와서 저런 그림을 보리라곤 기대하지 못했습니다. 꽃과, 구름, 나무들 그런 걸 보러 왔거든요. 신경성 위장병에 대해서 새로운 연구가들은, 그건 나의 전문 분야이기도 합니다만, 자연(自然)으로 돌아가라, 그러면 나올 것이다, 이런 주장을 하기 시작했습니다. (옆 자리를 건너서 가씨에게) 선생은 자연에 대해서 어떻게 생각하십니까?

가씨 단추에 대해서는 어떤 생각을 하시겠소?

마지막 등장인물들이 들어온다. 라양과 마군. 30대의 노처녀와 노총각으로서 동행이다. 그들은 앉을 자리를 두리번거리며 찾다가 식탁 쪽으로 다가온다.

마군 좀 앉아도 괜찮겠습니까?

손님들 앉으시오.

마군 (라양에게) 먼저 앉으시지요.

라양 앉는군요, 마침내는요.

마군 혹시, 또 한 자리 얻어도 상관 없겠습니까?

손님들 염려 마시오.

마군 드디어 우리는 나란히 앉았군요.

라양 (안도의 숨을 쉬며) 그래요, 나란히.

마군 대단한 방황이었습니다. 아침부터 지금까지 꼬박 헤맸거든요. 숲이면 숲, 골짜기면 골짜기, 그 어딜 가도 아늑한 데라고는 없었습니다.

가씨 이미 다녀 오시는 거요?

라양 말씀 마세요, 저 아름다운 유원지가 어쩜 그렇죠?

마군 가슴 아픈 현상입니다. 물론 경치야 기막히게 좋지요. 문제는 사람들인데요, 막 앉으려고 하면 그 주위가 소란해집니다. 확성기를 가지고 와서 노래라구 악을 쓰지 않나 춤이랍시구 도깨비 벌에 쏘인 흉낼 안 내나, 어떤 곳에서는 술 취한 사람들끼리 패 싸움을 벌이지 않나…….

나님 이런 델 오니까 그렇지요.

마군 그럼 어딜 가야 될까요? 그럴 듯한 곳을 가르쳐만 주신다면 사례는 후하게 해드리겠습니다. 사실, 이런 소개는 쑥스럽습니다만, 여기 옆에 있는 이 분과 나는…….

나님 결혼하셨나요?

마군 아닙니다.

다분 그럼 약혼한 사이?

라양 아니예요.

가씨 그게 아니라면 연애중이시요?

마군 아뇨, 바로 지난 주 금요일 친척 아주머니가 둘을 인사시켜 주었지요. 우리 입장에서 본다면, 이 기회는 소중하기 이를 데 없습니다. 이번마저 잘못 되었다가는 어쩌면 평생 결혼 한 번 못 하구 지낼지도 모르기 때문입니다. 그래서 궁리 끝에 이 유명하다는 유원지까지 왔습니다만, 겨우 이제야 우린 나란히 앉게 된 겁니다.

주인, 주방에서 나온다. 그는 죽이 든 사발을 다분 앞에 놓아준다.

주인 죽입니다, 선생님.

다분 짭니까? 매웁니까? 시디십니까?

주인 잡숴 보십시오.

다분 아, 그렇지요. (한 수저 떠먹더니 만면에 웃음을 짓고) 됐습니다. 아무 맛도 없군요!

주인 주원료는 맹물이었습이다.

다분 자연은 순수합니다. 맹물은 그 가장 대표적인 형태로서, 특히 신경성 위장병에 좋습니다.

주인 과분한 칭찬을 해주시니, 이 죽은 무료로 드리겠습니다.

가씨 이 주스의 자연적인 순수성에 대해서 나도 한마디 해도 되겠소?

다분 덩달아서 공 것을 잡수시겠다는 것은 비도덕적 행위입니다.

나님 그렇구말구요! 예술에 대해서 무지하다는 것 역시…….

가씨 비도덕적 행위인가? 그렇다면 내 단추를 내놓게!

나님 주스는 그 나름대로의 순수성을 가지고 있다 하겠습니다.

라양 여기도 점점 시끄러워지는군요.

마군 또 떠날까요, 우리?

가씨 내 주장을 보류하겠소. 그냥 앉아 계시오.

주인 뭘 드시겠습니까, 손님들께선?

라양 맹물요.

마군 왜 좀더 비싼 걸 시키시지요. 오늘은 내가 돈을 쓰겠다고 했잖아요?

라양 그럼 커피 주세요.

마군 홍차요, 나는.

주인 바람아, 커피와 홍차.

바람, 경쾌한 곡을 불면서 주방으로 들어간다.

마군 (나님에게) 아까 가르쳐 주려다가 그만 둔, 그 분위기 좋은 곳 어디 있습니까?

나님 (단호하게) 없습니다!

마군 없다니요?

나님 사람 사는 곳이라면 그 어디를 가나 마찬가지예요! 혼란입니다! 저기 저 그림을 보십시오. 저 위대한 예술품은 바로 그 혼란을 경고하기 위해 만든 겁니다. 혼란을 멈춰라! 그렇지 않으면 우리 인류는 파멸하고 만다! 이 점을 절규하고 있는 작품입니다.

가씨 설명을 듣고 보니 그도 그럴 듯한데!

나님 그렇지요? 이젠 이해하시겠지요?

가씨 인류까지 거들먹거리는 건 자네 욕심 같고, 혼란이라는 건 공감이 가네.

다분 혼란! 내 신경성 위장병도 바로 그게 원인이었지요.

마군 동감입니다. 혼란은 나를 지금껏 노총각 신세에서 벗어나지 못하도록 했습니다.

주인 재미있는 말씀이시군요.

마군 듣는 분에겐 재미있을지 몰라도 나처럼 피해 당한 입장에선 쓰라린 겁니다. 나의 혼란, 그걸 어떻게 말해야 할까요, 한 개인의 행복을 무참히도 짓밟아 버린 그 혼란, 난 지금도 생생한 충격 속에서 그것을 회상할 수 있습니다.

나님 직접 체험한 내용인가요?

마군 물론이지요.

가씨 대충 간략하게 말씀하시오.

마군 네. 사기를 당했습니다. 어떤 토지를 사면 엄청난 이익을 본다기에, 모아왔던 결혼 자금을 몽땅 털어 바친 겁니다. 그랬더니 그 토지라는 건 온데 간데 없구, 계약서는 한낱 휴지가 돼버렸습니다.

가씨 어찌 그걸 혼란이랄 수 있겠소?

마군 분명히 혼란입니다. 그 유령 토지에 투자한 사람이 나 혼자 뿐이 아니었어요. 수백 명도 더 넘었습니다. 토지 브로커가 전세 버스를 몇 대 동원하여 우리들을 어디론가 데려갔었지요. 물론 계약들을 하게 됐습니다. 그래서 각자 그 땅을 분양하려고 다시 몰려들 갔는데, 그곳은 없었거든요. 허공에 떠 버렸는지 그 넓디넓은 토지가 신기루처럼 증발해 버린 거죠. 수백 명의 사람들이 그날 일으킨 혼란에 대해서는 이만 생략하겠습니다.

바람, 명랑한 곡조를 불며 쟁반에 커피와 홍차를 날라온다.

주인 자, 그럼 목이나 축이십시오.

라양 가엾어요, 정말. 요즈음엔 사기꾼 천지예요.

주인 너도 그렇게 생각하니, 바람?

바람, 「아니요」에 해당하는 곡을 불며 다분이 비워낸 죽 사발을 들고 주방으로 간다. 주인이 웃는다.

라양 저도 겪은 혼란을 아야기해 볼까요?

손님들 자, 해 보시오.

라양 이날까지 노처녀인 거는요, 인물이 못나서가 아니구요…….

마군 토지 브로커에 걸려들었습니까, 당신도?

라양 아니죠. 뭇 남자들이 모두 사기꾼처럼 보였기 때문이에요. 사실 또 그렇구요. 신문을 보세요, 혼인을 빙자해서 누가 누굴 어떻게 했다 하면 그건 남자거든요. 그러니요, 어떻게 남자를 믿구 일생을 함께 하겠어요.

나님 남자를 모두 몰아 붙인다는 건 좀 지나친 것 아닐까요?

라양 어쩔 수 없잖아요? 댁도 그럴지 누가 보장해요?

가씨 불신 풍조로군, 이것두.

다분 맞아요. 그게 바로 근본적인 문제거립니다. 사길 당한다, 남자를 믿을 수 없다, 예술가는 혼란을 주제로 작품을 만든다, 신경성 위장병에 걸린다. 이 모든 것이 그 근본적인 것에서 파생되어 나온 거지요. 또 그 밖에 같은 증세는 얼마든지 있습니다. 공직에 있는 사람이 돈을 받구 뭘 어떻게 했다, 모 제약회사에서 밀가루만 가지구 약을 만들었다, 요즈음 청년들은 돈이냐 출세냐? 그것만 따지려든다, 누구는 저 혼자서 잘 살면 그만이라 한다, 주워 섬길 수도 없이 많구 많거든요.

손님들 개탄할 일입니다.

가씨 정말 왜들 그러는지 모르겠소. 하다 못해 어린애들까지도 그런 악영향을 받으니 한심한 일이요. 내 집엔 손자놈이 셋, 마당에 그네가 하나 있오. 세 아이들이 차례차례 타면 될 터인데, 서로 먼저 타겠다 싸움질이요. 그래선 한 놈도 탈 수 없거든. 하지만 그걸 어떻게 나무랄 수 있겠소? 요즘 어른들이 그 꼴인데, 어른은 해도 좋구, 너흰 하면 나쁘다 할 순 없잖소?

다분 근본적인 문제에 대해서 또 발언하실 분 안 계십니까?

마군 피해자의 입장에서 또 한 번 말씀드리겠습니다.

라양 그만하세요, 당신은 너무 가엾어요.

나님 피해자, 피해자, 자꾸 그래서 슬쩍 동정을 사시는데, 그럼 내가 가해자란 말입니까?

마군 누가 가해자랬습니까?

나님 꼭 그렇게만 들리니 항의하는 겁니다.

가씨 아, 조용히. 이렇게 되구 보니 나 역시 개인적인 해명을 아니 할 수 없오. 이 자리에서 밝혀 두지만, 난 명백히, 피해자요.

다분 선생님께선 질투하시는 겁니까?

가씨 뭐요?

다분 나에겐 그렇게 보입니다.

가씨 천만에! 지금껏 우린 온갖 혼란에 대해서 이야기했오. 그런데 가만 있어 보시오, 그 책임을 져야 할 장본인 같지 않겠느냐 말이요.

다분 하긴 그렇군요. 나 역시 양심 선언을 해 둡니다. (손을 들고) 본인은 양심껏 살아왔으며, 그 어떤 혼란에 대해서도, 즉 작은 혼란, 큰 혼란, 공적인 혼란, 사적인 혼란, 도덕적 혼란, 또는 뭐든 혼란에 대해서 아무 잘못도 없음을 엄숙히 선언하는 바입니다.

가씨 거창해서 좋소.

다분 좋은 건 좋은 거니까요.

라양 그럼 제 잘못인가요?

마군 선언해요, 어서.

라양 (분연히 일어나 윤동주(尹東柱) 님의 시를 암송한다.)

죽는 날까지 하늘을 우러러
한 점 부끄럼이 없기를
잎새에 이는 바람에도

나는 괴로워했다.

이 시가 바로 제 마음이에요.

손님들 (박수를 친다.)

나님 감동적이군요.

라양 (앉으며) 고마워요.

나님 고마울 것두 없죠. 모든 책임이 둘둘 말려져서 또 나에게 왔으니 말입니다. 하지만 보십시오! 저는 혼란을 그릴 뿐이지, 혼란 그 자체를 만들지는 않습니다!

가씨 가만, 가만, 그럼 또 내 차례로 돌아왔나 본데, 난 맹세하오. 온갖 혼란들은 타인들이 일으킨 것으로서 나는 피해를 당했으면 당했지 한 번도 누굴 해치지 않았오. 나의 전 인격에 걸어 맹세하는 바이요.

다분 이거 돌림놀이인가요?

손님들 그렇군요.

다분 나의 결백함, 그건 방금 전의 양심선언을 참조하시기 바랍니다.

라양 어머나, 또 제 차례예요?

주인 (웃으며) 끝 없겠습니다. 손님들.

라양 저는 적십자 회원이구요, 봉사 활동에 헌신적으로 참가해 왔어요. (목걸이에 매달린 메달을 여러 사람들에게 둘러 보이며) 보세요, 이건요, 총재님께서 제 공로를 표창하신 메달이랍니다. 저는요, 혼란을 막기까지 했다구요. 희생을 무릅써 가면서요, 나약한 여성의 힘이지만요…….

마군 저어, 숨 좀 돌리시지요.

라양　이젠 아시겠죠?

마군　여러분, 존경해 주십시오. 아울러서 이 여성에 뒤지지 않을 만큼 나 또한…….

가씨　잠깐. 사회적 공로에 대해서라면, 나의 혁혁한 경력을 발표하지 않을 수 없오.

나님　선생님 차례를 지켜 주십시오.

마군　아직 내 이야기도 끝나지 않았는데요.

다분　「너희는 세상의 소금과 빛이 되라」 성경에 가라사대, 그게 바로 나를 두고 한 말씀인 줄 아시면 됩니다.

가씨　사회적 차원에서 내 공로를 말할 것 같으면…….

나님　예술가의 공헌을 무시 마십시오.

다분　나는 소금입니다!

가씨　법과 질서, 그 모범적 신봉자로서 나는 오로지…….

마군　나 또한, 나 또한…….

다분　빛이에요!

마군　사람들은 말했습니다. 나는 법 없이도 살 선량한 인간이라구요.

라양　저는요, 헌혈 운동에도 참가했어요!

마군　선량한 인간으로서 말씀 드립니다만…….

나님　예술가로서 나는 모든 사람들에게…….

바람이 나온다. 주인은 그녀의 피리를 빌어서 가장 높고 강한 소리를 낸다. 이 소리에 손님들은 떠들썩한 자기 자랑을 주춤한다.

주인　미안합니다.

손님들 뭡니까, 주인?

주인 끝이 없을 것 같아서요.

가씨 난 결판을 내야겠소.

손님들 우리 역시 마찬가지요.

주인 손님들, 옆에서 듣고만 있었습니다마, 참 흥미있는 토론을 하시는군요. 혼란이라는 거, 긍정이 갑니다. 그리구 손님들 각자가 피해자라는 것두 알만 하군요. 물론 세상에 대한 여러분의 공로 역시 짐작이 되구요.

가씨 잘 됐오, 주인, 당신이 객관적으로 판단해 주시오.

손님들 그래요, 판단해 주시오.

주인 글쎄요, 아무튼 이렇게 말로만 떠든다고 해서 판가름날 것 같진 않습니다. 행동으로써, 그렇지요, 행동으로써 보여주셔야…….

손님들 (서로 차례를 다투듯이) 행동으로 말할 것 같으면…….

주인 말이 아니라 행동입니다. 도산(島山) 선생님이 그러셨던가요, 우리는 행동은 하질 않구 공연히 말로만 떠든다구요.

다분 그럼 어쩌라는 겁니까? 행동을 설명하자니 말로써……

주인 압니다. 사실 훌륭하신 일들을 하셨겠지요, 그걸 의심하는 건 아닙니다. 다만 그게 개인적으로 잘 하셨으면서도, 전체적으로 볼 때 꼭 그리 잘된 것이냐 하면……

손님들 그건 또 무슨 뜻이오?

주인 왜 많이 들은 거 아닙니까? 우리들은 개인적으로는 다들 우수하지요. 하지만 더 큰 일을 하려면 그 힘이 합쳐져야 하는데, 우린 그걸 못 해요. 아까 말씀하시던 온갖 혼란들도 마찬가집니다. 서로서로 모아 사는 곳이 세상인데, 혼자서만 잘

한다구 되는 건 아니거든요.

라양 저에겐 해당 안 되는 말씀이에요.

가씨 이젠 개인적인 차원이 아니잖소? 주인은 우리 모두를 두고 하는 말 같은데 우리가 뭐 어떻다는 거요? 여기 있는 우리들은 갖출 교양쯤은 갖췄구, 또 서로 용서했구, 사랑했구, 잘못한 건 덮어 주었으며 잘한 건 북돋아서 뭐든 함께 잘 해냈던 경력이 있오. 안 그렇소, 여러분?

손님들 물론이지요!

마군 사회란 유기적인 관계이다. 이런 것쯤 보통 상식 아녜요?

다분 그렇지요. 주인은 뭔가 우릴 오해하셨군요. 그런 상식쯤 갖지 않았다면 우리가 어째 주인께 개별적인 판단을 의뢰했겠어요?

주인 좋습니다. 그럼 판단은 맡겨 주신 걸로 하구요, 내가 어떤 시험을 해 봐도 괜찮겠습니까?

나님 시험? 뭐 필답고사 같은 건가요?

주인 아니요. 간단한 게임 같은 겁니다.

다분 그러니까 그게 뭘까요? 어떤 게임을 시켜서, 우리를 시험해 보시겠다 그거군요?

주인 네, 그렇습니다. 해 보실 의향들이 있으십니까?

손님들 해 봅시다!

주인 이 게임을 끝까지 잘 하신 분에겐, 이 식당의 주인으로서 푸짐한 상을 마련해 드리겠습니다. 최고급 요리에다 최고급 술, 어떻습니까?

손님들 그거 좋습니다!

나님 운 터지는 날이군.

마군 내가 해야 할 말입니다.

라양 단연 제가 일등할 거예요!

가씨 두고만 보시오!

손님들은 서로 장담하며 떠드는 사이에, 주인은 식탁의 의자 위에 올라가서 샹들리에를 만지작거린다. 각자 손님들 머리 위에 직선을 이룬 묵직한 장식구(裝飾球)들을 묶고 있던 금빛 줄을 풀어서, 그 한 가닥씩을 손님 한 사람마다 나눠 준다. 손님들은 거의 의식 못 하고 이 줄을 받는다. 다섯 개의 줄, 이 줄마다 매달린 원추형의 장식구, 줄을 당기면 이 장식구는 위로 올라가고 늦추면 아래로 내려오도록 되어 있다. 만약 줄을 놓칠 경우엔 그 장식구는 뚝 떨어질 것이다. 주인은 이런 줄을 서로 엇바꿔서 나눠 주고 있다. 가씨의 손에 쥔 줄은 라양의 머리 위에 묵직한 장식구를 매달고 있고, 나님은 마군을, 다분은 가씨를 라양은 나님을, 마군은 다분을 책임진 형태이다. 그리고 이 유기적인 형태는 연쇄반응을 일으키는 것으로써 누구 한 사람이라도 잘못하면, 다른 사람에게까지 즉각적으로 영향을 미쳐 이 게임에 참가한 모든 인원이 사고를 일으킬 것이다. 주인은 준비를 끝내고 식탁 아래로 내려온다.

주인 게임 시작!

손님들 (무엇이 어떻게 된 영문인지 몰라서) 이게 뭡니까?

주인 줄을 놓아서는 안 됩니다.

가씨 뭐냐구 물었잖소?

주인 보통 상식 놀이에요. (마군에게) 그러셨잖습니까? 사회란 유기적인 것이다. 바로 이게 그겁니다. 모든 분이 책임을 다 하십시오. 또 협동심도 있으셔야 합니다. 만약 맡으신 그 줄을 놓아 버린다면 (장식구들을 가리키며) 엄청난 혼란이 발생하게 됩니다. 그러나 위험하다고만 생각 마십시오. 작자가 책임을 다하며는 아주 안전한 게임이에요. 그럼 게임 시간을 정하겠는데, 30분! 즉 30분 동안만 이 게임을 잘 치루신다면, 여러분은 그 상으로서 푸짐한 식사를 대접 받을 수 있습니다.

손님들 (주방쪽 벽에 붙은 시계를 바라본다.)

주인 뭐, 쉽지요?

손님들 그야 어려울 게 없지요.

다분 식은 죽 먹깁니다, 이건.

주인 맹물로 만든 죽 말씀인가요?

손님들 (폭소를 터뜨린다.)

주인 그러실 거예요. 더구나 여러분은 각자 자랑하신 것두 있구요.

가씨 어서 음식 장만이나 해주시오.

주인 네, 모두 다섯 분이라, 뭐든 준무하십시오.

나님 미안한데요, 겨우 이까짓 줄 좀 잡구, 뭐든지 먹으라니…….

주인 먼저 주문하시오, 예술가님.

나님 메추리 구이, 난 그걸 해줘요!

주인 (수첩에 적는다.) 메추리 구이.

마군 정말입니까?

주인 약속한 건데 정말이라뇨?

마군 좋습니다. 그럼 난 해삼탕을 주문하겠습니다.

주인 해삼탕. 또 다른 분은?

가씨 꾀죄죄하게 메추리는 뭐구 해삼은 뭐요? 난 상어 지느러미 요리를 주시오.

주인 선생께선 상어 지느러미.

다분 난 죽 한 그릇.

가씨 좀 억울하시겠구려.

라양 저어, 말로만 듣던 음식인데요, 시켜도 될까요?

주인 하십시오.

라양 공작새 간 요리.

주인 (놀란 심정을 진정하고) 네. 공작새 간 요리. 그럼 술들은 뭘로 하시렵니까?

손님들 알아서 하시오, 적당히.

주인 적당히라면?

손님들 최고급으로 말이요.

주인 알겠습니다.

다분 나야 죽 한 그릇이니까 양심적으로 말하는 겁니다. 주인, 지금이라도 이 게임을 취소하는 게 어떻겠습니까?

주인 글쎄요, 하긴 주문을 받고 보니 너무나 엄청나서……

손님들 안 됩니다! 그래도 진행하시오!

주인 선생님, 자동차를 좀 빌려 주셔야 하겠는데요?

다분 내 자동차를?

주인 네. 한 차 가득이 실어와야 하겠습니다. 여긴 주문하신 그런 재료가 없어서요.

가시 겨우 30분이요. 언제 시내를 다녀 오겠소?

주인 아닙니다. 저쪽 유원지 호텔에 가서 구해 와야지요. 그 호텔 주방장이 내 친굽니다.

다분 내 차를 쓰세요.

주인 감사합니다.

손님들 빨리 다녀 오시오.

주인 그리구 그 동안에 뭐 부탁하실 게 있으시면요, 저 애를 시켜 주십시오.

주인, 밖으로 나간다. 곧 자동차가 떠나는 소리가 들려 온다. 바람은 시계가 걸린 벽 쪽에서 밝고 아름다운 곡조를 불기 시작한다. 이 음악은 수줍은 듯이 낮은 것이어서, 식탁에 모인 손님들의 대화에는 지장이 되지 않고, 오히려 은은하게 뒷받침해 준다.

가씨 저 주인이란 사람, 바보가 아니요?

다분 글쎄요, 말하는 투로 봐서 꼭 그렇다구는 볼 수 없겠습니다. 이 게임을, 사회의 유기적 관계를 나타낸 거라구 하지 않던가요?

가씨 바보일수록 어렵게 말하는 거지요.

마군 모르긴 몰라도, 우리들을 과소평가한 것 같습니다.

가씨 내 생각이 바로 그거요. 이 게임이라는 것이 명칭은 어마어마 하지만 실상은 기껏 이 줄 잡는 것뿐이잖소?

다분 하긴 그렇군요.

손님들, 머리 위에 달린 샹들리에를 살피기도 하고, 줄을 당겼다, 늦쳤다 해서 장식구(裝飾球)들의 움직임을 눈여겨 보기도 한다.

나님 히야! 이거 예술인데요!

마군 저 묵직한 게 몇 근이나 될까요?

라양　당신은 늘 가엾은 생각만 하시네요.

마군　근 수는 그렇다 하구요, 저 뾰족한 끝이 으시시하군요. 만약 저게 내 머리 위에 떨어진다면…….

나님　염려 말아요, 내가 당신을 저 세상으로 보낼 것 같아요?

마군　그래도요, 누군가 하나 놓치면…….

가씨　내가 놓아도 당신은 죽는 거로군.

마군　맞습니다, 선생님.

라양　선생님 잘 하세요. 놓으시면요, 제가 먼저 다쳐요. 그럼 저도 줄을 놓게 될 거구요, 그게 저쪽에 계신…….

나님　나를 때려 눕히겠지오.

마군　그럼 그게 또 나를 강타하여…….

다분　순식간에 그건 또 나까지…….

나님　아주 예술적이에요!

다분　이럴 경우엔 예술적이라 하지 않고 연쇄 반응이라 하는 거지요.

가씨　연쇄 반응, 그게 아니구 연대 책임이라 하는 거요, 이런 것더러.

나님　이렇게 확정짓겠습니다. 즉 이것은, 연대 책임 아래 연쇄 반응을 내포한 예술적 게임이다. 어떻습니까, 여러분?

라양　(마군에게) 안심해요. 차라리요, 하늘 무너지는 쪽을 염려하세요.

마군　그래도 만약의 사고에 대해서 준비는 있어야지요. (호주머니에서 명함을 꺼내 손님들 각자에게 밀어주며) 여러분, 생명보험에 가입하십시오.

가씨　당신, 생명보험회사 외무사원이구려?

마군 그렇습니다. 선생님의 생명은 나의 생명, 또 우리 모두의 생명입니다. 보험에 가입하십시오.

가씨 우리 모두의 것 아닌 게 뭐 있겠소? 난 변호사요. (역시 명함을 나눠 주며) 여러분, 법을 지키시오. 당신의 법은 나의 법, 우리 모두의 법이 아니겠소?

다분 여러분, 건강에 주의하시오. (청진기를 꺼낸다.) 누구 한 분이라도 탈이 나면, 그건 우리 모두와 직결되는 문젭니다.

라양 의사세요, 선생님?

다분 네. 어디 편찮으십니까?

라양 환자가 발생하면요, 제가 도와 드리려구요. 저는 적십자구급대원이에요.

나님 예술을 사랑하십시오. 저기 내 걸작품이 놓여 있습니다!

다분 그러구 보니, 있을 건 다 있군요.

손님들 정말 그렇군요!

다분 변호사, 의사, 예술가, 보험회사원, 거기에 적십자 대원까지 골고루 갖췄으니 여긴 완벽한 사회입니다.

손님들 우리 모두 잘해 봅시다.

가씨 그렇소, 협동정신, 그게 바로 법의 정신이요.

마군 보험 정신, 역시 협동정신입니다.

라양 적십자 정신이 곧 그거지요.

다분 예술 쪽은 어때요?

나님 마찬가지죠.

다분 우리 의학계도 그렇습니다. 따지고 보면요, 모든 게 서로 도와서 잘 해 보자, 그거 아니겠어요?

손님들 잘해 봅시다, 우리 모두!

손님들, 의기양양하다. 바람은 여전히 아름다운 곡을 불고 있다. 사이. 한 곡이 끝나고, 다시 다른 곡이 시작된다. 가씨가 웃지 않고서는 못 배기겠다는 듯이 폭소를 터뜨린다.

손님들 왜 웃으십니까?

가씨 웃지 않을 수 있소? 아까 말이요, 우리들이 혼란에 대해서 개탄하던 생각이 나잖소!

다분 그야 지금 우리들하곤 상관없는 일이지요.

가씨 물론이지요. 사실 우리 같은 사람들만 있다면 그럴 리 있겠소? 세상이라는 것두 말이요, 이렇게 각자 책임을 다하구 있으며는 아무 탈 없는 거요. 그런데, 몇 분 지났소?

마군 저기, 시계를 보십시오.

사이. 시간이 지나간다. 바람이 부는 피리소리만이 실내에 은은하게 퍼지고 있다.

나님 저 주인 딸을 부르고 싶은데요?

가씨 이름이 바람이라든가? 불러 보구려.

나님 바람!

바람 (나님에게 다가온다.)

나님 커피 한 잔.

바람 (피리로써 응답하고 주방 안으로 들어간다.)

나님 나만 여태껏 뭘 마시지 않아서요.

마군 (라양에게) 힘들지 않습니까?

라양 괜찮아요.

사이. 손님들 시계를 바라본다. 시계의 바늘이 뚜렷한 아라비아 숫자 사이를 어쩐지 느릿느릿하게 지나가는 것 같다. 바람이 커피를 가져온다. 그리고 다시 벽 쪽으로 되돌아가 음악을 연주한다. 나님, 한 손으로 커피 잔을 잡고 다른 손으로 설탕을 넣어 휘저으려다가 하마터면 줄을 놓칠 뻔한다. 손님들 모두가 놀라서 고함을 지른다.

손님들 줄!

라양 조심하세요!

마군 십 년 감수했네!

가씨 항상 맡은 바를 주의하시오!

다분 실수하면 안되요!

나님 아! 죄송합니다.

사이.

라양 저 시계요. 고장은 아니겠죠?

가씨 설마 그럴라구.

라양 시간이 어찌 더디 가는 것 같애요.

사이.

다분 아, 참. 시계를 보니 생각납니다.

손님들 무슨 생각인가요?

다분 내 약 먹을 시간요. (한 손으로 줄을 잡고 다른 손으로 조심스럽게 허리춤 안에서 물약이 든 작은 병을 꺼낸다.)

가씨 선생은 의사신데 위장병은 뭐요?

다분 신경성이에요, 이건.

가씨 어찌 걸렸느냐 묻는 거요.

다분 자기가 고통을 당해 봐야만 타인의 고통도 아는 겁니다. (한 손으로만 병 뚜껑을 열려고 애쓰나 안 열려진다.) 저어, 누가 잠시 이 줄을 맡아 주시겠어요?

나님 내가 잡아 드리지요.

다분 고마워요.

나님 뭘요, 서로 돕는 건 당연합니다.

다분 (뚜껑을 열어 물약을 마신 다음 줄을 돌려 받으며) 당신은 예술가 겸 성인군자이십니다. 만약에 말입니다. 내가 이 줄을 되돌려 받기를 거부하면 어쩌려구 그랬지요?

나님 하긴 받고나니 좀 아찔하더군요.

다분 아찔하셨다? 그럼 당신은 성인군자를 뺀 그저 예술가일 뿐입니다. 좀 불순한 생각을 했거든요. 이렇게 되면 내 칭찬을 내가 하게 됐는데 난 슬쩍 떠맡길 수도 있는 이 줄을 다시 돌려 받았습니다. 얼마나 성인군자다운 행위입니까?

나님 그걸 말씀이라구 하시는 거요?

다분 농담이에요. 그런데 왜 다들 웃으시질 않구 심각해 하시지요?

사이.

라양 저 시계 고장난 게 틀림 없어요.

마군 글쎄 어쩐지…….

라양 겨우 시간이 저것밖에 안 됐어요?

마군 (자기 손목시계를 보더니) 맞긴 맞는데…….

가씨 쉿……. 무슨 소리 못 들었오? 자동차 클락숀이 들린 것 같은데…….

손님들 아니 못 들었는데요?

가씨 주인은 왜 아직 안 오지?

사이. 시간이 지나간다. 손님들의 분위기를 달래듯이 바람이 부는 피리 소리는 곱디 고웁다.

가씨 누구 잠깐만 내 줄을 맡아 주겠소?

손님들 (침묵)

가씨 (나님에게 내밀며) 부탁하오.

나님 싫습니다. 아까 같은 바보 꼴을 당하고 싶진 않아요.

가씨 (다분에게) 그럼 선생이?

다분 왜 그러시지요?

가씨 중요한 일 때문에 그렇소. 내 변호사 사무실에 전화 좀 급히 해야겠소.

나님 일요일인데요, 오늘은?

가씨 비서는 출근했오. 내일 아침 재판이 있오. 내가 맡은 소송사건인데 지금 그 서류들을 정리하고 있을 거요.

다분 그럼 비서가 알아서 하겠지요.

가씨 나를 못 믿는 거요?

다분 못 믿는다니요? 다만 선생님의 비서가 알아서 할 거라고 만 말했습니다.

가씨 좋소. (마군에게) 당신은 맡아 줄 거요.

마군 유감입니다만, 거리가 멀군요. 손에 줄이 닿질 않아요.

가씨 몸을 수그리면 돼요.

마군 모험입니다. 난 내 것이나 잘 잡구 있겠어요.

가씨 왜들 이렇소?

손님들 우리가 뭐 어떻다는 겁니까?

가씨 그만 둬요!

사이. 바람이 부는 곡조가 엷은 슬픔을 나타내기 시작한다. 분노한 가씨는 사람들을 노려본다. 모두들 정당하지 않느냐는 듯이 앉아 있다.

가씨 바람! 바람!

바람 (다가온다.)

가씨 넌 날 믿겠어? 이걸 좀 잡고 있어라.

바람 (가씨가 쥐어 주는 줄을 잡는다.)

손님들 위반이요!

가씨 난 전화를 해야겠소.

가씨, 전화기에 달려가 교환을 불러 자기 사무실 전화번호를 말한다. 잠시 후 통화가 된다.

가씨 어, 자네인가? 그 청색 표지를 한 서류 정리해 뒀나? (사이) 응, 알았네. 중요한 걸세. 그걸 빠뜨리면 어쩌나 하구 걱정을 했네. 그럼 수고하게. 내일 보세.

가씨, 식탁으로 다가온다. 그러나 그는 바람에게 맡긴 줄을 되돌려 받지 않는다.

손님들 앉으시오.
가씨 천만에, 난 당신들에게 실망했오.
손님들 뭐요?
가씨 난 분명히 돌아왔오. 하지만 내가 뭣 때문에 비협조적인 당신들과 이걸 계속하겠소? 난 기분이 좋지 않소. 차라리 역으로 가서 하행선 기차를 타겠소. (퇴장한다.)
라양 아니, 뭐 저런 사람이 있어요?
나님 형편없는 이기주의자인데!
다분 처음부터 빠질 궁리만 했던 거요.
마군 가라구 해요. 자기 없으면 못할 줄 아나 보지.
손님들 자아, 우리끼리 잘해 봅시다!

사이. 바람은 줄 끝을 둥그렇게 묶어 팔목에 낀다. 그래서 두손을 자유롭게 움직일 수 있자 피리를 계속 분다. 아직은 그다지 슬프지 않은 곡조이다.

다분 자동차가 어찌된 거 아닐까?
손님들 어찌 되다니요?
다분 내 자동차요. 그게 웬간한 구식이어야지요. 엔진도 낡아 빠졌구, 바퀴도 엉망인데요, 주인이 혹시 그걸 어디 나무나 벽 같은 것에 받아 버리지나 않았을까 모르겠군요.
마군 혹시는 혹시구 설마는 설마지요.

다분 그렇지요. 또 정말 사고가 났다 해도 난 뭐 손해볼 건 없어요. 자동차는 곧 폐차 처분할 고물이니 말입니다. 다만 내 걱정은 주인이…… 지금쯤 찌그러진 차속에서 애타게 구원을…… 설마는 설마지요?

손님들 네, 물론입니다.

다분 바람아, 넌 사고났다고 생각하진 않니?

바람 (소리로써 「아니요」를 나타낸다.)

다분 아무래도 내가 가보는 게 낫겠지?

바람 ('아니요'를 계속하지만 그 뜻을 알 리가 없다.)

손님들 빠지려는 거요, 선생도?

다분 내 인격이 그렇게밖엔 안 보이요?

손님들 그럼 뭡니까?

다분 이 애의 아버지를 구해야지요.

라양 사고가 났다구 어떻게 장담하세요?

다분 사고가 안 났다고는 어떻게 장담할 거요?

라양 제가 가보구 오죠.

다분 자동차는 내 소유입니다. 주인이 사고났다면 그 사고의 도의적 책임은 내 거예요. 바람아, 이리 좀 오렴.

다분, 바람에게 줄을 맡긴다.

다분 잘 잡구 있어. 오분 내에 돌아오마.

라양 오십 년 내로만 돌아오세요 그래도 훌륭하신 분일 걸요.

다분 퇴장. 양손에 줄을 갖게 된 바람은 이제 피리도 불지 못한다.

마군 이거 왜 이리 시간이 더디 가지?

라양 (마군에게 나직한 목소리로) 저걸 좀 봐요.

마군 뭐를요?

라양 저 애를요, 줄을 양 손에 쥐고 있어요.

마군 어때서요, 그게?

라양 어때서라뇨? 저러다간 큰일나요. 하나도 힘겨운데 둘씩이나 잡구 있잖아요?

마군 그렇군, 정말.

라양 놓쳐 봐요. 우린 뭐가 되죠?

마군 보험, 보험을 들라구 할까?

라양 안 되겠어요.

나님 둘이서 뭘 그리 속삭이십니까?

마군 저어…….

라양 사랑을 속삭였어요.

나님 아, 부럽군요!

라양 바람 양, 마음이 너무 고와요.

마군 그걸 둘씩이나 맡아 주다니!

라양 꽃핀 하나 선사할께요. (자기 머리에 꽂았던 꽃핀을 뽑아 들고) 예쁘죠? 바람 양에겐 잘 어울릴 거예요.

마군 (나직하게) 어쩌려구 그래요?

라양 머리를 이쪽으로 돌려 봐요, 내가 직접 꽂아 줄께.

바람 (맑은 눈으로 라양을 바라본다.)

라양 이 꽃핀은요, 뒤에 걸쇠가 달려서요, 꼭 아물려야 해요. 줄 좀 잡아요. 그래야 걸쇠를……. (두 손이 있어야만 할 수 있다는 시늉을 한 다음 줄을 바람에게 맡긴다. 그리고 주겠다던 꽃핀은 다시 자기 머리에 꽂는다.)

나님 속였군, 당신!

라양 그래요. (일어나며) 이 바보 같은 놀이에 목숨을 잃고 싶진 않아요.

마군 어딜 가요. 날 두구?

라양 당신도 살려면요. 이곳에서 빠져 나오세요. 전 역으로 가요. 아까 두 선생들도 거기 계시겠구요. 기차가 올 동안에 전 당신을 기다리구 있겠어요. (퇴장한다.)

나님 우리끼리라도 잘해 봅시다.

마군 (안절부절 못 하며) 글쎄 그게…….

나님 저따위 여자는 잊어버려요.

마군 그게 안 된다니까요. 이번 저 여자마저 놓쳐 봐요. 그럼 암담해지는 건 내 인생입니다.

나님 너무 안달하지 말아요.

마군 난 이 줄을 놓아버릴 테요!

나님 협박하는 거요?

마군 당신은 참견할 것 없오. (바람에게) 난, 놓을 테야! 받아 주겠어? 안 받아 주겠어?

나님 무슨 짓이요, 지금!

마군 (줄을 아예 바람의 팔에 묶으며) 고마워, 받아 줘서.

나님 비열하다! 비열해!

마군 다급하게 퇴장한다. 바람과 나님 둘만이 남는다.

나님 이게 뭐람? 겨우 삼십 분도 안 됐는데 나 혼자 남았잖아?

바람 (고통스런 표정으로 나님을 바라본다.)

나님 무겁지?

바람 (고개를 끄덕인다.)

나님 넌 왜 그들 것을 잡아 주니? 그러니까 다들 가버리고 남은 건 나뿐이다. 난 혼자서 이걸 해 뭘 하겠니?

바람 (미소를 짓고 자기를 가리킨다.)

나님 네가 있다구? 그게 무슨 의미가 있어? 난 안 하겠다. 이것마저 네가 받아라.

나님은 바람의 다른 팔에 자기의 줄을 묶는다. 그리고 그는 잠시 멈춰 서서 그녀를 바라본다.

나님 바람?

바람 (맑은 눈으로 그를 바라본다.)

나님 (안 됐지만 하는 수 없다는 듯이) 참아, 시간이 되면 아버지가 오실 거야.

나님, 자기 그림을 들고 퇴장. 바람만이 홀로 남는다. 오랜 사이. 다섯 개의 줄을 맡은 바람은 힘겨워 한다. 무대는 서서히 어두워져 간다. 시간이 지나갈수록 천정의 원추들의 무게를 견디지 못하여, 바람은 위로 올라가며 원추는 아래로 내려오기 시작한다. 주인, 등장. 그 뒤를 죄 지은 모습의 다섯 손님들이 따라 온다.

주인 잘 보시오. 당신들이 만들어 낸 광경이요!

주인, 식탁 위로 올라가서 줄들을 걷어내 샹들리에에 붙들어 맨다. 그는 내려와 바람을 껴안는다. 다섯 손님들은 부끄러워 어찌 할 바를 모른다.

주인 미리 이럴 것 같아서 난 자동차를 역에 대고 기다리구 있었오. 용서하시오, 그런 내가 나쁘지요. 여러분을 믿었더라면 저런 걸로 시험해 볼 리 있었겠소? 여러분 만큼이나 나에게도 잘못이 있오. 하지만 별 사고없이 이 놀이가 끝났음을 다행으로 여깁시다.

라양 (바람에게 다가가서) 바람 양, 용서해 줘요

손님들 미안해, 바람.

바람 (수줍어 주인의 뒤로 몸을 감춘다.)

손님들 우리가 잘못했소.

주인 너무 그러지 마십시오. 여러분들을 나무랄려구 다시 모셔온 건 아닙니다. 게임은 제대로 못 하셨지만 각자 느끼신 교훈은 많으실 겁니다. 사실 그리구 실제 생활들은 안 그렇겠지요. 서로 그 이야기나 하시면서 간단히 해 드리는 요리나 잡수시고 가십시오.

손님들, 서로 화해하며 의자에 앉는다. 바람이 다시 아름다운 곡을 부는 가운데 막이 서서히 내린다.

— 막.

미술관에서의 혼돈과 정리

· **등장인물**

주인
선우
나암
소온
이이
자앙
바악
조오
기임
사아(女)

· **장소와 환경**

미술관. 예술품 수집에 대단한 열의를 가졌던 대부호(大富豪)가 자신의 저택을 개조하여 사설 미술관으로 만들었다. 뒷날, 이곳의 진열품들은 까닭 모를 어떤 사건에 의해 모조리 없어지고 말았으나, 외부에 그런 사실은 은밀히 숨겨졌으며, 이곳은 여전히 미술관으로 알려져 오고 있다.

주인, 이곳의 창설자. 그는 정상적이라고 하기에는 곤란한 몇 가지 행동을 하고 있다. 예를 들자면, 자신을 햇님이라고 자칭한다거나, 또는 그림들이 붙어 있었던 벽에 없어진 것들 대신 사람들을 모아다가 진열해 두고 있다는 것 등이다.

사람들은, 예술품과 같은 아름다움을 대신 못 할 이유가 뭐 있겠느냐는 대단히 이상적인 자부심을 가졌었다. 물론 그런 자부심이란 시대의 변천에 따라 몰락하기 마련이고, 이 연극이 시작될 무렵쯤에 이르러서는, 몇몇 지각있는 사람들을 심각한 번민에 빠뜨려 놓고 있다.

미술관. 이 건물의 내부. 전면 중앙을 차지하고 있는 거대한 백색의 벽. 밑바닥에서 천정까지 드높이 솟아 있다. 사람들은 온종일, 하루 세 끼 식사 시간을 제외하고는 이 벽에 붙어 있는데, 작은 깔때기 모양의 조명등들이 이들을 비추고 있다.

벽의 좌측 상층부. 누각처럼 돋아난 방과 발코니. 듬성듬성 깨어지긴 했으나, 화려한 채색 유리로 장식된 이 방은 햇님의 거실이다. 침대와 의자들. 방장(房帳) 구실의 커튼이 있어 실내가 보이지 않는다. 이 방과 연결된 발코니. 저쪽으로 뛰어내리면 건물 밖 늪이 된다. 바깥 쪽에 뜀틀 같은 길죽한 널판지가 한 장 달려 있다. 안쪽으로는 계단이 놓여있으며, 그곳을 내려오면 아래층이 된다.

아래층, 우측 구석진 곳에 부엌. 이 미술관의 청소부 겸 요리사로서 고용된 바악이 기거한다. 그가 만들어내는 음식은 언제나 멀건 죽뿐이다. 오늘날 이 미술관의 재정 상태가 형편이 좋지 않은 이유도 있고, 늘 벽에만 붙어 있는 사람들이 식욕이 없는 탓도 있겠으나, 이 미술관의 주인과 사람들을 비웃는 바악의 태도 때문이다.

문. 이곳으로 들어올 수 있는 유일한 그 문은, 누각 같은 주인의 거실을 떠받든 두 개의 기둥 사이에 자리잡고 있다. 묵직한 놋쇠 문고리가 달려 있고, 거의 사용되고 있지 않은 그 문은 열릴 때마다 몹시 삐끄덕거린다.

제1막

1

어느날 저녁, 미술관의 주인은 누각의 방에 장치된 고성능 환등기를 켠다. 그가 한때 자기 소유였다고 주장하는 동서양의 유명한 화가 미켈란젤로, 고gm, 피카소, 에른스트, 이중섭, 남관 및 여러 화가들의 널리 알려져 있는 그림들이 슬라이드로 하얀 벽에 투영된다.
문이 삐끄덕거린다. 선우라는 젊은 화가, 간편한 여행용 가방을 들고 이 미술관 안으로 들어온다.

선우 실례합니다. 여기가 미술관입니까?

주인 이 위를 바라보게. (환등기를 내려 비친다. 선우는 갑자기 강렬한 그 빛을 받고 당황하여 멈춰 선다.) 자네인가, 내 오랫동안 기다렸던 사람이? 반갑네. 날 소개함세. 내가 누구냐? 벽에 붙어 있는 너희들이 말해 보렴.

사람들 (입을 모아 외친다.) 당신은 햇님입니다.

주인 여보게, 난 햇님이라네. 이곳에선 날 그렇게 불러 주지.

선우 처음 뵙습니다, 저는…….

주인 아, 소개는 그만 두게. 난 알아 볼 만한 모든 걸 조사해 뒀네. 자네 이름은, 그 뭐더라…….

선우 선우라고 합니다.

주인 그래, 선우군. 직업이 화가랬지?

선우　그저 그림 좀 그린다고나 할까요…….

주인　겸손하기는. 저번 자네의 전람회, 미술 평론지에 대단한 극찬이 실렸더군. 난 그걸 읽어 보았네.

선우　대단한 건 아니었습니다만…….

주인　자네, 왜 멈춰 서 있기만 하는가?

선우　빛 때문입니다.

주인　빛?

선우　네. 눈이 부셔서 아무것도 보이지 않는군요.

주인　그렇다면 내가 내려가지. (환등기를 끄고 아래층으로 내려온다.) 그래 선우군, 이곳에 오느라 고생 많았지?

선우　늪이더군요, 푹푹 빠지는. 언덕 저쪽에선 그렇지 않았으나 이쪽에 올수록 빠지는 곳이 많아 애를 먹었어요. 뭔가 끈끈한 게 자꾸만 발에 감겨드는데, 이쪽에선 도와줄 사람 하나 보이지 않구…….

주인　그럼 잘해 보게, 선우군.

선우　아니, 잘해 보라니요?

주인　맡아달라는 거네, 이 미술관을.

사람들　햇님, 떠날 시간이에요.

선우　아까부터 저 소린 뭡니까?

주인　저어…… 내가 모아 둔 미술품들이 지르는 소리라네. (가운데 손가락을 세워 선우의 눈앞에 흔들며) 선우군, 눈이 좀 어떤가?

선우　네, 푸른 반점들이 벗겨져 나가긴 합니다만, 아직은…….

주인　이게 뭔지 보이나?

선우　거대한 기둥이 어른거리는 것 같은데요?

주인　네 손가락일세.

선우 아, 손가락인가요?

은은한 애상조(哀傷調)의 종소리가 들려온다.

사람들 햇님, 저녁 종소리입니다. 더 지체할 시간이 없다니까요.

주인 오늘 해 지는 시각은?

사람들 열아홉 시 오십사 분 구 초예요.

주인 그럼 바로 지금이란 말인가! 미안하이, 선우군. 난 이제 더 이상 머무를 시간이 없네. 저 저녁 종소리가 들려오지? 난 이 시간을 도저히 어길 수가 없다네. 잘 있게. (그는 이층 발코니를 향해 올라간다.)

선우 (손을 더듬어 그를 붙들려 하며) 가지 마십시오. 전 뭐가 뭔지 모릅니다!

주인 (발코니 위에서 벽에 붙어 있는 사람들에게) 너희들이 나 대신 설명해 드리렴.

사람들 염려 마십시오, 햇님.

선우 이건 너무 심합니다, 처음 온 사람에게!

주인 쉬, 선우군 조용히! 저 은은하게 들려오는 저녁 종소리를 방해하지 말게. 지금은 장엄한 분위기가 필요하거든. (발코니 난간에 세워둔 너덜거리는 우산을 펼쳐든다.) 이걸 낙하산처럼 받쳐 들고서, 서서히, 서서히 저 아래로 떨어져 내리겠어. (그는 뛰어내릴 자세를 취한다.) 그럼 선우군, 이곳을 자네에게 맡기네.

2

주인, 아래로 뛰어내린다. 저녁 종의 울림이 계속되면서, 하늘은 그 밝음이 희미해지고 황혼이 깃든다. 벽에 붙어 있던 사람들, 마술에서 풀려 나듯이 자유롭게 되어 발코니 위로 올라간다. 그들은 아름다운 황혼에 매혹당하여 어찌할 바를 모르겠다는 듯 감탄을 하고, 머뭇거리며, 한숨을 쉬면서 발을 탕탕 구른다.

기임 야아, 저무는 저 햇님 좀 봐!

나암 늪에 닿을듯 말듯…… 이제 닿았군그래.

소온 늪이 그럴 듯해졌어. 온통 황금칠을 한 것 같단 말이야!

이이 (발코니 아래로 침을 뱉으며, 흥겹게) 그 참, 황홀한데!

자앙 그건 그래. 노을 말이요, 너무나 곱고도 고와!

조오 저길 보라구. 별이 나타났어!

사아 저녁만 되면요, 마음이 설레져요.

조오 별이 반짝이니까 그렇지.

사아 노래라도 부를까요? (손을 황혼에 비춰 보이며) 보세요, 장미빛으로 물들었어요!

기임 우리 모두가 그런 빛깔이요, 지금은.

이이 바람도 없구먼. 조용하구 아름다운 저녁인데. (침을 뱉으며) 내 침이 별 같아. 떨어지면서 반짝거려.

사람들 야아, 참 곱구나!

3

아래층, 부엌 문이 벌컥 열린다. 바악이 나온다. 그는 허리에 취사용 앞치마를 둘렀고, 손에는 죽이 담긴 국자를 들고 있다. 그는 사람들을 경멸하듯 한참 바라본다.

바악 당신들, 거기에서 무슨 지랄이쇼?

사람들 해 떨어지는 걸 구경하고 있소.

바악 매일 떨어지는 그걸 봐서 뭘 하려구?

사악 아름답거든요.

바악 미쳤군. 도대체 그따위 걸 보면 자기마저 예뻐진다는 거요?

조오 별이 나타났어. 여기 올라와서 저 하늘 좀 봐요.

바악 별은 별이구 당신은 당신이야. 무슨 관계라도 맺구 있다 생각하면 그건 오해요. 안 그렇소?

기임 황혼은 우리들을…….

바악 당신은 또 뭐야? 당신이 황혼이야? 그건 그거구 이건 이거요. 공연히 혼동하지들 마쇼. 어서 이리 내려와요. (발코니 위의 사람들은 꿈쩍도 않는다.) 쳇, 당신들은 홀로 떨어져 있다는 걸 모르는군. 해와 당신들은 아무 관계도 없어. 하늘은 하늘이구, 노을은 노을, 늪은 늪, 별은 별이지. 그것들은 따로따로 나뉘어져 있어. 뭘 보구서 그것들이 당신들과 상관 있다구 흥분해서 떠드는 거요? 저녁이면 언제나 그 위에 올라가 세상 만물을 오해나 하구. 쳇, 지금도 그 황혼이 아름답게 보이쇼?

나암 당신은 우릴 슬프게 해.

이이　왜 그러는 거요? 왜 우리들 기분을 잡쳐 놓는 거지? 떨어지는 햇님 좀 바라보는 거, 그게 뭐가 나쁘다는 거요?

바악　몰라서 묻소?

이이　모르니까 묻는 거 아뇨?

바악　그건 환상이기 때문이요. 햇님인가, 뭔가 그 주책이 슬쩍 눈속임하기 위해 만들어낸 거란 말이요.

이이　또 그 소리로군. (침을 늪 쪽으로 뱉으며) 내 침이 별처럼 예뻤는데…… 그건 늪과 나를 한목으로 맺어 주었어. 하지만 지금, 지금은 그저 외톨로 떨어지는 작은 덩어리로군.

바악　(국자에 든 죽을 홀쩍 거리며 마시더니) 그만들 했음 내려오쇼. 당신들, 저녁 식사는 하지 않겠소?

사아　잠시만요. 황혼이 다 스러지는 걸 본 다음 식살 하겠어요. (체념한 듯 마음을 달리 하고) 아뇨, 지금 내려가요. 이젠 그까짓 거 보나마나예요.

사람들　(발코니에서 내려온다.)

바악　어두워졌는데 불을 켜요. 이래 가지고선 식탁을 차릴 수 없잖소?

소온　식탁을 차려선 뭘 해. 식욕이 없는 걸.

바악　그래도 불은 켜야지. 손님이 시장하실 거요. (선우에게) 조금만 기다리쇼. 식탁을 차릴 테니까. (손가락을 세워 선우의 눈앞에 흔들며) 어떻소? 이게 뭔지 알아볼 것 같소?

선우　그건 당신 손가락입니다.

바악　맞소. 이분이 눈을 떴어. 뭣들 하는 거요. 어서 불을 켜지 않구?

나암　(전원의 스위치를 찰칵거리며) 전등이 안 켜져. 휴즈가 끊어졌나…….

바악 (국자를 신경질적으로 내휘두른다.) 쳇, 노망든 늙은이가 또 휴지를 끊어 먹었군. 그 써치 라이트를 켤 때마다 휴즈가 끊어진다구 늘 주의를 줬는 데두.

이이 그이를 탓하지 말아요. 그이가 아니라면 우리가 어떻게 일용할 양식을…….

바악 그래, 그래, 감사의 기도는 식사 때 하는 거요. 기임, 어디 있으쇼?

기임 (마음 내키지 않는 소리로) 나, 여기 있는데…….

바악 사다리를 가져오쇼. 두꺼비집을 열구 휴즈를 갈아 끼우쇼. 아예 말이요, 다시는 떨어지지 않게 철사로 하쇼. 그리구 나암, 당신은 어디 있소? 좀 도와요. 촛불을 켜서 작업하는 걸 비춰 주쇼. 다른 사람들도 멍청히 서 있지만 말구, 자 다들 날 따라오쇼. 부엌에서 먹을 걸 날라와야지. 오늘 저녁 식탁은 여기 한가운데에다 차리겠소.

4

전등이 밝혀진다. 선우의 앞에 정방형의 식탁. 사람들은 좌우에 나눠 앉고, 정면 중앙이 선우의 자리가 된다.

바악 촛불은 끄지 말구 식탁 위에 올려 놓지. 오늘 밤 말이요, 기분 좀 내보더라구. (분위기와는 어울리지 않게 일부러 흥겨워 하고 있다. 그는 멀건 죽을 커다란 남비에서 국자로 떠서 사람들 각자 앞에 놓인 사발에 담아 준다.) 손님, 한 국자 더 드시겠소?

선우 아뇨. 괜찮습니다.

바악 사양 마쇼. (그는 선우의 사발에 한 국자 더 붓는다.) 자, 여러분들도 한 국자씩 더. 이런 걸 진짜 만찬이라는 게요.

사람들 (사발에 담긴 죽을 우두커니 바라만 보고 있다.)

선우 여러분들은 누구시죠? 이 미술관의 직원들이신가요?

바악 미술관? 핫하, 미술관이냐구 묻는 거요? 그야 그렇긴 하지, 핫. (사람들에게) 묻잖소, 당신들이 이 미술관의 직원들이냐구…….

나암 선우씨라구 하셨지요?

선우 네, 그렇습니다.

나암 압니다. 느닷없이 이 미술관의 신임 관장이 되시더군요.

선우 네, 그건……. 아무튼 그분은 강한 빛으로 내 눈을 멀게 하시구선 어디론가 떠나 버렸어요. 그래서 나는 이곳에 그림이 몇 점이나 있구, 조각품은 또 얼마나 있으며, 그 관리방식은 어떠한지 궁금한 게 너무 많습니다. 여기, 여러분이 직원들 같으신데, 설명 좀 해주시겠지요?

사아 저녁이나 드세요, 선우씨.

선우 미안합니다만, 지금 뭘 먹구 싶지 않습니다.

바악 (자기 몫을 식욕 좋게 먹으며) 나중에 후회 마시구, 먹을 건 먹어 두시죠.

나암 이곳엔 단 한 명의 직원도 없습니다.

선우 없다니요, 직원이? 그럼 누가 예술품들을 보호합니까?

사람들 우리 스스로가 우리 자신을 보호합니다.

바악 스무 고개, 그건 식탁에서 즐길 만한 놀이야!

나암 선우씨, 잘 이해되시지 않겠지만, 여기 모인 우리가 바로 그 예술품들입니다.

선우 ……농담이시겠지요.

바악 핫 참, 농담이라는군. 그런 의미로 한 국자 더 드시쇼.

그는 선우의 사발에 넘치도록 죽을 퍼붓는다.

선우 도대체 뭡니까, 이게?

바악 죽 좀 넘치게 퍼드렸소.

선우 죽이 아니라 내가 묻는 건 무슨 곡절이 있느냐 이겁니다!

사람들 (침묵)

선우 왜들 아무 말씀 없으십니까? 참 답답하군요! 난 그렇습니다. 어린 시절부터 이 미술관에 진열되어 있다는 그 예술품들을 동경해 왔습니다. 그저 명성만 자자하게 들었거든요. 그래서 실제로 꼭 볼 수 있기를 그 얼마나 바랐는지 모릅니다. 단순한 호기심 때문이 아니지요. 물론 난 화가라는 점도 있습니다만, 그보다는 어떤 위대한 아름다움과 만남을 이뤄 보고 싶었던 겁니다. 그래서 여러 차례 간청했었습니다. 마침내 이곳을 방문해도 좋다는 허락을 받게 되어, 난 만사 제쳐 놓구 여기에 왔어요. 그런데 이게 뭡니까? 도착한 그때부터 지금까지 오리무중입니다. 도대체 뭐가 뭔지 모르겠습니다. 제발 설명 좀 해 주시겠습니까?

사람들 (침묵)

나암 사실은…… 도난당해 버렸습니다.

선우 뭐요?

나암 (미술관의 내부를 손가락으로 빙 휘둘러 가리키며) 없어졌단 말입니다. 어떻게, 무엇 때문에, 없어졌는가에 대해서는 의견이 좀 구구합니다만…….

사람들 (침묵)

조오 (갑자기 벌떡 일어나 격렬한 어조로) 흐왕이다! 흐왕이 가져갔다!

사람들 (광적인 박수를 오랫동안 친다.)

선우 (어리둥절해서) 흐왕? 흐왕은 또 뭡니까?

조오 흐왕도 모르십니까?

선우 모르는데요…….

조오 (의자에 앉으며) 나도 모릅니다.

사람들 (폭소와 박수. 요란하게 계속된다.)

조오 (다시 일어나서, 의식적(意識的)인 동작으로) 고백합니다. 난 흐왕을 모릅니다. 몰라요. 전혀 모른다구요. 모르니까 겁이 더 나요. 무서웁구, 떨리구, 절 오싹 두려웁게 만드는군요. 흐왕, 나는 고백합니다. 당신은 미술관의 꼭대기 같은, 그런 호젓한 곳에 살고 계시는 것 같습니다. 그래요. 지금도 우리를 내려다보시는군요. 당신은 예술품들만 골라 훔쳐가십니다. 아삭아삭, 그 우아한 것을 먹이로 삼으시는 거죠. 키가 구척 장신, 이마엔 날카로운 뿔, 무지막지하게 센 힘, 당신은 이 순간 그 긴 손을 우리에게 뻗쳐서, 낼름 한 놈 집어다가…… 으, 으, 우…….

기임 나의 고백은 좀더 무섭습니다만.

조오 쉿, 더 이상 무섭게 말아요.

사람들 (침묵)

나암 (나지막한 목소리로 선우에게) 주인이, 그 햇님이란 분이 안됐어요. 몽땅 잃어 버리구, 얼마나 마음이 쓰라렸을까…….

선우 안 됐군요.

바악 통곡하시구, 의아로워 하시구, 어찌할 바를 몰라 하시다가.

기임 들어 봐요, 흐왕에 대한 나의 고백을.

조오 쉿, 너무 무섭게 하지마!

나암 결국 묘안을 생각해내신 겁니다. 잃어버린 그것들을 대신 할 수 있는 건 뭘까? 무엇이 이 세상에서 예술품만큼이나 아름다운 것일까?

기임 난 하겠어!

조오 하지 말라니까!

나암 인간이다. 인간만이 대신할 수 있겠다, 이렇게 단정하신 거지요. 그래서 우리들을 수집하여 이 미술관에 진열해 두셨습니다.

기임 (의자 위에 올라가서 동요조로 노래 부른다.)

흐왕이 입을 벌렸네
빨간 혀가 불쑥 나왔네.
널름널름 삼키는 건 예술품들
그리구 또 우리를 다 먹겠다네.

사람들 (침묵)

기임 (선우를 가리키며) 화가씨, 당신도 한입에 꿀꺽 삼키겠대요.

선우 당신들은 예술품이 아니잖아요?

기임 그건 모욕적인 말씀이신데…….

조오 아, 무서워.

바악 죽이나 더 퍼먹지.

기임 가만 있어요. 방금 화가께서 우리를 모욕하셨어. 우릴 예술품이 못 된다구 평가하셨는데……. 잘 들어요, 오히려 없어진 것들 대신 우리를 수집해 놓은 건, 그 예술품만큼이나 우리들의 가치를 높게 인정한 거예요. 안 그래요, 여러분?

사람들 (일제히 박수를 친다.)

선우 그럼 당신들이나 예술품이 똑같단 말인가요?

기임 물론이죠. 자앙, 벽에 붙어 줘요. 사아, 당신도. 위대한 걸작들, 드디어 화가의 눈앞에 보여지다!

바악 다들 죽이나 더 먹지!

기임 화가여, 이 미술관의 명성을 드높이고 있는 본보기로서 두 가지 것을 감상하여 주시기 바랍니다. 먼저, 저 그림! (자앙을 가리킨다.) 너무나 유명하지요. 레오나르도 다빈치의 그림보다도 훌륭한 풍경화입죠. 여름날 비가 쫙 쏟아지고, 강물은 부풀어 거대한 용마냥 꿈틀거리며 대지의 한복판을 흘러갑니다. 어이 자앙, 그 이미지를 나타내요! (자앙은 여러 가지 몸짓을 해보인다.) 됐어. 그래서 누구나 저 장엄한 그림 앞에 서면, 쫙 벌린 감탄의 입을 다물지 못하는 겁니다. 화가여, 어떻습니까?

바악 맙소사! 그런데 저게 무슨 변고야? 이미지구 나발이구, 남아 있는 건 늙어 빠진 노인이라니! 그래 자앙, 당신이 뭐요?

기임 김 빼는 소릴 하네. (위치를 바꾸어 사아를 가리키며) 화가여, 저기 우아한 저 조각이, 바로 당신이 애타게 보고 싶었던 ?목욕하는 처녀?입니다.

선우 그만 두시오.

기임 힐끗 봐선 모릅니다. 자세히, 아주 자세히 보셔야만 그 진가를 알게 됩니다. 자, 실물을 바라보시오. 처녀는 비스듬히 몸을 숙였습니다. 특히 그녀의 오른손, 그 오른손을 주목해 보시오. 어깨로부터 손목에 이르는, 그 흘러내리는 선이 일품입지요. 더구나 저 받침대, 저 조각을 떠받들고 있는 받침대는…….

바악 내 눈엔 안 보이는데…….

기임 한 송이 연꽃입니다. 연화대라구, 그녀의 발 밑에서 지극히 아름다운 몸매를 떠받들고 있습니다.

바악 웃기는군. 사아, 말해 봐. 자기가 아름다워? 아름답냐구?

사아 대답 안 해요, 그런 야비한 질문에는!

기임 야비해! 당신은 천성이 야비하다구. 그래서 아름답다는 게 뭔지도 몰라.

바악 핫, 말하자면 자기 도취라는 건가?

기임 천만에!

바악 알겠어. 죽이나 더 퍼먹자는 이야기겠군.

기임 자식이 영 형편없단 말이야!

나암 그만 둬! 모두들 벽에 붙으러 가는 게 낫겠어.

사람들 (듬성듬성 일어선다.)

바악 아, 가서 편히들 붙으시쇼.

5

사람들, 벽으로 가서 붙는다. 소온, 식탁에 마지막까지 남아 있다가 바악에게 말한다.

소온 저녁 식사, 잘 했소.

바악 한 입도 안 대구 뭘. 붙으러 안 가쇼?

소온 한마디 부탁할 게 있어서.

바악 뭔데?

소온 당신, 지금 당장 좀 죽어 주겠소?

바악 내가, 왜?

소온 꼴 보기 싫거든.

바악 안 됐군.

소온 그래 안 됐어. 아무튼 당신이 떠들어 제낀 밤엔 말이요, 난 몹시 우울해져. 사실 꼴 보기 싫은 건 당신이라기보다는 나 자신이거든. 도대체 내가 뭔지…… 이젠 아름답다는 게 뭔지, 그것두 모르겠구 말야, 그걸 억지로 나타내구 있자니 죽을 지경이지.

바악 다른 사람들도 마찬가질 걸?

소온 글쎄, 모르지. 다만 당신이 오해니 뭐니 하면서 떠들어 버리면, 모두들 좋은 기분이 아니라는 것쯤은 알아 둬요.

바악 그게 어디 내 탓이오? 난 그저 진실을 말해 준 것뿐인데.

소온 또 그 소리. 제발 좀 죽어 줘.

바악 꺼지쇼. 그렇지 않으면 이 국자로 머리통을 부셔 놓겠어.

소온 (식탁을 떠나며, 다급하게 기도하듯이) 오늘 밤 내 부탁이 이루어지를…….

바악 (국자를 휘둘러 쫓아 버리며) 별짓을 다하네.

6

바악, 식탁 위의 사발들을 걷어 죽을 담아 왔던 남비에 쓸어 넣는다.

바악 좀 소란스러웠던 걸 이해하시쇼.

선우 이해요? 난 계속 어리둥절할 뿐입니다.

바악 핫하, 그럴 거요. (은밀한 것을 알려 준다는 듯이) 멀지 않아서, 어떤 굉장한 사태가 벌어질 거요. 난 그날을 준비해 두고 있소.

선우 (무관심하게) 잘해 봐요. 내 알 바 아니지만요.

바악 염려 마쇼. 모든 건 나 혼자 알아서 잘 하고 있소. 그날, 나는 이 미술관의 저 그림들을 인간으로서 해방시킬 계획이요. 오늘 밤만 해도 그렇소. 난 착착 계획대로 수행했소. 사람들을 충동질하구, 그 되먹지도 않은 그림 노릇이 지겹게 느껴지도록 선동했소. 그들 마음에 회의가 일어날 만큼, 그처럼 강한 진실을 불어 넣었소. 마침내 그날, 모두 일어나 그를 쫓아낼 거요.

선우 누구를 쫓아내요?

바악 누군 누구겠소, 노망든 늙은이지.

선우 아니, 그분은 여길 떠났잖습니까?

바악 천만에. 아침이면 되돌아오곤 하지. 난 완전히 그를 이곳에서 몰아낼 작정이요. 그리고 이곳을 미술관이 아니라 사람 사는 곳, 진정 인간의 장소로 만들겠소. 인간의 장소! 이 얼마나 위대한 착상이요! 그런데 그 늙은이, 기껏 한다는 짓이 사람들을 벽에다 붙여 놓구, 보여 주는 건 황혼 뿐이야. 황혼, 황혼, 쳇, 황혼이라! 선우씨 왜 아무 대꾸도 없으쇼?

선우 내가 뭐 할 말이 있어야지요.

바악 (부엌 쪽으로 선우를 끌고 가며) 이리와 보쇼. 좋은 걸 보여 드리지. 잠시 이 부엌 문 앞에서 기다리쇼.

선우 뭔지 모르지만, 함께 들어가면……

바악 아무도 들여 놓지 않소, 이 안엔.

선우 아, 그래요?

바악 내가 가지구 나오겠소. (부엌에서 바퀴 달린 이동식 농구대 같은 것을 밀고 나온다. 농구대처럼 생긴 종가(鐘架)이다. 손수 두들겨 만든 큼직한 구리 종이 걸려 있고, 그 종을 울릴 수 있도록 줄이 밑에까지 매달려 있다.)

선우 뭡니까, 이게?

바악 자유의 종이요.

선우 자유의 종?

바악 그렇소. 그날이 오면, 내가 이것을 울리며 나올 거요. 이 종, 내가 만들었소. 이 두 손으로 직접 두들겨서 만들었단 말이요.

선우 솜씨가 좋으시군요.

바악 (벽에 붙어 있는 사람들을 가리키며) 들어라, 그림들아! 그날이 오면 내가 너희들을 자유롭게 한다!

7

바악, 부엌 안으로 들어간다. 선우, 하릴없이 서 있다가 식탁으로 되돌아온다. 긴 사이. 어둠 속에서 빨래를 한 아름 든 사아가 다가온다. 그녀는 식탁을 다림대로 삼아 옷에 다림질을 시작한다.

사아 잠을 못 주무셨군요.

사람들 (웅성거리는 메아리처럼) 잠을 못 주무셨군요. 잠을 못 주무셨군요.

사아 신경 쓰지 마세요. 바람 소리예요. 새벽 이맘 때면 늪 건너 저쪽에서 바람이 불어와 모두들 잠을 설치죠. 그래서 어둠 속에서 눈을 뜨고 바람 소릴 흉내 내구……. 우린 늘 그래요. 뭣 좀 드셔야죠? 저녁 식사도 않으시구, 꼬박 날을 새우셨잖아요?

선우 괜찮습니다.

사아 몹시 창백해 보여요. 선우씨, 햇님이 뜨면 이곳을 떠나시겠죠?

선우 네, 물론이지요. 이곳은 내가 생각했던 그런 데가 아닙니다.

사아 누가 알아요? 또 다시 햇님이 뜨면 이곳에서 뭔가 기적이라도 일어날지……. (세탁물을 두 손 높이 쳐들어 보이며) 웃어 줘요, 선우씨. 이게 바로 햇님의 옷이랍니다. 우리들은 매일 아침 그분을 늪에서 건져내 와요. 그분은 푹 빠져서는 밤새껏 허우적거리고만 있답니다. 아침마다 그분을 건져내오면, 더러워진 옷을 벗기구, 빨아 말려서 말끔히 다려 놓는 건 제가 맡은 일이에요. 매일, 매일, 매일, 이런 하잘 것 없는 일에나 매달려……. (자신의 목소리가 신경질적으로 높아진 것을 의식하고, 온화하게 낮추며) 하지만 어떻게 해요? 이렇게나마 하지 않으면 전 뭔가 바랄 수도 없거든요.

선우 뭘 바라는데요?

사아 사람이 되구 싶어요, 저는.

선우 지금은 사람이 아닙니까?

사아 조각인 걸요.

선우 아, 미안합니다. 난 여러 가질 혼동하고 있어서요.

사아 (잠시 침묵하다가) 어땠어요, 제 모습이? 어젯밤, 화가로서 당신 보시기에?

선우 아름다웠어요.

사아 정말이에요?

선우 네.

사아 (믿지 못하겠다는 듯이) 왜요? 왜 아름다워 보였어요?

선우 당신은 살아 있거든요.

사아 알 수 없군요, 무슨 말씀을 하시는 건지…….

선우 당신은 사람입니다. 여잡니다. 젊고 아름다워요. 이젠 아시겠어요?

사아 (잠자코 있다가) 이것 좀 거들어 주시겠어요? (다가온 선우의 목에 팔을 둘러 껴안으며) 아까 그 말씀, 다시 한 번 해줘요. 아니, 제가 하죠. 전 사람이구 아름답습니다. 틀리진 않았죠?…… 하지만 이곳에서는 아무도 그렇게 말해 주지 않아요.

8

벽에 붙어 있던 사람들이 잿빛 어둠 속에서 줄을 지어 나타난다. 앞의 두 명은 들것을 들었다. 행렬을 지어 건물 밖으로 나가며 ?해가 뜬다…… 해가 뜬다?구령을 맞춰 부른다. 이 소리는 멀어졌다가 점점 커지더니, 햇님을 들것에 담아 들고 들어온다. 그들은 ?해가 떴다?는 구령을 노래부르듯 합창하며, 경건한 의식을 행하듯이 주인의 부풀은 배를 누른다. 입에서 흙탕물이 솟아오른다. 미꾸라지 같은 작은 물고기도 함께 나온다. 주인이 정신을 회복한다. 부엌 문이 덜컥 열린다. 바악, 아직 잠이 덜깬 듯이 긴 하품을 하며 그 광경을 바라본다.

바악 뭐야? 또 노망든 늙은이 아닌가? 어제는 지나가고 또 오늘이 됐다, 이거로군. 하지만 너희 그림들아, 무엇이 달라졌나? 없잖아? 아무것두 달라진 게 없잖아? 천만에, 이렇게 해서 그 날이 오는 거지. 차츰차츰, 그 위대한 날이. 밤새 안녕하시었소, 햇님? 먹다 남은 죽이 한 그릇 있는데, 그거나마 잡수시겠소?

제2막

1

아침. 사람들은 벽에 붙어 움직이지 않는다. 이층 누각의 방에 옮겨진 미술관의 주인이 몸을 담요로 감고 침대에 앉아서 싸늘하게 식은 죽을 먹고 있다. 그는 심한 기침 때문에 먹는 것이 쉽지 않다. 선우, 작별 인사를 하러 올라온다. 주인은 침대 곁에 세워 둔 고성능 환등기에 재빨리 손을 댄다.

선우 아, 그러셔야 소용 없습니다.

주인 (멋적게 웃으며) 아냐. 자넬 비추려는 게 아니구…… (하얀 벽에 슬라이드를 투영하며, 그림의 이름들을 나열한다.) 저걸 보게. 저게 다 내 소유였다네. 선우군, 거기 좀 앉지.

선우 전 떠날려구 인사드리러 온 겁니다.

주인 자넨 이 미술관의 관장이야. 그 직책을 잊었는가?

선우 억지 말씀 좀 마십시오. 솔직히, 전 분노하고 있습니다. 어젯밤 제가 당한 어처구니 없는 여러 일들은 젖혀 두고서라도, 그 많은 예술품들을 모조리 잃어 버린 당신의 무책임한 처사에 대해서 분노하는 겁니다! 전 여길 나가 사실 그대로를 알리지 않을 수가 없습니다. 이 미술관은 건물만 남았고, 그 아름다운 것들은 사라져 없노라고. 하긴 여기에서 이렇게 떠들어 봐야…… 안녕히 계십시오.

주인 (재빠르게 환등기를 선우의 눈에 비춘다.) 미안하네, 선우군.

선우 왜 또 이러십니까!

주인 별 수 없잖는가? 군이 가겠다니 붙드는 수밖에.

선우 비열한 짓입니다, 이건!

주인 조심하게. 무턱대고 헤매다가는 떨어질 위험이 있어. 아무튼 선우군, 여러 가지로 미안하게 됐네. 이해하게. 이러는 내 마음도 편하진 않어. ……만사가 왜 이 꼴인지, 참으로 한심할 지경일세.

선우 아시긴 아시는군요!

주인 암, 알구 말구. 하지만 아직도 나는 위대하다! 내가 뜨지 않으면 아침이란 없으며, 내가 떨어지지 않는 한, 밤은 오지 않는다! 그리구 그 멋들어진 황혼! 난 사람들을 꿈꿀 수 있게 해주지. 나의 위대함은 바로 그 점일세! (갑자기 터져나오는 기침 때문에 말을 잇지 못한다. 잠시 진정했다가 죽을 떠먹으며) 싸늘히 식어 버렸군. 오늘날 나는 부당한 대접을 받고 있단 말이야. 이맛살을 잔뜩 찌푸리구, 이 차디찬 걸 먹구 있는 것 좀 보게.

선우 따끈히 데워 달라 그러시지요.

주인 누가? 누가 나를 위하여 이걸 데워 주겠나? 맙소사. 이 식은 거나마 감사하게 받아 먹으라는 거네. 자네도 봤지? 바악이란 놈, 이걸 한 국자 떠주며 큰 인심 쓰듯 하지 않던가? 그놈이 뭔데? 기껏 이 미술관의 허드렛 일꾼인 주제에. 밥이나 짓구, 청소나 하라구 데려다 놨더니, 이젠 주인인 나보다도 더 설치고 있다네.

선우 주인으로서요, 얼마나 신망을 잃었으면 그럴까요.

주인 잃은 건 없네, 신망은. 다만 예술품들을…….

선우 누가 가져갔습니까? 전혀 짐작도 못 하시는 건 아니시겠지요?

주인 (한숨을 쉬면서, 지붕 꼭대기 쪽을 가리키며) 흐왕이 가져갔다네.

선우 농담은 마시구요.

주인 어어라, 내 죽 먹던 수저가 어딜 갔나? 또 흐왕이 훔쳐갔구나!

선우 사람들은 왜 벽에 붙여 두신 겁니까?

주인 사람들? 응, 그건 분명한 이유가 있지. 세상에서 가장 고귀한 건 인간이다, 그래서 진열해 둔 거라네.

선우 정말 어처구니 없군요!

주인 그렇게 느껴지는가, 자네도?

선우 느껴지다가 다 뭡니까!

주인 그러나 선우군, 그 짓은 영원한 진리처럼 보였었다네. 사람들은 스스로 벽에 붙곤 했지. 예술품, 그까짓 걸 대신 못할 게 뭐 있겠느냐는 그런 드높은 자부심을 가졌던 거라네. 그런데 오늘날, 그게 어째 좀 낡아빠진 것 같단 말이야. 웬지 사태가 달라졌어. 이제 와서 그들은 자기를 퍽 난처하다구 생각한단 말이네. 아이구, 또 골치가 쑤시는군.

선우 바악에게나 맡기시지요. 그는 사람들을 해방시킨다구 그럽디다.

주인 그놈은 안돼!

선우 안될 게 뭡니까? 골치 아프신 것보다야 훨씬 낫지요.

주인 자넨 몰라. 바악이라는 놈은 말야, 예술적인 기질이 없어. 만약 그런 놈에게 이곳을 맡겨 보게. 단 하루 아침에 이 미술관은 세상에서 가장 끔찍한 곳이 되구 말 걸세.

선우 아, 그러니까 지금은 이곳이 가장 우아한 곳이군요!

주인 비웃지만 말게, 선우군. 자넨 화가일세. 내가 자네를 이곳에 불러들인 건 다 그럴 만한 이유가 있어 그런 거네. 다름이 아니구, 그림 한 장 그려 주게.

선우 (돌발적인 부탁에 놀라며) 그림이라뇨?

주인 쓱싹 한 장 그려 주게. 그럼 난 그걸 이 미술관의 새로운 예술품이라 선포하겠어. 그리고는 사람들을 저 벽으로부터 해방시키는 거야.

선우 뭐 바악이 하겠다는 거나 다름없잖습니까?

주인 이곳은 미술관일세. 명분이 맞아야 하네. 자유의 조건으로서, 계속 보존해나갈 아름다움이 있어야 한다는 나의 생각은 명분에 맞을 뿐 아니라, 고상하리만큼 온건한 방법이지. 그런데 바악, 그 놈은 그게 아니거든. 무턱대구 사람들만 풀어놓겠다는 거야. 뭔가 지킬 것도 없이 풀어놔 봐, 얼마나 위험할 것인가? 결국 인간의 위험성이란 아름다움밖엔 제어할 게 없는 거네. 부탁하네, 선우군. 그림 한 장을 그려 주게.

선우 하필 저더러 그려 달라 하실 게 뭡니까?

주인 제발 꼭 좀 그려 줘야겠네.

선우 전 장님입니다. 곧잘 이렇게 만드시더니만 이젠 그림을 그려 달라니, 아무튼 부탁치곤 좀 기발하시군요.

주인 그러지 말구 날 좀 도와 주게. 선우군, 한 미술관의 혼돈을 자네의 그림으로 정리할 수 있다는 건 얼마나 매력적인 작업인가! 예술가로서 이런 기회도 흔하지 않은 거네. 정중히 호소함세. 화가여, 그림을 그려 주게.

선우 (잠시 생각하더니) 좋습니다, 어디 한 번 그려 보죠.

주인 역시 자넨 예술가야! (앞을 못 보는 선우의 손을 잡고 침대 머리벽 쪽으로 이끌며) 이리 오게, 선우군. 자네가 승낙할 줄 알구, 난 미리 준비해 두었지. 물감, 붓, 화판, 그밖에 그림 도구들을 말이야.

2

미술관의 주인, 눈이 보이지 않는 선우를 이끌고 가서, 여러 그림 도구들을 손으로 만져 보게 한다. 벽면에 기대어 세워진 대형 화판들, 선우가 만지자 그 중 하나가 쓰러진다. 숨어 있던 바악, 그 뒤에서 드러난다. 그는 발각되고서도 아무렇지도 않다는 표정이다.

주인 아니, 네가?

바악 그렇소.

주인 뻔뻔하구나, 너는!

바악 솔직한 평가십니다.

주인 (환등기를 돌려 비추려 한다.)

바악 (보안용 짙은 색안경을 꺼내 쓰고, 태연하게) 그만 두십쇼, 햇님. 비춰 보나 마나요. 인물평에 그러셨듯이, 나라는 놈은 좀 뻔뻔스러운 데가 있소. 예술적인 기질이 없구. 이곳의 허드렛 일꾼이란 그게 나의 약점이지. 그래서 난 가끔 이 방에 숨어 들어와 엿듣는 거요. 말하자면, 당신의 교양을 훔쳐가는 거지.

주인 (분노와 낭패 때문에 어쩔 줄을 모른다.)

바악 너무 노여워 하진 마십쇼. 훔쳐간 건 모조리 쓸모가 없습니다. 시대 착오적 망상에 지나지 않구, 당신에 대한 혐오밖엔 더 길러 주지 않더군. 방금도 나는 토해져 나오는 구역질을 참고 있어야 했소. ?선우군, 도와 주게. 자네가 그림 한 장을 그려 준다면……? 이건 부탁이 아니라 아예 우는 소리더군. 하긴 그렇겠지. 당신이 이젠 우는 소리밖에 뭘 더할 수 있겠소?

주인 참, 어쩔 수 없는 놈이다!

바악 선우씨, 이 노망 든 늙은이가 왜 당신을 붙들고 늘어지는지 아시겠소? 온갖 문제를 자기가 일으켜 놓구, 이젠 슬쩍 그걸 남에게 떠맡기려는 거요. 그건 그렇구, 눈 좀 보이쇼?

선우 아직은…….

바악 주의해 두쇼. 당신은 지금 이 노망든 자에게 붙들린 것 같소. 그래서 충고를 하는 거요. 저 사람들, 붕괴 바로 직전에 있소. 그런데 언제 뭘 그려서 어떻게 하겠다는 거요? 시간은 나에게 유리하게 작용하고 있소. 난 그저 기다리면 되지만, 당신은 초조하겠지. 아니 초조하다 못 해서 안달이 날 거요.

주인 도대체 왜 그러지? 넌 왜 내 일이라면 기를 쓰구 방해를 하지?

바악 새삼스럽게 그건 왜 묻소?

주인 하긴 난 네 놈 속셈을 다 알아.

바악 그럼 아시겠지. (자기 머리를 두어 번 두드리며) 그러나 이 속에 뭐가 들었는지 그건 모를 거요. 잘 들으쇼. 당신이 뭔가 하는 동안, 난 가만 있진 않겠소. 자, 그럼 죽 그릇이나 주십쇼. 난 이만 가 봐야겠소. (죽 그릇을 들고 나가다가 선우와 부딪쳐 그를 쓰러뜨린다.) 아차, 실수했소. 붙들리신 화가님, 난 당신이 눈을 못 뜬다는 걸 깜박 잊고 있었소.

3

바악, 계단 아래로 내려가 부엌 안으로 들어간다. 미술관의 주인은 선우를 일으켜 세운다.

주인 어디 다친 데는 없는가?

선우 놓아요. 혼자 일어설 수 있습니다.

주인 그놈이 고의적으로 쓰러뜨린 거네.

선우 무슨 꼴입니까, 이게 다?

주인 짜증은 내지 말게, 선우군.

선우 넘어진 걸 가지구 그러는 건 아닙니다. 아무튼 저는, 두 분 다 틈에 말려들고 싶지 않아요. 어느 쪽이 옳고 그른지, 그런 건 상관할 바 아니지요. 아시겠습니까, 제 입장을?

주인 그래, 자넨 예술가야. 모든 감정을 그림으로 표현하게!

선우 모든 감정이 아니라 순수한 제 감정입니다!

주인 어찌 됐든 시작하게. 여기 손을 더듬으면 알겠지만 준비는 되어 있네. 또 부족한 게 있다면 말을 하라구. 냉큼 가져다 줌세. 그럼 선우군, 몇 분만에 완성해 줄 텐가? 오 분? 십 분? 아니면 넉넉잡구 십오 분?

선우 (아예 응답하지도 않는다.)

주인 알겠네. 자넬 놀리려는 건 아니야. 워낙 사태가 긴박해서……. 저어, 이십 분쯤 가지곤 안 되겠나?

선우 안 됩니다!

주인 야단났군!

선우 이 일엔 절대 간섭 마십시오. 언제까지 그리든, 뭘 그리든 일체 참견 말라 그 말입니다.

주인 바악, 그놈이 뭐라던가? 가만 있지 않겠다구 했어. 제 입으로도 그랬잖아? 그건 협박이 아냐. 사실 그놈은 당장 뭘 저지를 건데…… 이걸 어쩐다?

선우 (침묵)

주인 난 어찌하면 좋겠나?

선우 (침묵)

주인 어서 그리게, 자넨. 이십 분도 안 되구, 그럼 언제쯤 될 수…… (손으로 자기 입을 막으며) 가만 있겠네, 난. (안절부절 못하며) 꼭 그림을 그려는 주겠지?

선우 몇 번 말씀해야 아시겠습니까?

주인 선우군, 분명히 그려 준다면 난 이렇게 해 보겠네. 바악, 그놈이 치기 전에 내가 먼저 사람들을 해방시키겠어. 그림을 만들어 지킬 걸 준 다음 풀어 놓는 것이 원칙이겠지만, 어쩔 도리 없지. 먼저 풀어 놓구, 지킬 건 만드는 중이다, 그러니까 잠시 동안만 참으라고 할 수밖에.

선우 좋을 대로 하십시오.

주인 그게 좋겠어. 시간이 있어야지. 우선 내가 선수를 쓰는 거야. 그럼 바악이란 놈, 제가 별 수 있을라구. 닭 쫓던 개, 지붕 쳐다보는 꼴이 될 걸. 하지만 선우군, 너무 늦으면 곤란해. 자네 그림이 늦게 되어서는 안 돼. 개 무서워 피해갔더니 호랑이를 만난다, 그래선 안 된단 말이네. 사람들은 위험해. 무턱대구 풀려져 나온 사람들, 그들은 바악 한 놈 보다, 더 어찌할 수가 없을 거란 말이야.

4

미술관의 주인, 아래층으로 내려간다. 그는 벽 앞 한가운데 서서, 주욱 붙어 있는 사람들을 바라본다.

주인 주목하라. 오늘 중대 선언을 하겠다.

사람들 주목합니다, 햇님.

주인 지금 이 시각부터, 너희들은 예술품이 아니다.

사람들 예술품이 아니라구요?

주인 그렇다. 너희들은 인간인 것이다. 그림이라든가 조각이었던 시대는 끝났다. 해방이다.

사람들 (그들에게 동요가 일어난다.)

주인 그러나 명심하라. 이곳은 미술관이다. 고상한 감정을 유지할 줄 알아야 한다. 아름다움은 과거에서뿐만 아니라 현재, 미래에 있어서도 최상의 진리이다. 그러므로 잊어서는 안된다. 비록 이제 너희들 자체가 아름다움은 아니지만, 구심적인 존재로서의 아름다움은 가져야 한다. 말하자면 너희들은 예술품을 지닌 인간으로서 해방되어지는 것이다. 에, 유감이지만 아직 그 예술품은 없다. 조금만 기다려 달라. 지금 그것은 만들어지고 있는 중이다. 저기 저 내 방에서, 어제 온 화가가 그림을 그리고 있다. 이제 너희들은 벽에 붙어 있지 않아도 된다. 인간으로서 자유를 구가하라!

5

느닷없이 요란하게 종이 울린다. 주인은 당황한다. "벌써 저녁이란 말인가?" 그는 외치더니 계단 위로 올라간다. 누가 그를 말릴 틈도 없이 습관적으로 발코니 저쪽 아래로 뛰어내린다. 황혼은 나타나지 않는다. 대낮처럼 훤하다. 혼란이 일어난다. 사람들은 어찌 할 바를 모른다. 그들은 이런 사태를 예기하지 못했으며, 그것과 적응하기 위해 준비되지도 않았다. 종소리가 더욱 가깝게 들려온다. 바악, 부엌에 감춰 두고 있었던 자유의 종을 밀고 나온다. 그는 열정적으로 이 종을 울린다. 잠시 후, 주인이 아래층 정문으로 들어온다. 그는 늪에 빠져서 온몸이 흠뻑 젖어 있다. 얼떨떨한 표정으로 바악과 시선이 마주친다.

바악 해방이라서 이 자유의 종을 울렸던 거요.
주인 뭐야?
바악 이런 날, 울리려고 준비해 뒀소.
주인 아직 때도 안 됐는데, 난 저녁인 줄 알구 떨어져 내렸잖아!
바악 누가 시키기를 했소? 당신 스스로 뛰어 내리구서…….
주인 (바악의 멱살을 붙들고서) 이젠 더 참을 수 없다!
바악 이거 놓으쇼.

주인 못 놓는다!

바악 사람들이 보구 있소!

주인 해방은 내가 시켰어. 너 같은 놈은 이제 혼 좀 나 봐라!

바악 창피한 걸 아쇼. 이 좋은 날, 이게 뭐요?

주인 너야말로 부끄러운 줄을 알아라.

바악 (사람들에게) 똑똑히 보시오. 이 노망 든 늙은이가 지금껏 당신들을 벽에 붙여 놓구 있었소. 늪에 빠져서, 온몸에 구역질나는 냄새를 풍기며, 이 영광된 날에 기껏 한다는 짓이 멱살이나 붙들고 있소. 참으로 가엾은 꼬락서니요. 자유는 이런 꼴을 한 자로 인해 오랫동안 지연되어 왔었소. 멱살을 잡듯이, 무기력하게 매달리며, 질질 끌려 왔던 거요. 허나 이젠 끝났소. 더 이상 붙들지는 못하지. 자유의 종이 울려 퍼질 때, 이런 자의 몰골이 어떤 것인지 잘들 봐 주시오. (주인에게) 자, 당신이 떨어질 시간이요!

6

바악, 종의 줄을 잡아 흔든다. 또 다시 요란하게 울려 퍼진다. 바악의 멱살을 잡고 있던 주인의 손이 점점 놓여진다. ?저녁인가?? 그는 중얼거린다. 그는 발코니 위로 올라간다. 저쪽 아래를 바라본다. 자신에게 다짐하듯이 외친다. ?저녁이다!? 그는 뛰어 내린다. 동시에 급격한 어둠이 된다. 아무것도 볼 수가 없다. 아까보다도 더 엄청난 혼란이 일어난다. 사람들은 아우성을 지른다. 요란한 종소리. 환희인지, 비탄인지 구별할 수 없는 잡음으로 변하다. 얼마 동안 더 계속되던 종소리가 멈춰졌을 때…… 침묵, 어둠 속에서 바악이 외친다.

바악 선우씨, 그 환등기 좀 켜서 이 아래에 비춰 주시오!

선우 캄캄할 뿐입니다, 여기도!

바악 더듬어 봐요. 왜 그거 있던 자리 쪽으로 말이요.

선우 아, 여기 있긴 있어요.

바악 비춰 주시오, 어서!

선우 안 되는데, 휴즈가 끊어진 건 아니요?

바악 아닐 거요. 그 뒤에 달린 스위치를 틀어 봤소?

선우 됐어요!

7

환등기가 켜진다. 그림의 슬라이드, 아래로 퍼진다. 텅 빈 공간이다. 자유의 종 앞에서 바악은 어찌된 영문인지 모르겠다는 표정을 짓고 있다.

바악 모두들 어디에 갔소?

선우 나한테 묻는 겁니까?

바악 하긴 당신도 알 리가 없지. (목소리를 높여) 어디에 있소, 모두들?

이이 (긴 침묵 다음, 빛 안으로 처음 나타난 사람. 그는 죽 냄비를 들고 온다. 한 손이 죽에 빠졌던지 온통 뒤범벅이 되어 있다.)

바악 (반갑게) 대체, 어디 있다 오는 거요?

이이　나도 모르겠소. 그저 무턱대고 헤매다가 쾅 하구 부딪쳐 들어갔긴 했는데…… 뭔가 물컹한 게 잡히더니, 그게 바로 이 죽이었군. (죽 냄비에 쑤셔박힌 국자를 건져 올리며) 당신 건데, 좀 먹어도 되겠어요?

바악　먹으시오, 얼마든지.

이이　지독한 날이요, 오늘은.

바악　뭐요, 지독하다니?

이이　다행으로 여기긴 해야겠어요. 그래도 난 죽이나마 먹게 되었거든. 오늘 같은 그런 혼란 속에서야 어찌 이런 행운을 누릴 줄 알았겠어요? 온몸에 기운이 탁 풀리고 냅다 쑤셔박혀 버리는데, 꼭 죽는 줄만 알았지 뭐요?

바악　축하하쇼! 당신은 해방이 됐소.

이이　(시큰둥하게) 축하! 오늘은 내가 아주 게걸스럽게 된 날이요.

소온　(어둠의 저쪽에서 환희의 기성을 지르며 뛰어 들어온다. 그는 기쁨을 발산하지 않고는 못 견디겠다는 듯이 숨가쁘게 자유의 종 둘레를 돈다.) 난 기쁘다오!

바악　소온 씨, 당신은 아는구려!

소온　오, 나의 기쁨! 붙들지 마시오. 나는 내 자신의 기쁨을 억누를 수가 없어요!

바악　그렇소. 오늘은 자유의 날이요!

소온　(무슨 오해라도 하고 있지 않느냐는 듯이) 자유?

바악　그럼 당신은 그것 때문에 기뻐하는 게 아니란 말이요?

소온　천만에. 자유는 나에게 두 가지 것 중에 하나만을 택하도록 핍박했습니다. 즉 오늘 같은 날, 난 기뻐해야 할 것인가, 슬퍼해야 할 것인가? 그게 문제였지요. 뭘 택해야 할지 자유는

해답해 주지도 않구요. 그래서 내가 스스로 결정했습니다. 이왕이면 기뻐하는 것이 좋지 않겠느냐구. 기쁘도다! 그야말로 이건 내 자신을 위한 기쁨이 아니구 뭐겠어요? 어서, 이걸 봐요. 난 못 견디게 기쁘다오! (바악을 뿌리치고, 기성을 지르며 종 둘레를 맴돈다.)

나암 (어둠 속에서 통곡하는 모습으로 나타난다. 눈물이 쉴 사이 없이 그의 얼굴을 타고 흘러내린다.)

바악 당신은 왜 우는 거요?

나암 지난날을 회상하며 울고 있어요. 역시, 그 옛날이 좋았던 것 같습니다.

이이 죽 좀 먹겠어요?

나암 싫소. 그래도 옛날은 이렇진 않았는데. 벽에 붙어 있노라면, 그런 대로 안정감은 있었거든요.

이이 난 죽통에 빠졌어요. 어둠 속에서, 당신은 어디에 계셨던가요?

나암 벽이요, 벽. 옛날 같을까 해서 다시 붙어 봤지만, 하염없이 흘러내리는 건 눈물뿐, 뭔가 아늑했던 것이, 오늘 온데 간 데 없이 사라져 버린 겁니다.

소온 오, 나의 기쁨!

조오 · 기임 (나란히 손을 맞잡고 나타난다.)

바악 당신들은 뭐요?

조오 · 기임 (서로 얼굴을 마주보며) 정해 봅시다, 뭘로 할까요, 우리?

바악 제발 정신이 똑바로 박힌 사람들이었으면 하오.

조오 정신이 똑바로 박힌 사람으로 정합시다.

기임 그럽시다. 그렇게 정합시다.

조오·기임 (입을 모아) 우리는 정신이 똑바로 박힌 사람들입니다.

이이 그것 참 괴상한 짓들 하는군요.

기임 서로 동의한다는 것이 괴상하다니요? 가장 합리적인 방법입니다, 이건. 우리들 산 경험에서 우러나왔거든요. 아까 말이지요, 어둠과 혼란 속에서 우리는 서로를 짓밟았어요.

조오 뼈가 부서졌지요. 각자 한 대씩, 물론 그 한 대라구 정한 건, 우리 둘이 사이좋게 그 수효에 동의했기 때문이지요. 그러므로 우리는 우리가 동의하지 않는 건 그게 뭐든 인정 할 수가 없어요.

이이 멋지군요! (죽 남비를 내밀며) 난 이것을 죽 남비라 인정하고 있어요. 그런데 당신들은 어떤가요?

조오 아직 우리는 이것에 동의하지 않았어요.

기임 그러므로 이건 존재하지 않는 거나 마찬가지죠.

소온 오, 나의 기쁨!

바악 그렇다면 오늘은 어떻게 생각하겠소? 오늘, 사람들은 저 벽으로부터 풀려나왔소. 이건 엄연한 사실이요. 당신들도 부정하진 못할 거요.

조오 부정하다니요? 이미 우리는 동의해 놨어요.

기임 오늘은 내일이다!

조오 그렇지요. 내일에 오늘 벌어진 일이 생길 겁니다.

바악 넋 떨어진 놈들이군.

이이 굉장히 합리적이군요. (바악에게) 그들은 오늘 사태를 내일로 미뤄뒀다지 뭐요!

소온 오, 나의 기쁨!

기임 갈까요?

조오 갑시다! (그 둘은 서로 동의하고서 앞으로 나가려 한다. 그러나 덜거덕거리며 굴러온 양철통이 그들 앞을 가로막아 꿈쩍도 못하게 한다.)

자앙 (양철통 속에서 머리를 내밀고) 잘못 굴러왔소. 이것 좀 발로 차 주겠소?

기임 이거, 찰까요? 말까요?

조오 찹시다!

기임 그래, 찹시다!

이이 (어둠 저쪽으로 굴러가는 양철통을 바라보며) 호오, 저건 물어 볼 틈도 안 주는구만.

사아 (넙적한 수건 한 장으로 맨몸을 가리고, 젖은 머리카락에서 물방울이 떨어지는 모습으로 나타나며) 제 모습을 보세요!

바악 뭐요, 그 꼴이?

사아 몸을 씻구 왔어요. 곧장 늪으로 달려갔죠. 고인 물은 미적지근했지만요, 이제야 뭔가 신선한 게 몸 안을 도는 것 같아요. 자아, 모두들 제 몸을 만져 봐요. 감촉이 좋죠?

사람들 (사아의 몸에 손을 대고, 시큰둥하게) 좋소.

사아 지금껏 조각이었다니, 하마터면 그냥 굳혀둘 뻔 했던 거예요.

소온 오, 나의 기쁨!

사아 (바악에게) 당신 왜 그러세요? 왜 그런 혐오의 눈으로 바라보시죠?

바악 착각이야! 착각이기 때문에 그렇소! 꺼져, 당신들! 모조리 꺼지란 말이야.

8

사람들, 어둠 속으로 사라진다. 바악은 의외의 사태에 당혹해서 종 앞에 주저 앉는다. 잠시 침묵. 그는 이층을 고개를 든다.

바악 그 빛을 꺼요, 선우씨! 착각이요! 모두 그 노망 든 빛 때문에 생겼소! 꺼버려요, 어서!

선우 어둡지 않을까요?

바악 어둡더라도…… 그렇지, 내가 전등을 켜겠소. 어서, 그거나 꺼요!

9

바악, 전등 스위치 쪽으로 뛰어간다. 빛이 그를 따른다. 전등이 켜진다. 환등기의 불빛은 꺼진다. 아래층의 전면적은 밝혀졌으나, 자유의 종과 죽 남비만이 덩그렇게 남아 있고, 사람들은 자취도 없다. 바악은 한 가운데로 나온다. 분노를 억누르고, 지난 일에 대해서는 관용하겠다는 듯이, 그러나 이번만은 잘해 보자는 태도를 취한다. 그는 보이지 않는 사람들, 그러나 어딘가 숨어서 이쪽을 바라보고 있을 그들에게 정중히 호소한다.

바악 다들 나오쇼. 내가 잘못 봤었소. 조금 전 말이요, 그건 착각이라 해 둡시다. 자, 어서 나오쇼. 저녁 식사나 함께 합시다. 식탁은 내가 차리겠소. 오늘 같은 이런 기념할 날엔 말이요,

축배용 술잔들이 주욱 놓여 있어야 제격일 건데. 그거, 어디 준비할 틈이 있었겠소? 그냥 놓여 있다 치구 기분이나 내 봅시다. 또 이쪽엔 악단이 연주중이라 하구. 하늘엔 오색 찬란한 불꽃이 터지구 있소……. 물론 그런 것들이 있다 칩시다. 모든 게 이렇게 부족하오. 그 노망 든 늙은이가 갑자기 오늘이라 해 버렸기 때문이요. 하지만 잘 됐소. 하루라도 빨리 이런 날이 왔어야 했소. 모든 게 부족한 대로, 그러나 기분만은 한껏 내봅시다. 자, 다들 이리 나오쇼.

사람들 (사방에서 한두 사람씩 나타나 식탁에 앉는다.)

바악 축배의 잔을 드쇼.

소온 오, 나의 기쁨! 내 술잔이 어디 있지요?

바악 (여전한 그의 태도에, 노려보며) 거기, 바로 당신의 앞에.

소온 여기 있었군, 그래.

사람들 (보이지 않는 술잔으로 축배를 든다. 바악을 제외하고는 그 태도가 시큰둥하며, 축배 든 시늉을 한 다음에는 동작이 정지된다.)

바악 그 과일 좀 드시쇼.

이이 과일?

바악 (식탁의 중앙을 가리키며) 여기, 수북히 쌓여 있잖소!

이이 (집어서 씹는 시늉을 과장되게 하며) 그렇구나! 이 과일 참 맛있네. 너무너무 맛있어요…… (옆 사람에게 넘겨 주는 시늉을 하며) 이거 당신이나 잡수쇼. 어어, 왈칵 씹진 말아요. 살살 녹으니까 혓바닥으로 핥기나 해요. 난 저기 죽남비나 끌어안구, 차라리 밑바닥을 긁는 게 낫겠군. (죽 남비를 다리 사이에 끼고 긁기 시작한다.)

사람들 (키득키득 웃는다.)

바악 (식탁을 주먹으로 내리치며) 왜들 이러지? 당신들 그 따위 태도는 좋지 않아. 아까 그건 봐 주려 했지만 용서 못하겠소!

조오 당신이 뭔데?

기임 뭔데 큰소리요?

조오 우린 아직 당신이 뭔지 동의하지 않았어.

기임 그러니까 당신은 없는 거나 마찬가지야!

사람들 옳소! 당신이 뭐길래 우리더러 이래라 저래라 하는 거요?

조오 · 기임 별꼴이네, 정말.

바악 참겠소, 이번에도. 난 당신들을 위해 투쟁해 왔어. 저 벽을 바라 보쇼. 당신들이 붙어 있어야 했던 저 벽을 말이요. 돼먹지도 않은 그 짓, 그 노릇이 지겹지도 않았소? 오늘은 해방된 날이요. 당신들은 인간이 됐소. 인간, 인간이! 그럼 좀더 긍지를 가지란 말이요!

나암 긍지를 가져라?

바악 그렇소. 인간다운 긍지를 갖는 거요!

나암 그게 어디 있어요? 이 보이지 않는 과일처럼 그저 기분만 내자는 겁니까?

바악 (얼굴이 분노로 이그러진다.)

나암 그렇잖아요? 당신은 기분만 내라구 하는데, 오늘이 무슨 만능의 날인 줄 아나 보군. 기분만 내키면 그저 뭐든지 다 가질 수 있을 것 같으냐 말이에요. 인간의 긍지, 인간의 존엄성, 인간의 자존심, 있다면 얼마나 좋은 것들인가! 하지만 지금 우리에겐 그런 게 있을 리가 없지. 바악, 당신 말대로, 설사 과일이나 술잔이 놓였다 칩시다. 그럼 우리들의 자존심이 드높아지는 건지, 글쎄 아무리 생각해 봐도 모르겠단 말입니다. 아마, 식욕이나 조금 더 나긴 하겠지요. 맙소사! 식욕으로 인간의 긍지를 갖추라니! (눈물이 주르르 떨어지며) 그래서요, 저 벽에 붙어 있었던 시절이 그리워지는군요. 그나마 그때 우리는 예술품이었거든요. 그게 억지였던지, 뭐였던지, 아무튼 우리는 긍지라는 걸 가지고 있었단 말입니다.

이이 (남비 밑바닥을 요란하게 긁으며) 당신 말이 맞아요, 나암. 날 보쇼. 그 뭣 같은 긍지나마 내동댕이치게 되니까, 기껏 한다는 짓이 위장이나 채우려 들거든.

나암 그렇다니까요, 글쎄…….

바악 나약한 그 눈물이나 닦고 말하쇼.

나암 내버려 둬요. 오늘은 나에게 눈물만을 주었어요. 주체할 수 없이 많은 눈물을. 암담한 두 개의 구멍으로, 하염없이 흘러내리게 내버려 둬요.

소온 오, 나의 기쁨!

바악 주의하쇼, 모두들! 이런 감상주의는 위험한 거요!

사아 해롭지 않아요, 눈물은.

바악 뭘 안다구 당신이!

사아 잘난 체 하지 말아요. 투쟁이다, 뭐다, 그래서 난 당신을 멋지게 봤어요. 그랬더니 기껏 한다는 짓이, 덩치 큰 남자 눈물만 쏟아지게 해놨군요.

바악 사아, 당신은 인간된 게 싫소?

사아 싫진 않아요, 저로서는 벽 같은 거, 미련 없구요. 하지만 이런 우아한 인간들과 함께 살게 되다니, 분수에 넘치는 영광이지 뭐예요.

이이 기분 나쁜데, 정말.

바악 잘 됐소. 죽 남비에서 물러나 의젓해 보쇼.

이이 당신 때문에 기분 나쁘단 말이요.

나암 (바악에게) 원망하겠소, 당신을.

이이 늘 우릴 괴롭혔어.

소온 오, 나의 기쁨! 난 당신을 저주합니다.

바악 감격했소. 어쩌면 그리 고마운 말들을 하쇼?

소온 기뻐해야 별 볼 일이 없기 때문이지.

조오 · 기임 (바악을 가리키며) 모두들, 덤벼라! 우리가 합의했다!

바악 (몰려드는 사람들을 피해 식탁 위로 올라서서) 자부심을 가져라! 너희들은 인간이다!

소온 모욕을 당했다!

나암 저놈을 끌어내라!

바악 나에 대한 대가가 고작 이거냐!

10

몰려든 사람들, 바악을 쓰러뜨려 식탁 아래로 끌어내린다. 발로 짓밟고, 주먹으로, 의자로 내리쳐서 그는 거의 죽음 직전에 빠진다. 양철통이 덜거덕거리며 사람들을 헤치고 들어온다. 자앙이다. 그는 통 속에 바악을 끌어당겨 보호한다. 자신의 몸으로 통 입구를 틀어 막아서, 사람들이 더 이상 어쩔 수 없게 만든다. 그들은 제각기 흩어져 버린다.

선우 (윗층에서) 어떻게 됐어요?

자앙 죽지는 않았소. (통 속에서 바악의 몸을 꺼내 반듯하게 눕혀 주며) 폭도와 다름없었소. 체면이구 뭐구, 가리지도 않았소. 그렇다면 지금 우리는 뭐겠소? 뭔가 지킬, 그럴 것이 없다는 집단이요. 그래서 우리는 서슴없이, 정말 아무렇지도 않게 당신을 때려 넘겼소. 물론 당신에게도 책임은 없지 않았소. (통 속으로 들어가며) 나처럼 말이요, 이런 단단한 물건을 준비해 뒀던들 그렇게까지 맞진 않았을 거요. (잠시 사이) 그럼 오늘 밤 여기 있을 거요? 난 저쪽으로 굴러가 있겠소.

바악 (통이 굴러가 버린 후에도 얼마 동안이나 드러누워 있다. 긴 침묵. 그는 몸을 움직인다. 기다시피해서 부엌 안으로 들어간다.)

제3막

1

새벽, 사람들이 여느 날처럼 ?해가 떴다…… 해가 떴다?는 합창을 하며 미술관의 주인을 들것에 싣고 들어온다. 주인은 바악의 실패담을 들었던지 기분이 좋아서 의기양양하다. 웃음을 터뜨릴 때마다, 흙탕물이 솟아나오고, 은빛 비늘이 번쩍이는 작은 물고기 한 마리도 튀어나온다.

주인 그래, 그럴 줄 알았다구!

사람들 해가 떴다…… 해가 떴다…….

주인 바악 그놈 말이야, 잘난 체 날뛰어 본들 그꼴이지! 제까짓 게 별 수 있을라구!

사람들 (주인을 내려놓는다. 실수인지, 거칠게 놓아서 주인은 바닥에 굴러떨어진다.)

주인 어젯밤, 신났겠군! 물론 그놈에게 따끔한 밤이었겠지만 말이야. 아무튼 잘 됐지 뭔가! 그놈 어디 있나, 지금?

조오 부엌이요. 간신히 기어들어 갔어요.

주인 기어들었다? 핫하, 그것 참! 그놈은 그렇다치구, 너희들은 어쩔 셈이지? 오늘부터 뭘 하며 지낼 건가?

나암 그게 문제예요, 햇님. 다시 벽에다 붙어…….

사람들 (아유의 소리를 지르며 머리를 흔든다.)

주인 그럼! 너희는 자유다, 자유!

소온 새 아름다움, 그거 말입니다, 어찌 된 겁니까? 당신이 우리에게 약속했던 그 예술품, 오늘 그걸 주었으면 좋겠는데요?

주인 (누각의 방을 가리키며) 그건 저 곳에서 다 만들어졌겠지.

사람들 그걸 주십시오.

주인 물론, 너희들은 그걸 이 미술관에다 턱 붙여 놓구, 아주 궁지 높은 인간으로서 살아나가는 거야. 어때? 얼마나 고상한 생활인가?

사람들 어서 주십시오, 어서!

2

사람들, 주인을 떠밀다시피 누각의 방으로 올려 보낸다. 선우, 화판 앞에 주눅이 든 모습으로 앉아 있다. 사람들은 아래층에서 위를 올려다 보며 그림을 달라고 재촉한다.

주인 선우군, 그림은?

선우 못 그렸습니다.

주인 못 그렸어?

사람들 (아우성을 친다.)

주인 이거 야단났군. 도대체 자넨 뭘 하구 있었나?

선우 이곳 형편을 보십시오.

주인 형편이 어때서? 화판 있겠다, 물감 있겠다……. 아, 자넨 뭐 대작을 노리는 모양인데, 그럴 필요 없다구. (붓을 물감통에 담갔다가 선우의 손에 쥐어 주며) 어서, 당장 그려주게!

선우 답답하군요!

주인 답답한 건 날세! 좋아, 정 그렇다면 내가 그리지. (한 화판에 붓을 휘둘러 급조 추상화를 만들어낸다.) 괜찮지? 이 정도면 사태를 수습할 수 있네.

선우 그따위 것으로 사태를 악화시켜야 좋겠습니까?

주인 웬만하면 다 되는 거야, 이럴 때는!

선우 천만에요. 지금이야말로 웬만한 건 사람들 비웃음만 받기 쉽습니다.

주인 자넨 너무 심각해.

사람들 어서, 보여 주십시오!

주인 이것이다! (화판을 치켜들어서 밑에 있는 사람에게 보여 준다.)

사람들 그게 뭡니까?

주인 새로운 아름다움! 즉, 너희들이 앞으로 생활의 신조로서 삼아 나갈 것이다!

사람들 (야유의 함성을 지른다.) 우우…… 이따윗 게 뭐냐!

선우 그것 보십시오.

주인 ……아냐. 색깔이 부족했어. 그래, 저건 단순해. 한 가지 색만 칠했거든. (화판을 또 꺼내놓고서, 다급하게 여러 가지 색깔들을 칠하기 시작한다.)

사람들 (더욱 난폭한 기세로 아우성을 지르며) 우리에게 새로운 아름다움을 달라! 새 아름다움을 달라!

주인 왜 저렇게 조급할까?

선우 냉큼 한 장 그리라구 재촉한 건 누굽니까?

주인 초록을 칠하구, 또 빨강을. 덤으로 노랑색도 칠해 주지. 이만

하면 각자 좋아할 색깔을 골고루 칠해 놨으니까 그들도 만족할 거네.

사람들 우리에게 새 아름다움을 달라!

주인 됐다! 자, 너희에게 이걸 주마! (먹이를 주듯 화판을 던져 준다.)

사람들 (화판을 들여다보더니, 다시 그것을 짓밟아 버린다.)

소온 이런 걸 가지구 기분만 내라는 건가!

사람들 또 보내라, 또 보내!

주인 어찌 했음 좋겠는가, 선우군?

선우 기다려라 할 수밖엔 없잖습니까?

주인 그렇지. (아우성을 지르는 사람들에게) 기다려라!

사람들 어서 보내라, 어서 보내!

주인 기다려라! 기다려!

나암 언제까지 기다리란 말이요, 햇님?

주인 아무튼 기다려 달라!

나암 솔직히 말해 보시오. 언제까지요?

조오 가망 없다면 미술관이구 뭐구 다 때려부수겠다!

기임 동의한다. 부숴 버리자!

사람들 우리에게 새 아름다움을 달라!

주인 기다려라! 책임지고 곧 너희들의 요구를 들어주마!

이이 어떻게 책임을 지겠다는 거요?

주인 (선우를 억지로 그들에게 보여 주며) 여기 예술가가 있다. 이 사람이 책임진다. 곧 너희들의 요구는 이뤄질 것이다!

사람들 (화판의 부서진 조각들을 각자 손에 쥐고 내휘두르며 문 밖으로 나간다.) 던져 버리자! 늪에 가서 던져 버리자!

주인 휴우…… 역시 자네에게 맡기는 걸 그랬어.

선우 옷이나 벗어 말리십시오.

주인 (방장용 커튼을 쳐서 그 뒤에 몸을 가리고, 젖은 옷을 벗어 던지며) 기분이 좋질 않군.

선우 저 역시 마찬가지입니다.

주인 하긴 뭐 엉터리를 주었으니까 그랬을 테지. 안 그런가?

선우 보장할 수 없지요. 훌륭한, 그야말로 걸작품을 주어도 짓밟지나 않을지.

주인 아냐, 그건 염려하지 말게.

선우 뭘 가지구 염려 말라는 겁니까?

주인 (침묵)

선우 너무 막연해요. 그저 마음만 무겁구…….

주인 (담요로 몸을 감싸고 나오며) 우울한 날이군.

선우 뭔가 하긴 해야겠는데…….

주인 (어두운 표정으로 기침만을 한다.)

3

사아, 누각의 방으로 올라온다. 가슴에는 헝겊으로 만든, 어린 아기 크기만한 인형을 안고 있다.

사아 새로운 미래를 그리세요.

주인 뭔가, 그건?

사아 제 아들이에요.

주인 아들?

사아 네, 그럼요. 전 낳을 수 있죠. 아무도 뭘 태어나게 할 순 없지만요, 저는 달라요. 이 아들을 보세요. 이 앤 새롭게 태어난 거예요. 지난 날의 그 어떤 흔적도 이 애에겐 없어요. 이곳이 어딘지, 또 무슨 일이 있었던지…… 아들아, 넌 시작이란다. 넌 처음이며, 그것만 가지구두 넌 얼마나 밝은 거니? (선우에게 다가가며) 하지만 아직 이 앤 생명이 없어요. 모형에 지나지 않죠. 진정 살아 있는 아들은요, 고통을 겪구나서야 얻는 거예요. (인형을 옷 속에 넣어 임신부처럼 배를 불룩하게 만들고) 그리세요, 이 모습을. 미래를 잉태한 여자예요.

주인 어떤가, 선우군?

선우 (잠시 침묵을 지킨다.)

사아 (해산의 모습으로) 고통에 찼으나 기쁨으로 충만하며, 괴로움 가운데 기뻐하겠어요! 그리세요! 이 모습을 그리세요.

주인 어떤가, 선우군? 더 망설일 시간도 없구…….

선우 그려 봅시다.

주인 오, 잘 생각했네.

4

선우, 그림 그릴 준비를 한다. 사아는 침대에 해산부의 모습으로 눕는다. 미술관의 주인은 벗어 던졌던 젖은 옷을 주워 모아, 발코니의 난간에 널어 말린다.

아래층. 양철통이 굴러온다. 자앙, 통 밖으로 나와 앉아서 햇볕을 즐긴다.

사이.

부엌 문이 열린다. 바악이 나온다. 그는 검은 색 표지의 두툼한 노트를 들고 있다. 사나와진 태도, 이글거리는 눈, 상처 입은 맹수를 연상시킨다. 그는 주위를 둘러본다. 통 앞에서 햇볕을 쬐고 있는 자앙에게 다가간다.

바악 살려 줘서 고맙소, 어젯밤엔.

자앙 그 앞을 비켜 주시겠소? 햇빛을 가리고 있소.

바악 햇빛을 가렸으니 비켜 달라, 당신 꼭 누굴 닮았구려?

자앙 그렇소.

바악 디오게네스?

자앙 난 디오게네스요.

바악 자, 비켜 드렸소, 선생.

자앙 고맙소. 난 그 분을 모방함으로써 내가 가졌던 개성을 철저하게 몰수해 버렸소. 그리고 개성을 갖지 않는다는 것은 오늘날 가장 현명한 신변 보호책이기도 하오.

바악 디오게네스 선생, 오늘 사태는 어떻게 돌아가고 있소?

자앙 어제와 다름없소. 그러니까 당신이 갓 인간이 된 자들에게 실컷 두들겨 맞은 다음, 슬그머니 부엌 안으로 기어 들어갔던 어제부터 오늘까지, 사태라고 하는 것은 조금도 달라지지 않았단 말이요.

바악 응, 달라지지 않았다. 그럼 혼돈 그대로겠군.

자앙 어제와 오늘이 불변하다는 개념으로 파악한다면, 혼돈은 즉 정리를 의미하기도 하오.

바악 무엇을 하고 있소, 지금 그들은?

자양 진화중이요.

바악 진화중이라니?

자양 인간으로서 말이요. 진화의 의미는 무한한 퇴보의 과정일 수도 있소. 열광한다거나, 침묵한다거나, 또는 소리 지른다, 희망을 갖는다, 절망한다, 그밖에 모든 것이 단순하지 않은 거요. 그것을 어떤 차원에서 바라보느냐에 따라서 달라지기 때문이요. 하지만 더 높은 차원, 즉 보편적인 차원에서 바라본다면 달라지는 것은 아무것도 없소. 그것은 태초부터 그 모양 그대로이며, 미래에 있어서도 그 형태의 변화는 전혀 바꿔질 수가 없소. 즉 있음은 없음이며, 없음은 있음인 것이요.

바악 선생, 그 장황한 철학은 어디에서 나온 거요?

자양 (부처처럼 책상다리를 하고 손가락을 꼬아 보인다.)

바악 역시 모방이었군.

자양 그렇소.

바악 선생, 그 보편적인 차원에서 나를 본다면, 난 어떠한 인물로 평가되겠소?

자양 자아를 버리시오.

바악 자아?

자양 그걸 버리시오. 당신은 너무 강한 자아를 가진 인물이요.

바악 보긴 잘 보셨소.

자양 그저 또 누구 말을 모방했을 뿐이요.

바악 선생, 난 연구해 봤소. 저 부엌에 처박혀서 말이요, 어젯밤 인간들이 나에게 대했던 여러가지 행동들을 분석하고, 검토하여 논문으로 작성하였소. (두툼한 노트를 펴들고) 이게 바로 그 논문이요. 제목은 ?미술관에서의 혼돈과 정리? 라고 붙였지만, 사실 내용보다 광범위해서, 과거뿐만 아니라 미래에 대한 나의 계획도 포함되어 있소. 선생, 난 인간들을 어떤 특수 환경 아래서 차츰차츰 개량해 나갈 거요. (노트를 자앙에게 내밀며) 관심이 있을 것 같은데, 선생께서 직접 보시겠소?

자앙 (노트를 받아 들고, 그러나 읽지 않는다.) 보나마나요.

바악 보나마나라니?

자앙 자기 본위로써 생각하셨겠지. 그럼 증오심밖엔 뭐가 나올 리 있겠소?

바악 어찌 아셨소, 내가 그들을 증오하리라고?

자앙 다 그게 그러는 거요.

바악 과연 선생이시군.

자앙 당신은 왜 그들의 입장에서 보질 않소?

바악 그런 가정은 세우지 맙시다. 선생, 그들은 그들, 나는 나요. 실제 있었던 사실만이 중요한 것 아니겠소? 나와 그들의 차이점이, 이 논문엔 이렇게 적혀 있소. (자앙이 들고 있는 노트에서 한 대목을 펼쳐 가리키며 읽는다.) ?공간적으로 고찰해 본다면, 나는 벽에 붙어 있지 않았었고, 그들은 붙어 있었다. 그들에게 있어선 그 돼먹지 않은 예술품 노릇이 절대적 잘못이었다. 진짜 아름다움도 아닌데 그 짓을 하고 있자니, 얼마나 심한 열등의식을 느꼈겠는가? 열등의식! 그렇다. 그들은 이것에 푹 젖어 버렸다. 그들의 두뇌, 그들의 행동, 그들의 모든 것. 공기가 없으면 못 살듯이, 열등의식 없이는 못 사는 족속이 됐다. 그들은 바로 이 고질적인 열등의식 때문에 벽에서 풀려났는데도 인간다운 행동을 할 수 없었던 것이다.? 내 말이 틀렸소, 선생?

자앙 그래서 당신은 다음과 같은 결론을 내렸구려.

바악 '그들은 어쩔 수 없는, 열등 인간인 것이다.'

자앙 얼마나 모순된 결론이요. 한때, 당신은 그들을 위해 투쟁했잖소?

바악 '그러한 결론에 의거하여 다음과 같은 계획을 작성한다.' 직접 읽어 보시쇼, 선생.

자앙 (노트를 묵독하며) 정말 이 계획을 실천할 작정이요?

바악 그렇소.

자앙 이 계획은 보편성이 결여되어 있소.

바악 나는 보편성 같은 걸 바라지 않소.

자앙 (무한한 연민의 눈으로 바악을 바라보며) 자아를 버리시오, 바악.

바악 내 계획을 도와 주쇼, 선생.

자앙 믿을 것 같소, 사람들이?

바악 믿든 안 믿든 상관 없소, 나에겐.

자앙 하지만 바악, 흐왕은 이 계획에서 너무 무리인 것 같소. 흐왕이 타나난다, 그리고 그 무지무지한 힘으로 한 사람을 번쩍 들어올려 던져 버린다. 그 사람은 죽는다, 그래서 두려웁다. 공포에 질린 사람들이 안전한 곳을 찾는다. 그때 울타리를 만들고, 당신은 그들을 가둬 넣는다…….

바악 그렇소. 중요한 건 이 최종적인 울타리요.

자앙 보편적인 차원에서 이 울타리라는 걸 본다면…….

바악 대답만 하쇼. 도와 줄 거요, 안 도와 줄 거요?

자앙 뭘 기대하는 거요, 나에게?

바악 모방이요. 죽음을 모방해 주쇼.

자앙 죽음을 모방한다?

바악 호왕이 무서운 존재라는 걸 만들려면 말이요, 누군가가 꼭 그에게 죽음을 당해 줘야 하겠소. 아니, 그런 구실이 있어야 하겠다는 거요. 선생, 선생이 아니고는 누가 그걸 하겠소?

자앙 (눈을 감고 침묵한다.)

바악 왜 눈은 감으쇼, 선생?

자앙 명상 중이요. 인간이란 무엇인가? 인간의 본질이란 도와 준다구 해서 바뀌질 리도 없구, 방해한다 해서 그것이 달라질 리도 없소. 즉 그것은 그것이며, 그것으로서 그것인 거요. 알겠소, 내 말을?

바악 내가 알고자 하는 건 선생의 승낙이요.

자앙 당신은 후회하게 될 거요.

바악 선생!

자앙 (눈을 감은 채 대답이 없다.)

바악 (재촉한다.) 선생!

자앙 언제부터요, 시작해야 하는 건?

바악 지금이요, 지금 곧. 그럼 선생, 죽음을 모방해 주쇼.

5

자앙, 죽는 시늉을 시작한다. 누군가로부터 공격을 당한 듯이, 처절한 비명을 질러댄다. 마침내는 몸은 몸대로, 양철통은 통대로 데굴데굴 굴러다닌다. 바악은 이 비명 소리의 반응을 기다린다. 사람들이 몰려온다는 것을 확인하더니 그 역시 찢어지는 듯한 비명을 지른다. 사람들이 들어온다. 그들은 이 돌발적인 사건에 영문을 몰라 어리둥절하며, 어찌된 까닭인가를 자양에게 묻고자 하지만, 그는 숨이 끊어져가는 처참한 죽음을 실감있게 보여 줄 뿐이다. 바악, 겁에 질린 창백한 얼굴에, 너무나 두려운 충격을 당해서 말도 제대로 못하고 더듬거린다.

바악 흐왕이요, 흐왕!

사람들 뭐요?

바악 흐왕이 나타났소.

사람들 그럴 리가 있소?

바악 이 사람을 죽였소. 그리고 나에게도 덤벼들더니, 그 억센 힘으로 덥썩 집어올려 팽개쳤소!

나암 어떻게 흐왕인 줄 알았소? 지금껏 그를 본 사람은 아무도 없는데……. 안 그렇소?

바악 (축 늘어진 자양을 마구 흔들더니) 가만. 유언을 할 것 같소.

자양 (눈을 흰자위로 뒤집어 가득 채우며) 흐왕……. 흐왕…….

바악 (갑자기 사람들 뒷쪽의 벽을 가리키며, 쥐어짜는 듯한 목소리로) 흐왕! 저기 흐왕이다!

사람들 어디? 어디요?

바악 여기 자양을 보쇼. 그는 첫 희생자요. 이 죽음을 보고서도 당신들은 설마하구 믿지 않을 거요? (이이를 밀어서 사람들로부터 홀로 떨어져 있게 하며) 당신 혼자 거기 있어 보시지. 냉큼 흐왕이 집어갈 테니.

이이 (본능적으로 사람들에게 바싹 다가서며) 왜 하필 나요!

사람들 글쎄. 어떻게 하면 좋겠소?

바악 모르겠소. 아니, 방법은 있을 것도 같소. 울타리, 그렇소, 여기에다 울타리를 치는 거요. 그리구 우리 모두 그 안으로 들어갑시다. 그럼 호왕인들 감히 어쩌겠소. (사방을 두려웁게 살펴보며 한 걸음씩 부엌 쪽으로 걸어간다.)

사람들 어딜 가는 거요, 우릴 놔두구?

바악 부엌이요. 울타리 칠 것들을 가져와야겠소.

사람들 우리도 함께 갑시다.

바악 조심하십쇼. 혹시 이 안에 호왕이…….

사람들 (부엌 문 앞에서 멈칫 선다.)

바악 누구 먼저 들어가 볼 사람 없소?

사람들 글쎄요.

바악 (소온에게) 당신은?

소온 (망설이다가) 하겠어요. 만약 내가 무사하다면…….

바악 제발 무사하기를.

소온 호왕은……. 실제로 존재하지는 않아요.

바악 의심도 많군.

소온 (부엌 안으로 들어간다. 무엇인가 덜컥 쏟아지는 소리가 들리더니 하얀 뼈들이 튕겨서 나오고, 뒤이어 그가 엉금엉금 기어나온다.)

사람들 (일치된 공포심을 나타내며) 호왕이요?

바악 다음 들어갈 사람은?

조오 당신이. 당신 아니면 누구겠어요?

기임 동의합니다, 전적으루 동의해요!

사람들 바악, 우리를 구해 주시오!

바악 날더러 죽어달라는 거군. 좋소. 당신들을 위해 죽어 드리지.

6

바악, 조심스럽게 부엌 안으로 들어간다. 침묵. 덜거덕 소리. 사람들은 흠칫 놀라 더욱 바싹 붙어선다. 초조하게 기다리는 그들에게, 쇠기둥과 동아줄이 나온다. 사람들은 그 물건들을 반갑게 받는다. 느닷없이 바악이 뛰어나온다. ?흐왕이다!? 사람들은 당황해서 어찌할 바를 모른다. ?빨리! 빨리! 울타리를 쳐라!? 바악은 독촉한다. 사람들은 기둥과 동아줄을 재빠르게 운반해 와서, 바악이 지시하는 자리에 울타리를 만든다. 자유의 종가를 일각으로 삼고, 세 개의 기둥들을 나머지 대각선 꼭짓점에 꽂아서, 동아줄을 연결하여 네모꼴의 울타리가 만들어진다. 그것이 완성되자, 사람들은 모두 그 안에 들어 있게 된다.

바악 됐소. 이게 가장 안전할 것 같소. (노트를 펼쳐 들며) 주의해 들으쇼. 몇 가지 사항을 공표하겠소. 첫째, 무단 이탈하지 말 것. 나의 허락 없이 이 밖으로 나가는 사람은 그의 안전을 보장하지 못할 뿐 아니라, 엄중한 처벌을 각오하쇼. 둘째, 이 울타리 안에서 마음을 안정시킬 것. 가능한 한 빨리 안정시키는 것이 좋겠소. 셋째, 누구든지 흐왕을 발견하는 즉시 이 종을 울릴 것. 마침 맞게 여기 이것이 놓여 있소. 한때 이 종은 당신들의 자유를 위해 울렸었지만, 지금은 보다 더 유익하게 사용되는 거요.

이이 궁금한 건, 저어, 흐왕에 대해서 자세히 좀…….

바악 먼저 마음을 안정시키랬잖소! 그게 급선무요!

이이 하지만 어떻게 안정하라는 건지…….

바악 어렵지 않소. 당신들 저 벽에 붙어 있었을 때, 그때처럼 하면 되는 거요. 더구나 이곳에서는 당신들이 예술품이기를 바라지도 않소. 그저 느긋하게, 마음의 안정을 얻으쇼. 이 울타리는 아늑하게 느껴질 거구, 저 벽보다도 당신들에게 더 좋은 안식처가 되어 줄 거요. 그 다음 일은 차츰차츰 이 논문에 적힌 대로 일러 주겠소.

주인 (발코니 위에서 고함을 지른다.) 그게 뭐냐?

바악 내가 제시한 비전이요. 멋지지 않소?

주인 마침내 넌 그 꼴을 만들었구나!

바악 이게 뭐 어떻다는 거요?

주인 어림없는 짓이다!

바악 (듣기 싫다는 듯이 종을 울려댄다.) 떨어져라! 떨어져!

주인 (악을 쓰며) 그림만 완성돼 봐라! 그 따위 것은…….

바악 떨어지라니까!

주인 (환등기를 켜서 바악에게 대항하며) 난 안 떨어진다!

7

바악, 울타리를 잽싸게 빠져나가, 환등기의 빛을 이리저리 피하며 발코니 위로 뛰어오른다. 주인은 정확히 조준하여 비추려 하지만 안 된다. 바악은 주인을 붙들어서 발코니 난간 끝까지 떠밀고 가더니, 그 아래로 떨어뜨린다. 황혼. 아름다운 장밋빛이 미술관 안에 가득 퍼진다. 사람들이 허공을 바라본다.

사람들 야아, 참 곱구나!

소온 오랜만에 보는 황혼인데!

기임 너무 아름답구나, 너무 아름다워!

이이 (침을 뱉는다.) 이걸 보라구. 내 침이 별처럼 반짝거려!

바악 (울타리 안으로 돌아온다.) 조용히! 아, 조용히들 하쇼! 당신들은 왜 예전 버릇을 버리지 못하고 있소? 황혼은 황혼, 당신들은 당신들. 왜 또 오핼하는 거요?

사람들 (침묵)

바악 곧 밤이 될 거요. 밤엔 불침번을 서야겠는데……. 자, 오늘은 누구부터 설 테요?

사람들 (잠자코 있다.)

바악 좋소. 오늘은 내가 먼저 하지.

사람들 (천천히, 드러눕는다.)

조오 (바악에게 다가와서) 우린 합의를 봤지요. 기임, 당신이 말해 드리지.

기임 그래, 바악. 우리가 아까 황혼을 보구 감탄했던 건 잘못입니다.

조오 네에, 잘못한 거예요.

기임 그걸 보아야 사실 재미 하나 없더군요.

조오 그럼요. 재미 하나 없었어요.

바악 말 다 했으면, 어서들 자요!

8

밤. 사람들은 누워 있다. 윗층 누각의 방, 사아가 침대에서 일어난다.

사아 잠시 쉬셨다가 그리세요.

선우 그럽시다.

사아 밤이에요. (발코니에 나와 난간에 몸을 기대고) 가까이 오세요, 이리.

선우 (사아의 곁에 선다.)

사아 요즈음 하루, 너무 빨리 지나가요. 아침인가 하면 밤이구요, 낮은 아예 있는 것 같지도 않아요. 그런가 하면 밤도 잠시뿐, 그저 어두워졌다가는 밝아질 뿐이죠. 별 걸 다 생각하죠? 하긴요, 사람이 되더니 생각만 많아졌어요. (사이) 왜 아무 말 없으시죠?

선우 뭐 별로, 하고 싶은 말이…….

사아 아니예요, 뭔가 골몰히, 그림 그리시면서 생각하시는 것 같던데요?

선우 (우두커니 발코니 아래의 울타리를 내려다본다.) 아무래도 나는…….

사아 아무래도, 뭐죠?

선우 더 머무를 수 없을 것 같습니다, 이곳엔. 사실 난 저런 광경을 볼 때마다, 내 자신이 무능하다는 걸 절실히 느끼거든요. 그림 역시 그렇습니다. 아, 이걸 그릴 사람은 내가 아니구나…….

사아 (다시 침묵을 지키다가) 궁금한 게 있어요. 그림은 그려서는 벽에다 붙이기만 하셨지, 당신 스스로 붙어 보진 않으셨죠? 하루구 이틀이구, 가만히 붙어 있길 해 보셨나요?

선우 안 해봤습니다.

사아 벽은 딱딱해요. 저기 붙어 있으면요, 온몸이 굳어지는 것 같아요.

선우 그렇겠군요.

사아 생각하구 싶지 않아요, 그때 일은. 그런데 누가 저를 사람으로 만들었을까요? 당신이에요. 햇님이라든가 바악이 아니구요. 당신은 조금 전 말씀하셨죠. 이곳에 왔으니까 뭔가 해보구 싶으시다구요. 그래요, 당신은 벌써 그 일을 하신 거예요.

선우 사아, 당신은 내가 오기 전부터 사람이었습니다.

사아 아뇨. 그렇지 않아요. 저 자신이 사람이라는 걸 안다는 건, 다시 태어나는 만큼이나 어려웠어요. 그리구 그걸 알도록 해 준 건 당신이거든요.

선우 (웃으며) 아, 그런가요?

사아 좀 진지하게 들어주세요. 당신은 당신이 하신 그 일의 가치를 몰라요. 수천 장의 그림을 그려 놔도 그 일 만큼이나 할 것 같아요? 보세요, 저 밑을. 저게 다 뭣 때문일까요? 하지만 저는 달라요. 저런 걸 보면서도 아무렇지가 않아요. 오히려 지금은, 더 절실한 걸 하구 싶어요.

선우 뭡니까, 사아?

사아 (진지하게) 아들 하나를 낳구 싶어요.

선우 당신은…….

사아 (더욱 진지하게) 망칙해요?

선우 (침묵을 지킨다.)

사아 망칙하진 않아요. 여자로서, 그건 당연한 거예요.

선우 (침묵)

사아 아들아, 아들아, 나의 아들아. 이렇게 나직히 불러보면요, 아무리 짙은 어둠 속에서도 새로 태어날 그애의 모습이 비춰보여요. (선우의 손을 자기의 불룩한 배 위에 올려 놓으며) 그앤, 수천장의 그림을 당하고도 남아요. 그애가 태어나면, 사람들은 비로소 그애의 보습을 보구, 그애와 닮은 자기들이 사람이라는 걸 믿을 거예요.

9

어둠과 침묵. 다가오고 있는 자앙. 울타리를 사이에 두고 바악과 마주 친다.

바악 여긴 왜 왔소?

자앙 언제까지요, 내가 죽어 있어야 하는 건?

바악 (대답을 못한다.)

자앙 대답해 주시오, 바악.

바악 글쎄, 아직은……. 저리가 있으쇼. 누가 보면 어쩔려구.

자앙 볼 사람은 없소. 다들 잠들었잖소?

바악 선생도 가셔 주무시쇼.

자앙 (웃으며) 죽은 자더러 잠을 자라니, 만약 꿈이라도 꾼다면 그건 희한할 거요.

바악 (이맛살을 찌푸리고, 침묵을 지킨다.)

자앙　그건 그렇구, 당신은 왜 잠들지 않소? 이 깊은 밤에 말이요, 죽은 자마저 잠들기를 권하는 이 깊은 시각에 왜 당신은 눈을 못 붙이구 있소?

바악　난 불침번을 서고 있는 거요.

자앙　무엇 때문에?

바악　흐왕 때문이요.

자앙　(웃는다.)

바악　쉿, 웃지 마소.

자앙　사실을 말해 보구려. 당신이 잠을 못 이루는 건 그게 아니잖소? 난 당신을 위해 죽음을 모방해 드렸소. 당신의 계획이 처음부터 마음에 안 들었지만 말이요, 그 보편성이 결여되어 있음에도 도와 드렸던 건…….

바악　그만 저리 가시쇼, 선생.

자앙　그래도 당신을 도와 줄 사람은 나뿐이요. 사람들에게 구타당하여 죽어가는 당신을 구해냈고, 당신이 작성한 논문을 읽어 줬으며, 또 이 계획에도 도와 드렸소. 하지만 바악, 난 진심으로 하고 싶소. 당신을 이런 헛된 울타리 속에서 구해내고 싶단 말이요. 알겠소, 내 뜻을?

바악　선생, 참견 마쇼. 난 나대로의 계획이 있소. 당신의 도움이 아니라 나의 계획에 의해 행동하는 거요.

자앙　바악, 도대체 그 계획이라는 게 뭐요? 기껏 당신을 번민하게 만든 것에 지나지 않잖소? 자아를 버리시오. 그럼 당신은 평안을 얻을 거요.

바악　나중에 하쇼, 그런 쓸데없는 이야기는. 난 지금 바쁘단 말이요.

자앙 바쁘기는. 핑계 아니요, 날 쫓아낼? 이유는 간단하오. 내가 이 울타리 곁에서 떠들기를 계속하면, 저 사람들이 깨어날 거구, 흐왕에게 죽은 걸로 된 나를 본 순간, 당신의 신념이 만들어낸 온갖 것이 허위라구 드러나기 때문이겠지. 그렇잖소, 바악?

바악 (잔뜩 찌푸린 얼굴로, 뱉아내듯이) 잘 아시는군, 선생.

자앙 하지만 이런 걸 생각해 봤소? 이미 사람들은 다 안다구 말이요. 흐왕이라든가, 울타리라든가, 또 내가 살아 있다든가…….

바악 함부로 지껄이지 마쇼. 그걸 알 리가 없소.

자앙 그럴 가능성은 얼마든지 있소. 다만 그들은 모르는 체 할 수도 있단 말이요. 왜냐하면 바악, 이건 재미있기 때문이요. 한때 그들은 저 벽을 즐겼었소. 그들은 이제 이 울타리를 즐길 거요. 더구나 갇혀 있는다는 건, 붙어 있었던 그들에겐 익숙하기 그지없는 것 아니겠소? 그럼 바악, 당신 계획은 뭐가 될 것 같소? 바보요, 당신은. 당신만 우스워진단 말이요. (폭소를 터뜨리며) 이건 모순이요. (손을 허공에 뻗으며) 그래서 내가 저 종을 울려야겠소.

바악 (울타리 밖으로 뛰어나가 자앙을 붙들고) 왜 이러는 거요?

자앙 당신을 위해서.

바악 나를 위해서?

자앙 그렇소, 당신의 자유를 위해서.

바악 (자앙을 그의 통 있는 데까지 끌고 간다.) 공연히 그러지 말구 여기에 있으쇼.

자앙 얼마나 엄청난 모순이요? 한때 당신은 이 미술관 주인의 온갖 태도를 공박했소. 그가 사람들을 저 벽에 붙여 놨을 때 말이요. 그런데 이제 당신이 그들을 저 울타리 속에 집어 넣었구려. 그렇다면 뭐겠소? 당신 스스로가 그 모순 속에 갇힌 셈이 됐잖소?

바악 (쓰러져 있는 통을 세운다. 그리고 자앙을 붙들어 강제로 통 속에 집어 넣으며) 웃지 마쇼!

자앙 무섭구려. 당신은 지금 내 목을 붙들고 있소. 당장이라도 짓눌러 버릴 듯이 말이요. 이럴 때 묻는 건 모순이겠지만, 한 번 더 묻지 않을 수 없소. 언제까지요? 언제까지 난 죽어 있어야 하는 거요?

바악 (버둥거리는 자앙을 통 속에 밀어 넣으며) 조용히! 이 통 속에 들어가 있으쇼!

자앙 (넣으면 다시 나와 웃으며) 난 부활하고 싶소.

바악 쉿, 웃지 말라니까!

자앙 웃지 않을 수 없잖소? 난 당신을 살려 줬는데, 당신은 나를 죽이려 하니, 이것 또한 모순이 아니겠소?

바악 모순, 모순, 하지 좀 마쇼!

자앙 당신은 나보다도 더 큰 소리로 악을 쓴다는 것두 모순이요.

바악 (사정없이 자앙의 머리를 통 속에 쑤셔 넣으며) 알겠어! 모순이다! 그래서 어떻다는 거냐! 난 내 계획대로 한다! 계획대로! 모순이면 어떠냐! 내가 포기할 것 같으냐! 제발 통 속에 잠자코 있어라!

자앙 하하하, 그것 또한 모순이요.

바악 (통 속에서 솟아나곤 하는 머리를 때려 넣으며) 웃지 말라니까!

자앙 하하하, 하하, 모순이요.

10

바악, 자앙의 웃음이 그칠 때까지 그의 머리를 양철통 속에 때려 넣는다. 마침내 웃음이 그친다. 사이. 미친듯이 같은 동작을 반복하고 있던 바악, 언뜻 정신을 차린다. 침묵. 통 속을 들여다본다. 반응이 없다. 그는 망연자실한 표정으로 양철통 곁에 주저앉는다. 갑자기 대낮처럼 밝아진다. 바악, 놀라서 손을 등 뒤로 숨긴다.

바악 누, 누구요?

주인 날세, 나. (젖은 담요를 몸에 감고, 바들바들 떨면서 다가온다.) 추워서 견딜 수가 있어야지. 그래서 직접 내 발로 걸어 들어오는 거야.

바악 벌써, 아침이…….

주인 뭣들 하고 있나? 아침이 지난 지도 오래다. 보라. 이젠 대낮이다. 그런데 왜들 안 나왔지? (심한 기침 때문에 말을 제대로 잇지 못한다.) 에취, 춥다. 난 그 저 늪 속에 푹 빠져 마냥 떨고만 있으라는 건가! 에취…… 시간을 맞춰라. 시간을. 날 데리러 와야지, 도대체 사람들은 뭣들 하구 있나?

바악 잠자고 있소.

주인 잠? (울타리 너머로 누워 있는 사람들을 바라보더니) 아니, 여태껏 잠이라니?

바악 (밀치며) 깨우지 마쇼. (넘어진 주인을 일으켜 세우고) 내가 대신해 주면 될 거 아뇨?

11

바악, 미술관의 주인을 부축하여 발코니 위로 올라간다.

주인 웬일이지?

바악 뭐 말이요?

주인 오늘은 웬일로 나에게 친절하지?

바악 친절한 것도 꼭 무슨 이유가 있어야겠소?

주인 모를 일이로군.

바악 젖은 걸 벗으시쇼. 이 신발부터. (그는 무릎을 꿇고, 주인이 균형을 잃지 않도록 자기의 어깨를 짚게 한 다음, 두 손으로 물에 부풀어 잘 빠지지 않는 신발을 벗긴다.)

주인 말해 보게. 뭣 때문에 이러는가? 어젠 억지로 떠밀어 떨구더니만, 오늘은 친절한 체하구 날 대낮부터 떨어뜨리려는 건 아닌가?

바악 염려 마십쇼.

주인 아무튼 고맙네. (자기의 맨발을 바라본다.) 피? 피다, 피!

바악 염려 말라니까…….

주인 피! 내 발이 피투성이다!

바악 (주인의 발을 붙들고) 떠들지 마쇼, 제발.

주인 (붙들리지 않은 다른 한쪽의 발을 동동 구르며) 선우군! 선우군은 어디 있는가?

바악 오해 마쇼! 그건 당신 피가 아니요!

주인 놔! 이 발을 놓아라! 선우군! 나를 구해 주게!

12

선우, 가리웠던 방장용 커튼을 걷어 젖힌다. 침대에 누워 있던 사아도 일어난다. 바악, 주인의 발을 놓는다.

바악 오해 말라니까! (손을 벌려 보이며) 내 손에서 묻은 거요, 그 피는.

주인 내 발을 봐. 내 발이 피투성이야.

바악 공연히 겁부터 내는군. 그건 당신 피가 아니야. 선생이요, 선생. 저 통 속에 들어가 있는…… 선생을 죽였소. 한밤중에, 자꾸만 모순이라구 하면서 웃기에…… 그럴 생각은 전혀 아니었는데…… (자조적으로 웃으며) 당신마저 떠드는 건 모순이요. 핫하, 그 선생의 말이 맞군. 모순, 모순이라더니!

사아 몹시 떨구 계셔요. 햇님, 누우세요.

주인 괜찮아. 무서워 떠는 건 아니야.

사아 (주인을 부축하여 침대에 눕히며, 선우에게) 저 난간에 말린 옷, 걷어 주세요.

바악 내가 하겠소. (주인의 옷을 걷어 온다.)

사아 두 분은 잠시 뒤돌아 서시죠.

주인 그럴 필요 없어. 난 피 묻은 옷은 입지 않겠다.

사아 그래도 입으셔야 해요. 몸을 생각하셔야죠. 열이 많아요. 기침도 심하시구요. 이젠 예전 같은 그런 기력이 아니시잖아요? 저녁이면 뛰어내시는 것두 그만 두세요.

주인 그만 두긴. 그럼 저녁이 어떻게 되나?

사아 그까짓 저녁은 되지 말래도 돼요.

주인 황혼은? 황혼은 누가 만들구?

사아 저절로 만들어지는 걸요.

주인 아니야. 이 세상에 저절로 만들어지는 것은 없다. 난 창조한다. 내가 창조하기 때문에 황혼은 있는 것이다. 난 위대하다!

사아 그래요. 햇님이 다 만드시는 거예요. (마른 옷으로 갈아 입힌 주인을 침대에 눕히고 새 담요로 몸을 덮어 다독거리며) 좀 편안해지셨죠? 몸도 따뜻해지시구요?

주인 그래, 고맙구나.

사아 눈을 감아요. 그리구 주무세요. 그럼 더 아늑해지실 거예요.

주인 이곳은 훤할까, 내가 눈을 감아도?

사아 (미소를 짓고) 네, 훤하구 말구요.

주인 (눈을 감는다. 사이) 선우군.

선우 네?

주인 이리 좀 가까이 오게. 자네, 그림은 다 그렸는가?

사아 어제밤 다 그렸어요. 그렇죠, 선우씨?

선우 (잠시 침묵을 지키다가) 다 완성했습니다, 햇님.

사아 (선우를 침대에서 조금 떨어진 곳으로 데리고 가며) 잘 하셨어요.

선우 속일 것까지야, 그림은…….

사아 아뇨. 저분은 얼마 못 사실 것 같아요. 그저 앙상한, 병들고 지친 노인이에요. 길어야 내일, 어쩌면 오늘을 못 넘길지도 모르겠어요.

바악 (다가오며) 무슨 이야길 하고 있소?

사아 알아 두세요. 저분, 임종이 가까이 왔어요.

바악 오해 마쇼, 그건…….

사아 당신이 놀라게 해서 그러는 건 아니에요. 저분을 보시면 알잖아요? 쇠약할 대로 쇠약한…… 가망 없어요, 이젠.

바악 그래도 죽지는 않소. 언제는 저러질 않았었나? 늘 저러면서, 저녁이면 떨어지구 아침이면 올라왔소. 죽는다는 건 말도 안 되는 소리요.

주인 (침대에서 벌떡 상반신을 일으키며) 내 환등기! 내 환등기를 가져다 주게!

바악 저것 보소, 또 시작이지. (지겹다는 듯이, 환등기를 침대맡까지 밀어다 준다.) 자, 여기 있소.

주인 (스위치를 켠다. 명화 슬라이드가 벽에 비춰진다.) 바악, 이곳은 내 미술관이야.

바악 잠꼬대 같은 소리…….

주인 (지긋이 벽을 바라보며) 언제 보아도 아름다워.

바악 솔직히, 툭 털어놓구 좀 해 보소. 처음부터 이곳엔 그림 하나 없었지? 그저 그따위 환등기나 비춰 보며, 당신은, 당신은…….

주인 (드러누워 눈을 감으며) 잊지 말게. 저녁이 되면 날 좀 깨워 줘. 황혼, 그 아름다운 걸 하늘에다…… 바악, 너 같은 놈은 몰라도 좋아. 하늘은 내 미술관이구 황혼은 내 그림이야.

바악 (내뱉듯이) 차라리 죽어나 버리시지.

선우 (자기의 여행용 가방을 든다. 잠시 머뭇거린다. 결심한 듯 사아에게 다가가서) 난 이제 돌아가야 하겠습니다.

사아 (침묵)

선우 함께 갑시다, 사아.

사아 아뇨. 전 이곳에 남겠어요.

선우 난 당신이…….

사아 남는 것두 있어야 해요.

선우 (침묵)

사아 그리구 될 수만…… 제발, 꼭 될 수만 있다면요, 아들을 낳겠어요. (주인의 침대맡으로 돌아가 앉는다.) 안녕히 가세요.

바악 그림은? 저렇게 다 그리지도 않구 간다는 거요?

선우 그림 같은 건…….

바악 다 그리고나 가쇼. 사람들은 당신 그림에 큰 기대를 걸고 있잖소? 사실, 난 그림에 대해서 아는 바가 없소. 그렇지만 누구보다도 이곳 형편은 잘 알고 있소. 황혼 같은 건 어처구니 없구, 내 계획이라는 것 역시 모순에 부딪쳤소. 선우씨, 그래서 난 저것이 다 그려지길 바라는 거요.

선우 글쎄요. 다 그려진다 해도, 아마 저건 쓸모가 없을 겁니다.

바악 알 수 없군. 당신 솜씨는 좋지 않소?

선우 솜씨하곤 상관없는 일이지요. (계단을 내려가다가 멈춰 서서, 아래의 울타리를 바라보며) 내가 처음부터 당신들과 같았더라면…… 그래요, 바악, 그 같지 않다는 것이 나에겐 어쩔 수가 없군요. 정작 할 수 있는 건 당신들이죠. 솜씨야 있든 없든, 당신들이 그리지 않는다면, 결코 그 어떤 그림도 이 미술관의 예술품이 되진 못할 겁니다.

바악 (발코니에서, 울타리를 가리키며) 그들은 모두 잠만 자고 있소.

선우 그래도 당신들은 여기에 남습니다. 잘 있어요, 바악. 본래 내가 이곳에서 살아 왔더라면, 얼마나 그걸 감사히 여겼을까요? 나의 보잘 것 없는 재능이 이 미술관을 위하여 많은 그림을 그렸을 거구, 벽마다 돌아다니며 그것을 붙이면서, 당신들과 함께 기뻐했을 겁니다. (계단을 내려간다.)

바악 잘 가쇼. 당신의 그림 말이요, 덜 된 저대로 이곳에 붙여 두겠소.

선우 붙여두나 마나일 텐데요…….

바악 아뇨. 사람들을 모조리 깨워 놓구, 난 당신 그림을 구경시켜야겠소. 글쎄, 멋대로 쳐다보라지. 하지만 선우씨. 나에게 중요한 것은, 이곳에 저 그림이나마 한 장 붙어있다는 거요.

선우 (침묵. 아래층에서 미술관을 천천히 둘러본다. 그는 문 밖으로 나간다.)

바악 (사아에게) 여기 있을 거요?

사아 네. 임종을 지키겠어요.

바악 죽지는 않소.

사아 (침묵)

바악 쓸쓸해지면 내려오쇼. 당신은 저 울타리 안에 살게 될 거요. 어느 때까지 저걸 그대로 놔둬야 할지, 난 모르겠소. 하지만 말이요, 당분간은 저것이 사람들의 가장 아늑한 장소일 거요.

사아 (침묵)

바악 그림은 가져 가겠소.

13

바악, 아래층으로 내려온다. 미완성 그림을 텅 빈 벽의 한가운데 붙인다. 잉태한 여인의 모습이 굵직한 선으로 대강 그려져 있다. 그는 울타리 안으로 들어간다. 사람들은 그때까지 잠자코 누워 있으나, 모두들 눈을 뜨고 있다. 바악은 그 눈 뜬 사람들을 보고도 놀라지 않는다.

바악 모두들 눈을 뜨고 있었군. 언제부터요? 언제부터 눈을 뜨고 있었소?

사람들 태어나던 그때부터요.

기임 그래요. 우린 합의를 봤지요.

조오 태어나던 때, 그 처음부터 눈을 뜨고 있었다구요.

바악 (종을 울린다.) 일어나요, 모두들. 오늘은 일식 때문에 아침이 늦었소.

— 막.

내가 날씨에 따라
변할 사람 같소?

· **등장인물**

하숙집 여주인
아들
칠장이
땜장이
미장이
분장사(扮裝師)
언니
동생 (줄타기 곡예 자매)
전당포 영감
퇴역장군
부인
처녀
신사
청년

· **장소**

지방 작은 도시의 싸구려 하숙집. 화물 창고였던 건물을 개조하여 많은 사람들이 숙박할 수 있도록 꾸며진 집으로서, 이곳에 살고 있는 사람들은 속칭 밑바닥의 인생들이다. 그러나 그들은 어둡다거나 험악한 것만은 아니다. 어느 경우엔 오히려 쾌활하기도 하다. 단 하나, 그들에게 불행이 있다면…… 날씨가 좋지 않다는 것이다. 요즈음 몇 주일째 계속 비가 내리고 있다.

이 연극에는 비를 주제로 한 음악이 필요하다. 처음에는 하나 둘 빗방울이 떨어지듯이, 그러다가 점점 세차게 쏟아지는 타악기가 주음(主音)으로 사용되기 바란다.

제1막

저녁. 비의 음악이 들려 온다.

하숙집 여주인이 숙박장부를 펴든 채 시름에 잠겨 있다. 그녀의 하나뿐인 아들은, 낡아빠진 지붕에서 쉴 사이 없이 떨어지는 빗방울을 닦아 내기에 하루 온종일 지쳐 있다.

숙박인들이 한두 사람씩 돌아온다. 흠뻑 비에 젖었고, 의기소침한 모습들이다.

미장이, 그는 여주인에게 멋적게 어깨를 움추려 보이고 나서 구석진 의자에 앉는다. 잠시 침묵. 아들이 긴 자루가 달린 걸레로 바닥을 닦으며 오락가락하고 있다. 미장이의 머리 위에 빗방울이 떨어진다. 그는 천정을 바라본다. 의자를 조금 옆으로 밀쳐 놓고 태연자약하게 다시 앉는다. 문이 열린다. 잔뜩 성이 난 땜장이가 하늘을 향하여 삿대질을 하며 들어 온다.

땜장이 당신 하는 짓거리가 뭐요, 요즈음? 잘한다고 생각하쇼? 매일 비나 쏟아붓고! 며칠째인지, 해도 너무하는 것 같지 않느냐는 말이요! (천둥이 지지 않고 말대꾸를 하듯이 울려댄다.) 당신이 몰인정하게 나오니까 사람들 인심마저 사나워지잖소! (여주인과 미장이에게 번갈아가며) 방금 야채 시장을 지나왔지. 아, 거기 있는 놈들이야 친형제들처럼 지내오잖아? 그런데도 뭐라고 하는지 아쇼? 돈 몇 푼 빌려 달랬더니 딱 거절하더라고.

무우, 배추, 감자 할 것 없이 몽땅 비 속에 잠겨 썩어가는데…… 하긴 누구 사정 봐 줄 수가 없겠지. (다시 하늘을 향하여 고함을 지르며) 말 좀 해보쇼! 오늘쯤은 비를 멈춰 줘야 하지 않소? 비가 뚝 그치고 내 팔다리가 일 좀 하게 해서 텅 빈 내 목구멍에도 뭘 집어넣게 해줄 줄 알았단 말이요! 그런데 이게…… 여보, 우리를 뭐 공것으로 먹여 달랬소? 날씨만 맑아 달라 이거지. 그럼 내 몸뚱이로 벌어먹겠단 말이요!

번개가 치고 천둥이 요란하게 울린다.

미장이 그것 봐. 자네가 고함을 지르니까 하늘이 더 큰 고함을 지르지.

아들 귀가 다 먹먹해요.

여주인 참아요. 위아래 양쪽에서 악을 써대니…….

사이.

땜장이 아주머니, 오늘 저녁엔 뭣 좀 먹을 게 있소?

여주인 (고개를 젓는다.) 하지만 아직 돌아오지 않은 사람들이 있으니까 기대를 걸어 봅시다. (숙박장부를 들여다보며) 빈 손으로 들어온 사람들이 당신들 둘에다 또…… 아예 저쪽 골방 색시들은 나가지도 않았었고…….

땜장이 그럼 기대 걸 사람도 없겠군.

여주인 그래도 누가 알아요? 아직 돌아올 사람들은 남아 있어요. (생각에 잠겨) 꼭 오늘 같은…… 비가 왔었죠. 홍수가 지고……

그저 암담한 물결이 거리를 휩쓸고 있었어요. 사람들은 그저 소리를 지르고요…… 그런데 한 남자가…… 어디선가 나룻배를 저어와서는 홍수 속의 사람들을 건져냈었죠. 그리고는 위의 이곳에, 화물 창고였는데요, 우리는 모두 이곳에서 잠시 머물다가 가는 생활을 시작했어요. 난 그 남자와 결혼해서 (아들을 가리키며) 저 애를 낳았고요. 또 창고를 고쳐 이 하숙집을 차렸어요. 그때 배에서 내렸었던 그 사람은 이제 가고 없지만……
그들의 수효만큼은 언제나 이곳에서 변함없어요. (잠시 침묵) 남편은…… 이런 궂은 비오는 날엔 꼭 어디선가 다시 살아오실 것만 같군요.

칠장이가 그의 방에서 나온다. 빗물이 가득 담긴 양철통 두 개를 양손에 들고 있다.

미장이 자넨 언제 돌아왔었나?
칠장이 내 방 천정에 구멍이 뚫렸어, 큼지막한…….
미장이 그래?
칠장이 폭포가 쏟아지는 중이지.
미장이 축하할 일이네.
칠장이 그럼 내 방으로 관광 여행이나 와 주게, 자네들.

칠장이, 양철통들을 문 앞에 내려놓고, 발 끝으로 문을 밀어 젖힌 다음 우선 한 통을 번쩍 쳐들어 그 빗물을 밖으로 쏟아낸다. 그러자 마침 집 안으로 들어오던 분장사(扮裝師)가 흠뻑 뒤집어 쓴다. 그는 분장도구가 든 상자를 들고 있다.

칠장이 맙소사!

분장사 괜찮네. 이럴 줄 알고 아예 우산을 받지도 않았었지.

여주인 거리는 어떤가요, 지금?

분장사 시내 저지대는 완전히 물에 잠겼어요. 저희 극장도 문을 닫았고요. 극장 지배인이 그럽디다. 이젠 물고기나 모아놓고 수족관이나 차려야겠다. 그래서 저희들도 그것 좋은 생각이시다고 맞장구를 쳐주고 나왔죠.

땜장이 여보게, 그럼 자넨 해고당한 것 아닌가?

분장사 (호주머니에서 담뱃갑을 꺼내며) 이거 하나 남은 담배인데 자네 줌세. 하지만, 혹시 불이 붙지 않더라도 내 원망은 말게.

땜장이 (반갑게 담뱃갑을 받아 그 속을 들여다보더니, 주루룩 액체를 쏟으며) 녹아버렸군.

분장사 연기로 사라지거나 물로 사라지거나 결과는 마찬가지 아닌가? 우리는 언제나 이 공평한 결과에 대해서 감사할 줄 알아야 하네.

땜장이 천하태평이군, 자넨!

분장사 (아들에게 다가가서) 힘들지, 하루 온종일?

아들 뭘요. 그런데 저어, 아저씨 해몽할 줄 아세요?

분장사 꿈풀이 말인가?

아들 네. 요즘…… 이상해서요.

분장사 뭔데?

아들 요즈음 매일 같은 걸 꾸거든요. 그런데 그게 비 오는 날 지붕 위에서 벼락 맞는 꿈이죠.

분장사 지붕 위에서 벼락을?

아들 그렇다니까요. (꿈 같은 기분으로 음미하며) 넋 나간 듯 설레이기도 하고, 황홀하기도 하고…….

분장사 (어깨를 툭툭 치며) 여봐, 어린 친구 장가 갈 꿈이로군!

칠장이, 나머지 양철통의 빗물을 밖으로 쏟아내기 위해 이번에는 조심스럽게 문을 받쳐놓고 나서 아예 밖으로 들고 나간다. 천둥이 울린다. 칠장이는 소스라치게 놀란 모습으로 되돌아 온다.

칠장이 숨게! 어서들, 빨리!

전당포 영감 (밖에서 목소리) 내 돈 갚아라!

칠장이 전당포 영감이 오고 있어!

미장이 난 천둥이 울리는 줄 알았네!

땜장이 도구를 몽땅 전당 잡혔지, 그 영감에게.

분장사 나는 외투까지 합해서.

전당포 영감, 위압감을 주며 등장한다.

전당포 영감 내 돈 갚게! 여봐 땜장이 어떻게 됐나? 미장이, 칠장이, 또 광대도 못 되는 자네는? 지금 얼마인 줄 아나? 원금에 이자가 붙고, 그 이자에 또 이자가 붙어 그 이자에…….

여주인 또 이자가 붙겠군요.

전당포 영감 그렇지, 배꼽이 배보다 자꾸만 더 커가는데 이 바보 멍청이들은 왜 갚을 생각을 안 하는 거지?

여주인 그런 이자를 붙이다니, 영감도 사람이요?

전당포 영감 아주머니가 그런 역성을 들어주니까 이 사람들 성미만 뻔뻔스러워진단 말이요! 내 돈 갚으라고 어서들! 비 오는 하늘이나 멀거니 쳐다보고 앉아서, 전당포 영감이야 무슨 상관이냐, 내 물건들 그 영감이 잘 보관해 주고 있겠다. 그러니 근심 걱정할 것 없다는 그런 맘뿐인데…… 내 돈은 가만 있는 줄 아나? 자네들이 게으를수록 내 돈은 부지런히 새끼를 친다 말이네! 이자에다 또 이자, 그 이자에다 또 이자…… 내 돈 갚게, 어서들!

골방 저쪽에서 두 자매가 나온다. 줄 타기 곡예를 할 때 균형을 잡는 예쁘장한 비단 양산을 펴들고 나온다.

언니 안녕하세요, 영감님.

전당포 영감 뭐야, 색시들은?

언니 (줄 타기 곡예를 하는 시늉을 한다.) 잘 아시잖아요, 거리에서…….

전당포 영감 그래. 비가 오니까 이젠 그 짓도 못하고 있겠군?

언니 (애원하듯) 영감님, 제 동생을 보세요. 곧 아기를 낳게 된답니다. 그렇지만 우린 한 푼도 없어요……. (비단 양산을 내놓으며) 이걸 잡고, 얼마 좀 돌려 주겠어요?

전당포 영감 날 똑바로 봐. 색시. 난 전당포 영감이지 자선사업가가 아냐! 사람들은 날 가혹한 인간이라 여기겠지. 비 오는 날 굶주리는 자에겐 먹을 것을 주고, 임신한 여자에겐 아길 위해 뭔가 마련해 주며, 빚진 자에겐 그 돈을 탕감해 주는, 그리고 그 밖에도 뭐 좋은 일은 수두룩 하겠지. (휙 돌아서며) 하지만 잘 듣게. 내가 그랬다간 무슨 꼴이 될 것 같나? 그 모든 재산 다 나눠주고, 나 역시 마침내는 자네들과 똑같은 꼴이 되고 말겠지. 한 푼 없는 빈털터리…… 그럼 누가 자네들에게 돈을 빌려 주지? 비록 이자를 몽땅 받아내긴 하지만 그래도 나 같은 인간이 한 명쯤은 있어야 하는 거네. 이게 나의 철학이지. (밖으로 나가며) 잊지 말게, 내 돈을! 내 돈을 갚게!

전당포 영감, 퇴장한다. 사람들은 우울한 표정이 되어 침묵을 지킨다.

동생 (눈물 글썽해지며) 공연히 저런 영감에게 사정을 했군요, 언니.

언니 해 놓고 보니 그렇구나.

동생 난 방에 들어가 있겠어요.

언니 (주위 사람들에게 어깨를 움찔해 보이고 동생 뒤를 따라 골방으로 퇴장한다.)

칠장이 참 한심하군. 지붕에선 빗물이 떨어지고 먹을 건 없고…….

땜장이 영감이 다녀가더니 기분마저 잡치는군.

침묵.

칠장이 자넨 뭘하고 있나, 아무 말도 없이?

분장사 생각중이네.

칠장이 생각하면 뭘 해, 이런 판에…….

분장사 이럴수록 생각은 해야 하는 거지. 자네들, 비록 불행할 때에도 누군가가 생각을 멈추지 않고 있다면, 모두들 희망을 가져도 좋아.

미장이 그래? 당장 그 생각이라는 걸로 따뜻한 죽 한 그릇 만들어 주게.

분장사 자넨 너무 겸손하군. 희망이란 겨우 그 정도뿐인가? 그건 모든 것을 다 채워 줄 만큼 풍요한 거네 아무도 믿지 않는군. (아들에게) 믿겠나, 어린 친구?

아들 (고개를 끄덕인다.)

분장사 믿어 주게, 자네들도. 세상에서 가장 행복한 사람들과 어깨를 나란히 할 수가 있네. (자기가 들고 왔던 분장도구가 든 가방을 열어 젖힌다. 그리고 콧수염을 꺼내 미장이의 얼굴에 붙인다. 또 호텔 급사 모자 같은 것을 꺼내 그의 머리에 씌워 준다.)

미장이 이게 뭔가?

분장사 제법 의젓하군. 이제 자네는 일류 호텔의 급사야. 즉시 정거장으로 달려가게. 그리고 기차에서 내리는 사람들 중에서 가장 돈 많아 보이는 손님을 이 호텔로 모셔 오게.

미장이 미쳤나? 호텔은 어디 있고, 손님은 또 어디 있어?

분장사 바로 이곳이 호텔이지.

미장이 여보게, 여긴 싸구려 하숙집이야. 그건 자네도 함께 살고 있으니까 잘 알 텐데.

분장사 모두들 듣게. 내 생각을 말해 줌세. 우선 자네가 호텔을 찾는 부자 숙박객들을 이곳으로 데려온단 말일네. 물론 몇 가지 준비는 더 해야겠지. 그건 나에게 맡겨 주게. 아무튼 그 부자들만 이 집에 끌어넣게 된다면 일은 다 된 거나 다름이 없지. 그럼 그 숙박비를 받을 테고, 우리는 그 돈으로 이 비 올 동안엔 함께 먹고 지낼 수 있단 말일세.

여주인 좋아요. 가만히 앉아서 굶기보다는 뭐든지 하는 게 낫잖아요.

땜장이 (망설이는 미장이를 붙들고) 내가 가지, 차라리!

분장사 (미장이의 등을 밀며) 자, 어서 가게.

미장이 저 빗속을 그냥 가란 말인가?

분장사 망가진 우산밖엔 없네.

칠장이 내가 좋은 것 빌어다 주지. (골방으로 가서 문을 두드리며) 여보시오, 골방 색시들!

땜장이 맞았네. 그 색시들! 좋은 것 가졌어.

칠장이 (반응이 없자 문에 귀를 대더니) 훌쩍훌쩍 우는 소리만 들리는군. 골방 색시들!

미장이 내가 직접 빌어 보지. (방문을 두드린 다음 점잖게 문을 열고 안을 향하여 허리를 굽히고서) 어디 불편한 점은 없으십니까, 저희 호텔에서? 혹시, 저 지붕에서 떨어지는 빗방울 때문에 속이 상하셔서 우시는 건 아닌지요? 하지만 날씨만 맑아 보십쇼. 저희 호텔도 지붕 하나는 멀쩡하다는 걸 보장합니다. 또한 저희 호텔은, 예, 그러니까, 굉장히 돈 많고 신분 높은 분들만 유숙하고 계십니다. 급사로서 충직한 저는, 어떤 부자 손님들을 모시러 기차 정거장에 가야 합니다. 쏟아지는 빗속을……. (줄타기 곡예를 할 때 균형 잡는 시늉을 하며) 그것 좀 빌려주시겠습니까? (방안으로 들어갔다가 비단 양산을 빌어 쓰고 나오며) 너무 단순하게 생겼는데, 겨우 머리 하나 가릴까말까…… 그럼 여러분, 나는 꼭 붙들어 오고야 말겠습니다. 뒷일은 모두 여러분에게.

미장이, 문 밖으로 달려나간다.

칠장이 색시들, 그 골방에만 들어 있지 말고 이리 좀 나오지.

땜장이 (자매들을 떠밀다시피 데리고 나오며) 하늘 울고 사람 울고, 이거 너무 축축해지잖소.

아들 (의자 둘을 나란히 놓아주며) 앉으세요.

분장사 뭔가 말못할 사정이 있군요?

자매들 (한숨을 쉬며 고개를 끄덕인다.)

땜장이 배고프다는, 뭐 그런 거겠지.

칠장이 아냐, 더 깊은 고민 같아.

분장사 유감이지만, 우리는 지금 상당히 바쁩니다. 그래서 무슨 사정인지 자세하게는 못 들어 드리겠지만…… 그러나 같은 지붕 아래 살고 있는 정분도 있구요…… 한마디로 뭡니까, 요약해서 말하자면?

언니 (동생을 가리키며) 사랑 때문이에요.

칠장이 그것 보게. 사랑이란 배고픔과는 질적으로 다른 고민이지.

땜장이 천만에. (동생의 불룩한 배를 가리키며) 사랑도 배가 불러야 한다는 건 뻔한 이치라네!

분장사 자네들, 저쪽으로 좀 가 있게.

땜장이 ……그러지.

분장사 (아들에게) 저 사람들 여기 못 오도록 막고 서 있게. (자매들에게) 사랑의 문제라면, 그런데 무슨 잘못이라도?

동생 언니, 말하지 마세요.

언니 해선 안될 것도 없잖니?

동생 하지만 그분 명예도 지켜드리고 싶은 걸요.

언니 넌 그래도 오직 그 남자뿐이로구나!

분장사 아, 대강은 짐작하겠습니다. 그러니까 어떤 남자가 사랑을 하고서는 이제 와선 마음이 달라졌다. 그거군요.

언니 네. 몇 번이나 그 남자 꾐에 넘어가지 말라 주의를 줬는데도요.

분장사 너무 상심하지 마십쇼. 한 번 달라진 마음은 언젠가는 또 다시 달라지기 마련입니다. 문제는 한 번도 달라지지 않는 마음인데, 그건 전혀 가능성이 없는 거니까, 아예 단념해야겠지요. 그러나 이번 경우엔, 다시 마음 달라질 확률이 아주 높은 거군요. 누구죠, 그 남자가? 가르쳐만 주신다면 온갖 수고를 기꺼이 해드릴 용의도 있습니다만…….

동생 죽었으면 죽었지, 저는 그분이 누구인지는 말 안하겠어요.

언니 이렇다니까요, 글쎄. 너, 아기는 혼자 낳아서 기를 거니?

동생 (입을 꼭 다물고 침묵)

분장사 그럼 그건 나중에. 우리는 당장 할 일이 있어요. 조금 후엔 정거장으로부터 손님들이 들이닥칠 겁니다. (언니에게) 협조를 부탁합니다. 저어, 스페인 주재 대사 부인이 되어 주십쇼.

언니 스페인…… 뭐라구요?

분장사 스페인에 있는 우리 나라의 대사의 부인이요.

언니 제가요? 저는 거리에서 줄 타는 여자예요.

분장사 비가 올 때에도 그러는가요? 비가 그쳐야 당신은 평상시의 자신으로 돌아가는 겁니다. 그 동안은 무엇이든 당신 마음대로 될 수 있어요. 당신이 바라는 것 그것이 무엇이든지…… 알겠어요? 비가 오는 동안엔 당신은 대사 부인이십니다. 대사께선 정무에 바빠 스페인에 그냥 계신 겁니다. (아들에게) 내 분장도구를 이리 주게. (언니의 얼굴을 조금 이국적으로 보이도록 화장하고 빨강 헝겊꽃을 머리에 꽂아 주며) 혹시 스페인어를 할 줄 압니까?

언니 몰라요, 한마디도.

분장사 몰라도 되긴 합니다. 단지 황소 이야기만 하십쇼. 스페인에 갔더니, 황소가 사람만 보면 싸움을 걸더라고, 아니 사람이 황소만 보면 싸움을 걸더라고 그렇게만 하십쇼.

언니 (그 말을 명심해서 외어두려는 듯이) 황소가 사람만 보면 싸움을 건다…….

분장사 (아들에게) 시간이 없군. 자넨 지붕 위에 올라가서 수리를 해주게. 방 몇 개쯤은, 빗방울이 떨어져선 안 되겠네.

아들 하지만 아저씨, 방 몇 개를 고치려면 아무리 해도 다른 방 지붕을 뜯고 써야 할 텐데요?

분장사 시간이 급해.

여주인 무엇이든 뜯어 쓰렴.

아들 네, 어떻게 해 보죠. (빗 속을 무릅쓰고 지붕을 수리하기 위해 문 밖으로 나간다.)

언니 제 동생한테는 뭐 맡길 게 없나요?

분장사 왜 있지요. 마음 변한 남자를 줄곧 생각하는 겁니다. 낭만적인, 뭐랄까요…… 일류 호텔엔 그런 분위기가 필요합니다.

땜장이 무슨 꿍꿍이 수작인지는 모르지만 말야, 자넨 절대로 정신이 성한 사람이 아니네.

칠장이 그래. (분장사의 이마를 손으로 짚어 보더니) 중병에 걸렸어.

분장사 확실한가, 자네 진찰이?

칠장이 그렇다니까!

분장사 그럼 자네는 의사를 시켜줌세. (분장도구가 든 상자에서 흰 가운과 청진기를 꺼내 준다.) 잘해 보게.

땜장이 도대체 이게 무슨 지랄인가!

분장사 자넨 점잖기는 틀렸군. (외짝눈을 가리는 검은 안대를 꺼내주며) 어떤가, 못된 짓을 해 보는 것이? 손님들이 도착하는 즉시 그 사람들 다리를 걸어 넘어뜨리게.

땜장이 나더러 그런 짓을 하란 말인가?

분장사 꼭 좀 해주게, 제발.

땜장이 원, 자네 부탁이 정녕 그렇다면!

분장사 그럼 의사 선생, 선생이 하실 일은 더 말 안해도 알겠지? 손님들 다리가 부러졌다고 하게, 결국 그들은 이 호텔에서 유숙하게 될 거네. 치료비도, 가능하다면 많이 받아내고. 알겠나?

지붕 위에서 무엇인가 뜯기는 소리, 망치질하는 소리가 요란하게 계속된다.

여주인 (염려스러운 표정으로) 잘 될까요?

분장사 아주머니는 언제나 저희들의 잠잘 곳과 먹을 것을 보살펴 주셨지요. 저희들은 이 모든 걸 감사하지 않을 수 없습니다. 더구나 아드님마저 지붕 위에서 우릴 위해 수고를 하고 있어요. 잘 듣게, 자네들. 자네들에게 맡겨진 역할을 충실히 해주게. 그래서 마침내는 우리와 함께 지내게 될 손님들까지 즐겁게 해주게. 스페인 주재 대사 부인, 비가 오는 동안 우리의 삶을 기쁨에 넘치도록 해주십시오.

언니 황소가 사람만 보면 싸움을 걸죠.

동생 (웃음을 터뜨린다.)

아들 (지붕 위에서 커다랗게 부르짖는다.) 저기, 오고 있어요.

분장사 몇 사람인가?

아들 남자 한 사람, 여자가 두 사람이에요.

땜장이 (달려나가 부딪칠 자세를 취하며) 어디 들어만 오너라!

칠장이 나는? 이 의사는 어디 있어야 하지?

분장사 자네 방에 가서 기다리고 있게.

칠장이 (자기 방으로 가서, 목소리만 들려 온다.) 내 방 지붕이 몽땅 뜯겨져 버렸군!

분장사 아주머니, 그 숙박 장부를 펴들고 계십쇼.

밖에서 잠시 실랑이가 벌어지더니, 미장이가 손님의 가방을 한사코 붙들어 쥔 채 들어온다. 그 뒤를 따라 퇴역장군, 부인, 그들의 딸인 처녀가 등장한다.

미장이 드디어 손님께서는 지상 최고의 호텔에 도착하셨습니다!

장군 도착한 건가, 끌려온 거지!

미장이 (큰 소리로) 여봐, 뭣들 하고 있나?

장군 (집 안을 둘러보더니 성난 얼굴로) 여긴 자네 설명하곤 다르지 않나?

미장이 제가 뭐라고 말씀드렸는데요?

장군 그 가방 이리 내놓게!

부인 여보, 이 애 좀 봐요. 무서운지 떨고 있어요. (처녀를 꼭 껴안으며) 얘, 떨 것까진 없다. 너의 아빠가 장군이시잖니!

미장이 장군? 장군이십니까, 정말?

장군 (겁을 먹은 미장이로부터 가방을 빼앗아 들고) 자, 나가지!

분장사 (땜장이에게) 자네, 뭘 망설이고 있나?

땜장이 저쪽이…… 장군이라는데?

땜장이, 용기를 내려고 고함을 지르며 돌진한다. 뒤돌아 가려던 장군이 넘어지고 부인과 처녀가 비명을 지른다. 땜장이는 자기가 더 고래고래 고함을 지른다. 모든 것이 틀려버렸다는 듯이 미장이는 도망을 친다. 칠장이가 불쑥 나오다가, 도망치는 미장이를 붙잡는다는 것이 그 얼굴에 달린 수염을 끌어당겨 뜯고 만다.

분장사 (쓰러진 퇴역장군 곁에서) 의사를 불러와요!

칠장이 (손에 걸린 수염을 처리할 데가 없어서 당황 중에 얼른 자기 얼굴에 붙이고 나오며) 환자는 어디 있습니까? (황급히 진찰을 하더니) 안 됐군요, 다리가 부러졌습니다!

장군 내 다리가?

칠장이 아, 꼼짝 말고 누워 계십쇼. 여봐, 급사! 이 호텔에는 급사도 없나?

미장이 (숨었던 곳에서 나오며) 넷, 분부하십쇼. 이 호텔에는 수염달린 급사와 수염 안 달린 급사 둘이 있습니다.

칠장이 침대차를 가져오게.

미장이 침대차는 없고 야전용 들것은 있는데요.

칠장이 그거라도 가져오게!

미장이 넷. 수염 달린 급사, 냉큼 가져 오겠습니다!

칠장이 절대 안정하십쇼. 움직여서는 안 됩니다. (다리를 붕대로 엄청나게 감아 놓으며 여전히 고함을 질러대는 땜장이에게) 당신은 뭐요?

땜장이 부딪친 저쪽의 이쪽이요.

칠장이 그럼 당신도 환자겠군. 어서 병원으로 뛰어가 치료를 받으쇼.

땜장이 고맙소, 선생! (미장이가 받고 봤던 비단 양산을 펼쳐 들고 유유히 퇴장한다.)

칠장이 (미장이가 가져온 야전용 들것에 퇴역장군을 옮겨 눕히며) 내 말을 명심하십쇼. 당신은 보아하니 장군 같은데, 원래 용감하다 자부하는 사람일수록 의사가 하는 말을 우습게 여긴단 말예요. 그러나 이번엔 그러셨다가는 큰일 날 거요. 목숨, 유일한 목숨마저 잃고 말 테니. 아셨소?

장군 뭐요? (다친 다리를 번쩍 쳐들고) 이것 때문에 죽기까지 한단 말이요?

칠장이 (자기로서는 말문이 막혀서 얼른 분장사를 끌어당겨 장군에게 내세우며) 전혀 의사 말이라면 믿지를 않는군. 선생이 좀 알아듣게 설명하시오.

분장사 날씨 탓입니다, 장군님.

장군 날씨 탓이라니?

분장사 네. 보십쇼, 온갖 사물들을. 이런 날씨엔 멀쩡한 것들도 곰팡이가 슬고, 아무리 단단한 쇳덩이 같은 것도 부석부석 녹이 스는 실정입니다. 이런 날씨에 장군의 그 다치신 다리가 결코 아무 영향도 받지 않으리라고 생각하신다면……. (비통한 표정이 되어) 아, 그렇게 생각하십시오.

칠장이 (따라서 비통하게) 아, 그렇게 생각하십쇼.

분장사 (장군의 부인에게) 하지만 장군께선 운이 좋으시군요. 다행히도 이 호텔엔 건강 회복에 매우 효과적인 냉천(冷泉)이 솟아나고 있습니다.

부인 냉천?

칠장이 냉천이 무엇인지 잘 좀 설명하시오.

분장사 냉천이란, 그건 온천하고 다른 건데, 온천이 뜨거운 물이라면 냉천은 차거운 물입지요. 위대한 장군이시라면 가장 기본적인 지질학적 교양으로 알고 계시리라 믿습니나만, 사실 전 세계적으로 냉천이 솟아나는 곳은 몇 군데 안됩니다. 알라스카하고 고비사막 한복판에 하나, 그리고 바로 이 지방인데요, 그 중에서 가장 유명한 곳이 여기 이 호텔에 있는 겁니다. (미장이에게) 여봐 급사, 그 물을 좀 떠오게. 하루에 서너 차례씩, 그 냉천 물에 다치신 다리를 찜질하시면 곧 낫게 됩니다. (자매쪽을 가리키며 중요한 사실을 일러 준다는 듯이) 저쪽을 보십쇼. 장군과 마찬가지로 부상을 당한 분이 계십니다. 고귀하신 스페인 주재 대사 부인이신데, 이 호텔에 묵고 계시지요. 황소가 사람만 보면 싸움을 걸어서 그 모양이 됐습니다만, 이곳에서 냉천 요양을 하신 후 아주 말끔히 완치되어 가는 중입니다.

언니 (다가와서, 장군 가족에게) 안녕하세요. 이곳에 머물러 계신다면 서로 위안의 친구가 될 것 같군요.

장군 (태도가 완연히 달라지며) 그렇다면…….

분장사 인사하십시오. 이 호텔의 여주인이십니다.

여주인 저희 이런 곳에 모시게 되어 영광입니다, 장군님.

장군 잘 부탁드리겠소. (아내와 딸을 소개하며) 이쪽은 내 안사람, 그리고 우리 딸이요.

여주인 반갑습니다.

부인 냉천이 있다니까 다행이군요.

미장이 (양철통에 고인 빗물을 들고 오며) 냉천 물을 가져 왔습니다.

분장사 수염 달린 급사는 어딜 갔나?

미장이 글쎄요, 어딜 갔을까요?

여주인 (숙박 장부에 기재하며) 숙박비를 주실까요? 그리고 거기에 냉천 사용료는 따로 더 내셔야 하겠고요. (그녀는 선금을 받는다.)

분장사 손님들을 모셔다 드리게, 급사.

미장이 (들것의 한쪽을 들며) 선생, 수고롭지만 그 뒤쪽을 좀…….

분장사 기꺼이 도와 줌세.

칠장이 (들것 뒤를 쫓아가며) 장군, 치료비도 주셔야겠는데요?

여주인만 남는다. 정문으로부터 비단 양산을 받은 땜장이와 아들이 들어온다.

여주인 감사합니다! 비 오는 동안 먹을 것은 해결 보았군요!

땜장이 (아들의 어깨를 두드리며) 기쁘지? 얼마나 기쁘냐 말야!

아들 (넋 나간 모습으로 아무 대답이 없다.)

여주인 그런데…… 얘야, 정신 차려라!

아들 어머니…….

여주인 너, 왜 그러니?

아들 벼락을 맞았나 봐요, 지붕 위에서…… 어머니, 사랑이란 어떻게 오는 걸까요? 느닷없이 후려치는 벼락에 맞아 오는 걸까요? 비 오는 날, 집 안으로 아리따운 처녀가 들어왔어요!

제2막

계속 내리는 비. 하숙집 여주인과 장군의 부인이 이야기를 나누고 있다. 아들은 자루 달린 걸레를 들고 얼빠진 사람처럼 오락가락 거닐고 있다. 장애물도 바라보이지 않는지 그는 온갖 것에 부딪치곤 한다.

부인 저희 남편은 육군에 계시다가 퇴역하셨죠. 고사포 부대를 지휘하셨는데요, 그건 비행기를 쏘아 맞추는 거랍니다. 그래서 장교 구락부 같은 델 가면, 괜히 공군 양반들은 피해버리곤 해요 물론 해군들은 그렇지 않지만요. 해군 양반들이야 저희 남편도 굉장히 존경한답니다. 수영을 못 하시거든요. 그런데 해군 양반들은 또 공군 앞에서는 괜히 맥을 못 쓰데요. 왜 그런지 아시겠어요?

여주인 (아들의 행동에만 신경이 쓰여서 부인의 말을 건성으로 듣고 있다.) 글쎄요…….

부인 제가 하는 이야기, 여자답지 않나요? 오랫동안 장군 남편을 모시고 살자니까, 보고 듣고 하는 게 모두 다 그런 것뿐이죠. 특히 고사포에 대해서는요, 한 방에 비행기 두 대쯤 아무것도 아니예요.

여주인 그래요? 직접 쏘아 떨어뜨리셨어요?

부인 아뇨. 경험은 없지만 알고 있는 지식이 그렇다는 거죠.

여주인 네…….

부인 경험 없는 지식이 더 무서운 거라구요.

여주인 어, 그건 그래요.

부인 우리 딸은 늘 이렇게 말한답니다. ?어머니, 난 어머니 곁에만 있으면 아무것도 무섭지 않아요.? 사실 난 억센 여자예요. 내가 언제나 집안에 턱 버티고 있으니까, 내 딸은 아무 탈없이 저렇게 곱디곱게 자랄 수 있지 않았겠어요? 한 가지 좀 섭섭한 게 있다면, 이젠 그애도 다 컸으니까 결혼을 해서 내 곁을 떠나 보내야 할 때가 됐다는 거죠.

여주인 (장애물과 부딪치려는 아들을 향하여) 애야, 정신 차려라! (부인의 관심을 돌리려고) 이야기 재미있네요, 계속하시죠.

부인 어디까지 했더라……. 내 딸이 시집가게 됐어요.

여주인 그래요, 따님께서?

부인 네. 그 혼인 때문에 남편이 우리 가족을 몽땅 이끌고 이 낯선 곳까지 온 거라고요. 억수 같은 장마철인데, 비나 그치거든 어떻게 하자고 말씀드렸지만 남편은요, 한 번 고집을 세웠다 하면 막무가내예요. 이번 딸애의 결혼만 해도 그렇죠. 그걸 뭐라더라…… 피로써 맺은 언약이라든가, 뭐 예전 총각 시절에 전쟁터에서 전우끼리 맺은 언약이라던데요, 서로 아이들이 태어나면 사돈 삼자는 그런 약속을 하셨다잖아요? 그러니 나야 뭐 알겠어요? 내 딸도 그렇구요. 결혼할 남자 코빼기가 어디 붙었는지 아무것도 모르는 거예요. 하긴 남편도 마찬가지지만요. 그분 역시 사위될 사람 얼굴 한 번 못 본 처지라고요.

여주인 부럽군요. (한숨을 쉬며) 태어나기 전부터 그런 약속이 있었다면요, 그저 지붕 위에서 번개불에 얼핏 본 것 가지고는 비교 할 수도 없겠네요.

미장이, 이맛살을 잔뜩 찌푸린 표정을 하고 퇴역장군 방쪽에서 편지 한 장을 들고 나온다.

미장이 저어, 수염 달린 급사 못보셨습니까?

부인 아, 그 맘보 고약한…….

미장이 보셨어요? 못보셨어요?

부인 (팔을 걷어 붙이며) 봤으면 그냥 놔둘까!

미장이 고정하십쇼. 장군께서 편지 심부름을 시키셨는데, 이건 엄밀히 말해서 제 담당이 아니고 그 수염 달린 급사가 할 일이거든요. 더구나 이 내용이…… 장군께서 편지를 쓰실 때 곁에 있다 봤는데요, 아무튼 내용이 제 맘에 안 들어요. 그래, 어떤 빌어먹을 남자더러 이 편지 받는 대로 당장에 와서 아가씨하고 결혼을 하라, 그게 말이나 됩니까?

아들 (그 말을 들었는지 걸레 자루와 함께 털썩 주저앉는다.)

여주인 (아들에게 달려간다.)

부인 (성이 나서) 취소해요! 취소하지 못하겠어요!

미장이 취소해야죠? 이 편지 취소해 버릴까요?

부인 빌어먹을 남자라니, 그딴 말을 감히 어떻게 하지!

미장이 죄송합니다. 이젠 아가씨께 가 보세요. 애타게 찾고 계시던데요.

부인 아, 내 딸이……. (장군 방 쪽으로 퇴장한다.)

미장이 그앤 어때요?

여주인 (한숨을 쉰다.)

미장이 그렇잖아요, 아주머니? 글쎄 이 편지 내용을 그렇게 쓰리라고 상상이나 하였겠어요?

여주인, 기절한 아들을 데리고 퇴장한다. 미장이는 편지를 식탁 위에 내던지고 울적한 모습으로 의자에 걸터 앉는다. 땜장이와 칠장이가 등장한다.

땜장이 자네, 그 수염 좀 빌려 주게.

칠장이 안 돼.

땜장이 자네 의사할 때 되돌려 줌세. (칠장이의 수염을 떼내어 자기 얼굴에 붙이며) 어때? 장군이 날 보더라도 설마 내가 다릴 걸어 넘어뜨린 장본인일 줄이야 모르겠지?

칠장이 장군 다리는 멀쩡하네.

땜장이 가짜 의사치곤 제법 양심적인 소릴 하는군.

미장이 (답답하다는 듯이 식탁을 주먹으로 내리치며) 조용히 좀 하게, 자네들!

땜장이 왜 그런가, 그런 심각한 얼굴을 하고서?

미장이 (이번엔 자기 가슴을 치고는 아예 대꾸도 하지 않는다.)

칠장이 알겠네. 그애 때문에 그렇지?

땜장이 아무것도 먹지를 않는다며?

칠장이 잠도 안 잔다네.

미장이 양심이 괴롭지도 않는가, 자네들은? 이대로 그냥 놔두었다간 죽게 될 거란 말이야. 그런데 그앨 살려 내자니 장군 가족들을 내보내야 하고 내보내자니 우리가 당장 굶게 될 테고, 이러지도 저러지도 못하겠는데, 그앤 마냥 그리워하고

만 있으니…….

칠장이 하필 이런 때 그럴 게 뭐지?

땜장이 날씨 탓일세. 비 오는 날 지붕 위에 올라가는 총각들은 조심해야지. 잘못했다간 벼락치곤 가장 고약한 사랑 벼락에 맞는다고…… 그건 약도 없어. 안 그런가?

미장이 에라, 모르겠다! (벌떡 일어나 편지를 움켜잡더니 아들 방으로 달려가며) 죽어가는 사람한테나 갖다 줘야지!

땜장이 저 친구, 왜 저래?

칠장이 글쎄. 본인도 모르겠다고 하는데 우리야 알 리 없지.

땜장이와 칠장이, 나란히 자리에 앉는다.

칠장이 이게 다 누구 책임이지?

땜장이 책임이야…… 날씨 탓일세.

침묵.

칠장이 여보게, 사람이란 참 이상하지? 굶고 지낼 땐 먹는 것 생각뿐이더니만, 이젠 먹고 지낼 만하니까 제법 다른 것도 생각하고…….

땜장이 그건 그래.

칠장이 자네도 그런가?

땜장이 물론이지.

침묵.

칠장이 나도 누군가를 사랑해 보고 싶단 말이야…….

땜장이 나도 그래…….

칠장이 자네도?

땜장이 난 사람 아닌가?

칠장이 (웃으며) 날씨 탓이군.

땜장이 어쨌든……. 그런 거니까…….

땜장이, 칠장이, 각자 자기의 발등을 내려다보며 깊은 생각에 잠긴다. 문에서 한 청년이 들어온다. 잘 생긴 용모와 맵시있게 차려 입은 청년이다. 사방을 경계하듯 둘러보더니 상념에 잠겨 있는 두 사람에게 다가온다.

청년 말씀 좀 물어볼까요?

칠장이 (청년을 바라본다.)

청년 아, 미안합니다만……. (칠장이의 귀에 나직하게 말하고 나서) 어느 방인가요?

칠장이 (청년을 새삼 위 아래로 훑어보더니 자매의 방으로 가서 문을 두드린다.) 나와 봐요. 누가 찾아오셨소.

청년 (사방을 둘러보며) 곰팡내가 지독하군요.

땜장이 비가 오지 않소, 요즈음은…….

청년 (침묵)

땜장이 (청년의 앞으로 바싹 다가가서) 비 오는 줄도 모르셨던가?

청년 (얼굴을 돌리고) 알고 있죠.

자매의 방에서 동생이 나온다. 그녀와 청년의 시선이 마주친다.

땜장이 비가 오면 곰팡내 나는 건 당연한 거지. 그런 걸 이상하게 생각할 건 없소. 햇볕이 나면 자연히 사라질 테니. 하지만 젊은 양반, 양심에 곰팡이가 슬어 보쇼. 그거 좀처럼 사라질까 몰라…….

칠장이 (땜장이에게 암시적인, 자리를 피해 주자는 듯이 고개를 끄덕인다.) 가자. 사랑 벼락 맞은 어린 친구나 보러 가세.

두 사람은 아들 방으로 퇴장한다.

청년 (분개한 듯) 그런데, 저 사람들이…….

동생 앉으세요. 여기까지 오시다니, 정말 고마워요.

청년 웬만큼 용기를 내지 않고서는 올 수나 있었겠어? 저런 형편없는 사람들이 우글대지 않나, 사방에서는 썩는 냄새가 코를 찌르지 않나……. (동생의 앞을 왔다갔다 거닐며) 여하튼 끝내야지. 우린 더 이상 서로를 붙들고 있을 까닭이 없잖아?

동생 (침묵)

청년 물론 우리 사랑하던 때가 있었지. 그땐 아름다웠었고…….

동생 (침묵)

청년 여기 오기 전, 난 많은 생각을 해 봤어. 우리가 그때처럼 될 수 없다는 게 분명해진 이상, 마음 아프겠지만 우린 조용히 갈라져야 해. 당신하고 나하고는…… 당신은 거리에서 줄을 타는 여자고, 난 정말 당신의 그런 모습에 반했었지. 하지만 아버지는…… 말해 보나마나야. 우리 아버지는 틀림없이 반대를 하시겠지. 아버진 엄격하시고 신분을 중히 여기셔. 평생 군인으로만 지내셔서 전혀 빈틈이 없는 분이거든.

동생 우리를 허락해 주시길 아버님께 말씀이나 해 보셨어요?

청년 해 보나마나라니까!

동생 해 보셔야 하는 거예요, 당신은.

청년 안될 걸 무엇 때문에 해? 당신은 지금 사정을 몰라서 그래. 난 곧 결혼할 거요. 결혼하도록 명령을 받았단 말이야. 난 저항할 도리가 없어! 어제는 말야, 정거장에 나가서 누굴 기다리고 있으라잖아! 얼굴도 모를 어떤 여자래. 뭐 부모들과 함께 온다나…… 기다렸지. 비는 억수같이 쏟아지는데, 아무리 눈 빠지게 기다려 봐도 오긴 뭐가 오겠어. 그래 되돌아왔더니, 아버지는 버럭 고함을 지르시더니만 역장에게 전화를 걸어 확인하시는 거야. 하필이면 그럴 게 뭐람! 전혀 올 것 같지도 않던 것이 무슨 놈의 기차가 여객선처럼 물 위를 달려와서 도착했다는 거야! 명령이란 그렇다니까! 하라면 할 수밖엔 없어! (무릎을 꿇고 동생의 손을 잡으며 애원하듯이) 사랑해! 내가 영원히 사랑하는 사람이 있다면 그건 당신뿐일 거야. 그렇지만 결혼은 안 돼. (두툼한 지갑을 꺼내 손에 쥐어주며) 진정으로 사랑해. 당신도 변함없이 날 사랑해 주겠지? 이건 얼마 안 되는 거지만, 아버지 몰래 내 물건들을 전당포에 잡힌 거야. 그럼 알잖아, 얼마나 당신을 사랑했으면 그런 데까지 들락거렸겠어? 나에게도 자존심이 있고, 그리고 그 엄청난 이자는 너무 지독하더군!

동생 (지갑을 되돌려 주며) 당신을 사랑해요.

청년 도대체 왜 이러지?

동생 당신을 사랑하는데 이런 걸 어떻게 받을 수 있겠어요? 전당포에 가셔서 물건을 되찾으세요.

청년　지금 받아 두는 것이 당신에겐 이로울 텐데? 전당포에서 들자니, 그 영감이 그러던데 당신 해산할 날 가까왔다고 돈 빌려달라 애원했다며? (사정하듯이) 당신의 언니는 어디 있나? 당신하곤 말이 통하지 않아. 언니는 그래도 세상을 많이 살아서 이럴 땐 어떻게 해야 좋은 건지 알고 있거든.

퇴역장군 방 쪽에서 장군이 누워 있던 야전용 들것에 들려 나온다. 부인이 앞을 혼자 맡아 들었고, 뒤쪽을 처녀와 언니 둘이서 맡아 들었다.

부인　(자기의 힘을 자랑하며) 나를 좀 봐요!
장군　대단하군, 대단해! (언니에게) 이런 여장부 봤소?
언니　아뇨. 스페인을 다 뒤져도 아마 없을 거예요.
장군　그야 그렇지!
부인　(장군을 들것에서 내려 의자에 앉혀 주며) 편해요?
장군　편하군. 근데 편지 심부름 간 녀석이나 저애 신랑될 녀석이 왜 아직 안 나타나는 거야?
언니　좋은 일일수록 서두르지 말랬잖아요? 제가 스페인에 있을 때에도, 그 나라 사람들은 좋은 일이 생기면 아예 며칠씩 늑장을 부린답니다.
청년　(동생에게) 당신 언니, 언제 스페인에 갔었다고 저러지?
장군　일부러 며칠씩 늑장을 부린단 말이요?
언니　그럼은요. 서너 달씩, 어떤 사람은 몇 해씩 미뤄 두는 걸요.
장군　그것 참! 그런 사람들이 어떻게 소하고는 싸운담?
언니　절대 사람이 먼저 소를 건드리지 않아요. 소가 먼저 사람에게 싸움을 걸죠. (동생과 청년에게 다가온다.) 여긴 왜 오셨죠? 먼저 싸움을 걸러 온 거예요?

동생 언니, 이 분에게 그런 말투를 쓰지 말아요.

언니 인정사정 볼 것 없게 되었잖니?

동생 사랑하고 있어요, 우리는. 저녁을 사 주시겠대요. 음악이 흘러나오고, 고급한 음식점에서요. 그래서 여기까지 날 데리러 오신 거예요.

언니 (의심쩍게) 그거 정말이죠?

동생 네에, 그렇다니까요.

언니 넌 가만 있어라. (청년에게 따지듯이) 대답해 봐요, 사실인지?

청년 (우물쭈물하며) 사실은…….

동생 (청년의 손에 팔을 끼며) 그럼 다녀 올께요, 언니. 우산을 펴요. 이렇게 비가 오는데 가엾게도 나를 비 맞히려고 그러세요?

동생과 청년, 퇴장한다.

장군 (언니에게) 내 성미가 급하다고 생각하오?

언니 장군들은 대개 급하신 편 아니예요?

장군 스페인 장군들은 어떻소?

언니 글쎄요…… 기타를 치면서 노래를 하죠.

장군 장군들이?

언니 그렇죠. 애인들의 창문 밑에서…….

장군 나처럼 늙어버린 장군들도 그런 짓을 한단 말이요?

부인 당신이 늙었다고요?

장군 저렇게 말 같은, 시집 갈 딸이 있는데…… 늙긴 늙었지.

언니 그럼 이번엔 애인이 장군의 창문 밑에서 노래를 해요.

장군 그것 참! 다리가 낫기만 하면 꼭 그 나라에 가봐야겠어.

처녀 (어두운 표정을 하고 있다.) 아버지…….

장군 걱정 말아라. 네 결혼은 시켜 놓고 떠날 테니.

처녀 아버지…….

부인 아버지란 사람이 도대체 뭐냐, 지금 딸 심정이 어떤지도 모르고 있구나. 그만 두렴. 내가 대신 말해 볼련다.

처녀 말씀 드려도…… 이젠 늦었어요. (손수건을 꺼내 눈물을 닦는다.)

부인 여보, 이 애가 왜 우는지 알기나 해요? 이 앤 요즈음 뜬 눈으로 밤을 지세우고 있어요. 어떤 분일까? 생긴 모습은 어떨까? 마음은 따뜻하고 너그러울까? 여보, 미리 좀 알아 볼 수는 없는 거예요?

장군 이런 경우 어떻게 하고 있소, 스페인에서는?

언니 사랑에는 확신이 있어야 해요.

부인 그렇지요. 결국은, 이 애가 그런 확신을 가질 수 없으니까 우는 것 아니겠어요?

장군 나더러 어떻게 하라는 거요? 대충 짐작하건대 코는 하나일 태고 눈은 둘일 거요. 뭐, 인간이란 대개 그런 꼴을 하고 있잖소? 마음이라는 것도 그렇지. 따뜻한 마음, 차가운 마음이란 원래부터 따로 정해 가지고 나오는 것이 아니란 말이요. 문제는 어디까지나, 그렇게 생긴 한 인간을 사랑하는데 있어서 확신을 갖느냐 못 갖느냐, 그건가 본데…… 여보, 당신이나 나나 무슨 빌어먹을 확신 같은 걸 가지고 평생을 함께 살았었소? (소리를 내며 우는 처녀에게) 얘야, 울 것 없다. 울지 말라니까……. (언니에게) 무슨 좋은 방법이 없겠소?

언니 스페인에서는 이럴 때엔 현자(賢者)를 불러다가 물어 보곤 해요.

장군 현자라니? 현명한 사람 말이요?

언니 그렇죠. 다행히 이 호텔엔 굉장한 현자 한 분이 묵고 계신답니다. 모셔 올까요?

장군 저 울음 소리만 멈추게 해줄 수 있다면…….

언니 (분장사를 찾으러 가며) 그야 어렵지 않을 거예요.

부인 당신이나 저나 힘만 억세다뿐이지 이럴 땐 쓸모가 없군요.

장군 사랑의 확신이라니…….

부인 왜요? 들어 보지도 못한 말 같아요?

장군 자꾸 그래서 울음소리만 높여 놓는군. (가장 좋은 말을 찾더니 처녀에게) 사람이든 망아지든 다 그 부모를 보면 아는 거다. 내 친구는 기가 막히게 좋은 사람이다. 그러므로 그 아들은 어련하겠니?

부인 참 존경할 만한 사상이군요!

장군 왜 나한테만 뒤집어 씌우려는 거요? 그런 사상은 당신이 먼저 주장해 놓고서! 이 애가 이렇게 아리따운 건 모두 엄마인 당신을 닮아서 그런 거라고 하지 않았느냐 말이요!

언니와 분장사가 등장한다.

분장사 아, 다투지들 마십쇼. 좋은 방법이 있습니다. 장군, 이건 어떻겠습니까? 사랑의 확신을 가려내는 방법인데요……. (언니를 가리키며) 이 분이 장군의 따님 대신 시치미를 떼고 신랑 앞으로 나서거든요. 듣자니 신랑될 사람도 신부될 따님을 보지 못한 건 마찬가지라니까, 그 사람이 사랑에 대한 확신이 있다면 진짜 따님을 첫눈에 알아볼 거고요, 뭐 그런 확신 같은 게 없다고 한다면 이 가짜를 따님인 줄 오해할 거란 말이지요.

장군 괜찮은 방법인 것 같소!

부인 (처녀에게) 네 생각은 어떠니?

처녀 확신만 가려낼 수 있다면요. 방법이 무슨 상관이겠어요?

장군 (분장사에게) 좋소, 그걸 해 보기로 합시다.

분장사 장군, 그리고 사모님과 아가씨, 제가 이런 일로 도와 드릴 수 있게 되어 기쁘군요. (언니에게) 신랑될 사람이 나타나거든, 당신은 온갖 수단으로 혼란을 일으켜 놓으세요. 정말 총명한 사람이라면, 그토록 오랜 언약과 사랑의 확신을 가진 사람이라면 그 어떤 혼란에도 까딱하지 않을 겁니다.

언니 (처녀에게) 잘 됐군요, 아가씨. 그렇게 해도 그 분이 진짜 아가씨를 알아내거든, 그때는 주저 말고 그 분을 사랑해 드리세요.

미장이, 아들 방에서 나오다가 장군 가족들이 눈치 채지 않게 살금살금 정문으로 다가가더니, 활짝 문을 열어 젖혔다가 닫으며 금방 들어오는 시늉을 한다.

미장이 장군님, 편지를 전하고 왔습니다!

장군 수고하였네.

미장이 편지를 받고 굉장히 흥분하셨습니다!

장군 그렇겠지!

미장이 일생 동안 그 편지 오기를 기다렸다고 하시면서요!

장군 (지극히 만족해 하며) 그야 당연하지.

미장이 그렇지만 장군님, 한 가지 양해 말씀 전해 달라 부탁드리던데요.

장군 뭔가, 그 양해라는 것이?

미장이 요즈음은 매일 비가 내립니다. 그래서요, 홍수가 지는 바람에 길이란 길은 물에 잠겨서 거의 통행 불능입지요, 그 때문에 부친 되시는 장군께선 직접 오시지를 못하고 아드님만 즉각 이곳으로 보내시겠다 하셨습니다.

장군 (조금 서운해 하면서도) 하는 수 없지. 그 아들이 오긴 온다니. 우리도 준비를 갖춰야겠군.

부인 (언니에게) 어서 우리 딸이 되어 주세요. (처녀에게) 그리고 너도…… 그런데 넌 너무 곱게 입고 있구나. (식탁보를 벗겨 뒤집어 씌워 주며) 이걸 둘러쓰고 있어라. 꼭 부엌떼기처럼 말이다…….

미장이 (아들 방의 문이 조금씩 열려지는 것을 보고, 장군 가족들의 시선을 다른 곳으로 유도하기 위해 엉뚱한 방향을 가리키며 소리 지른다.) 저기 보십쇼, 저기를!

장군 뭔가?

부인 뭐예요?

미장이 수염 달린 급사가 지나가고 있습니다.

그 사이. 아들 방에 있었던 사람들이 정문 쪽으로 빠져나간다. 그 문이 활짝 열린다. 너울처럼 담요를 머리 위에서부터 덮어쓴 아들을 가운데 앞세우고 두 명의 시종들이 뚜벅뚜벅 들어온다.

땜장이 만수무강!

칠장이 만수무강!

땜장이 조국과 장군에게 영광 있으라!

칠장이 조국과 장군에게 영광 있으라!

장군 고맙소. (의심쩍게 바라보며) 그런데 당신들, 도대체 무엇하는 사람들이요!

땜장이 선발대입니다. 홍수 때문에, 저희 주인께서는 직접 오실 수가 없어서 저희들을 대신 보내셨습니다.

칠장이 처음 출발할 때는 모두 열네 명이었습니다, 장군님. 그런데 홍수에 떠내려가 버리고 이렇게 저희들만 살아왔습지요.

땜장이 실종된, 그 충직한 동료들의 명복을 비는 바입니다.

장군 전화를 한다든가, 미리 알려 주지 그랬는가?

칠장이 불통 상태입니다, 모든 통신 시설은.

장군 알겠네.

부인 그래 당신들만 오신 거예요?

땜장이 아뇨. 누군가하고 같이 왔습니다. 그렇지만 절대 그 누군가는 비밀로 해두라는 명령을 받았지요. 다만 저희들이 말씀드리고 싶은 것은, (아들을 가리키며) 여기 누군가의 용맹성입니다. 이 누군가는 그 엄청난 홍수 속에서 용감하게 저희 두 사람의 목숨을 구해냈거든요.

칠장이 조국과 이 누군가에 영광 있으라!

언니 (앞으로 나서며 아들에게) 잘 오셨어요. 저는 용감한 분을 좋아한답니다.

아들 (고개를 푹 숙인 채 침묵)

언니 수줍음을 몹시 타시는가 보죠?

땜장이 아무 말이 없다고 해서 수줍다고는 생각하지 마십쇼. 원래 용감한 사람이란 말이 없는 법입니다.

칠장이 그건 생각이 깊다는 증거이기도 하지요. 말하기 전에, 곰곰이 생각해 본다는 것은…….

언니 모든 걸 겸비하신 분이군요, 당신요. 용감하시고, 사려 깊으시고……. 그런데 누군가, 당신은 왜 누군가여야만 하나요?

장군 (부인에게) 저쪽에서도 똑같은 술수를 쓰는 모양이군.

부인 그런가 봐요.

언니 아, 무슨 곡절이 있으셔서 그렇겠지요? 당신이 누군지를, 그 누구인지를 알아내는 사람만이 오직 당신의 사랑을 받겠군요.

아들 (고개를 푹 숙인 채 침묵)

언니 (아들의 손을 끌어당겨 붙잡고) 사랑이란 뭘까요? 용감하신 당신을 고개 숙여 떨게 하고, 그리고는 생각의 저 하염없는, 끝까지 자꾸만 깊이 내려가게 하는 사랑, 그 사랑이란 무엇일까요?

아들 (침묵)

언니 누구일까? 정말 누구일까? 당신 혼자만이 그러는 건 아니예요. 세상 사람들이라면 그 누구나 사랑할 때에는, 그 누군가에 대해서 그저 누군가랍니다. 두려워 마세요. 확신을 가져요. 사랑에는 오직 확신만이 필요한 거죠.

아들 (한숨을 쉰 것 같기도 하는 침묵)

언니 자, 용기를 내세요.

장군 답답해서 더 못 보겠군! 여보게, 자네가 누구인지 맞춰 버리겠네. 자네는 내 언약한 친구의 아들, 내 딸의 남편, 나의 사위일세. 그 곰팡내 나는 괴상한 것을 치워버리게! 그걸 뒤집어 쓰고 와서 감히 우리들을 시험해 보려고 그러지만, 난 첫눈에 보자마자 자네가 누구인지 알아보았네. 자, 그렇다면 이번엔 자네 차례일세. 내 딸이 누구지? 어디 자네의 확신을 좀 보여 주게.

언니 아버지, 제발 더 이상 이분을 시험하지 말아요! (아들에게) 제가 당신 앞에 있어요.

언니, 아들을 가로 막는다. 아들은 그녀를 벗어나서 후들거리는 걸음으로 떨어져 서 있는 처녀에게 다가간다. 두 사람은 마주 선다. 아들, 처녀가 쓰고 있는 식탁보를 떨리는 손으로 벗긴다.

땜장이, 칠장이 만세, 조국과 사랑에 영광 있으라!

장군, 부인 기적이 따로 없군!

분장사 축하드립니다, 장군님.

장군 고맙소, 덕분에.

칠장이 감격해 보긴 처음입니다!

땜장이 나도 평생에!

장군 우리 역시 마찬가지요!

칠장이 본인들, 그러니까 저 누군가들끼리야 더 말할 나위 있겠습니까! 저희 주인께서도 이럴 줄 짐작하시고, 저희에게 몇 가지 당부한 바 있습니다. 잔치도 하고, 선물도 사서 드리고, 또 여러 가지 하라면서요. 이만큼이나 큰 돈자루를 두 개나 주셨지요. 그런데 오다가…….

땜장이 오다가 그만…… 홍수 때문에…… 몽땅 잃어 버렸습니다. 황송합니다만 장군님, 다소 얼마라도 빌려 주셔야 될 형편인데요?

칠장이 물론 강요하는 건 결코 아닙니다.

땜장이 (담요를 쓰고 있는 아들을 가리키며) 보십쇼, 장군님의 사위될 사람을 우선 옷부터 입혀야 할 것 아닙니까?

칠장이 당장 밤에 잘 곳도 없고요.

땜장이 물론 다시 돈을 가지러 홍수 속을 건너 갔다 올 수는 있습니다만…….

칠장이 그만 두십쇼, 장군님. 우린 여기 있을 테니, 사위더러 혼자서 다시 갔다 오라지요.

장군 (지갑에서 돈을 꺼내주며) 내가 그렇게 인색한 사람 같은가!

칠장이 천만의 말씀입니다. 장군님!

장군 내 사위는 내 가족의 소중한 사람이네. 비가 그칠 동안은 이곳에 꼼짝 말고 머물러 있어야 하네!

땜장이 저희들은 어떻게 하고요?

장군 자네들도 함께 있게.

땜장이 감사합니다. 장군님!

칠장이 저희 주인께서도 늘 귀가 따갑게 말씀하시곤 하더군요. 장군님께서는 인자하신 분이라고요.

장군 그럴 테지!

땜장이 사위를 좀 쉬게 해야 합니다. 저희들을 살려내려고 너무 과로했거든요.

칠장이 (미장이에게) 방 있나, 이 호텔에?

미장이 저를 따라 오십쇼!

미장이와 칠장이, 여전히 마주 선 채 넋 나간 상태에 있는 아들을 처녀로부터 떼어내서 미장이의 뒤를 따라 퇴장한다.

땜장이 그럼 자주 뵙겠습니다.

칠장이 아침, 낮, 밤 가릴 것 없이요.

부인 (현기증을 일으켜 넘어지려는 처녀를 부축) 애야!

처녀 걱정 마세요, 어머니…… 불안하고 초조했었죠. 하지만 그런 건 다 사라져 버렸어요. 어머니, 그 분 보셨죠? 저를 향하여 똑바로 걸어 오시던 것 말이에요! 눈동자 한 번 다른 델 돌리지 않으시고요, 곧장 저를 찾아 앞으로 오시던 걸 보셨잖아요?

부인 그래, 나도 봤다!

처녀 아버지, 언제 다시 그분을 만날 수 있죠?

장군 언제든지 비가 올 동안엔 우리와 함께 있기로 했다.

처녀 (부인의 가슴에 쓰러지며) 아, 숨이 막혀요!

부인 너도 좀 쉬어야겠다. (처녀를 방으로 데리고 간다.)

장군과 언니, 분장사가 남는다.

장군 이럴 땐 무슨 말을 해야 옳겠소?

분장사 글쎄요…….

장군 솔직히 말해서, 뭔가 내 자신이 억울한 것만 같소.

분장사 그러실 겁니다. 기적이란, 사실 그걸 구경만 하는 입장에서 보자면 억울한 거죠. 왜 나에겐 저런 일이 없을까…….

장군 그렇소. 지금껏 내 인생이 그저 나를 속여만 온 것 같소. 다

늙도록 이 날까지……. 왜 내 인생에는 저런 광경이, 저런 기적이, 단 한 번이나마 생겨 주지 않았던가…….

분장사 ……그건 저도 마찬가지입니다. 장군.

언니 (장군의 어깨 위에 손을 얹고 위로하며) 장군께서는 가망성이 있어요. 틀림없이 그래요. 그런 일이 일어날 거라고요. (한숨을 쉬고 웃으며) 하지만 저는…… 저는 틀렸어요. 인생이 제발 좀 저를 속여 주기라도 했으면 좋겠는데요. 그럼 속은 채 그냥 넘어가 줄 수도 있겠는데요…….

장군 실례지만, 부인은 웃을 때가 가장 아름답소.

언니 고마워요, 장군님. 보세요. 아무것에도 속아 줄 수도 없는 여자는 이렇게 웃을 수밖엔 없는 거예요.

장군 이야기도 잘 하시오, 부인.

언니 그럼은요. 특히 저의 스페인 이야기는 꽤 일품이죠.

장군 난 꼭 그곳에 가 볼 거요. 가서 부인이 말해 주었던 그 도시들을, 그 사람들을, 그 황소들을 만나 보겠소.

언니 그렇게 하세요, 장군님.

장군 (자기 머리 위 천정을 가리키며) 빗방울이 떨어지는군, 내 몸에.

분장사 흠뻑 적셔놨군요. (장군이 들것에 눕고자 하는 것을 도와 주며) 모셔다 드리지요.

언니 (들것의 앞 쪽 손잡이를 맡아 들고서, 비록 힘겨워 비틀걸음을 걷기는 하지만, 즐겁게) 어때요? 저도 보통 억센 여자가 아니랍니다.

막간극

밤. 아늑한 불빛이 식탁 주위만을 밝히고 있다. 비오는 나날, 하숙집 사람들은 매일같이 잔치를 하고 옛날 이야기에서 나오는 인물들처럼 지내고 있는 중이다. 말쑥하게 차려 입은, 그래서 귀공자마냥 달라진 아들과, 그를 둘러싸고 분장사, 자매들이 모여 있다.

사람들 왕자님 같군!

아들 고맙습니다, 여러분.

언니 덥수룩한 머린 잘라 버렸고, 썩음털털한 그 냄새도 싹 가셨네!

분장사 그대 미소 짓는 얼굴이 천사 같도다! 매일 밤, 밤이 되면 나오는 동화 속의 왕자님이여!

동생 말해 줘요. 아가씨와 둘이서 무슨 이야기를 하죠?

아들 이야기요? 아직 한 번도 못해 봤어요. 하지만 그런 건 상관없죠. 우린 말 안 해도 잘 알거든요. 보는 것 듣는 것, 그리고 만져지는 것, 그 모든 것을요. 여기 놓여 있는 이 식탁도, 우리 태어나기 전부터 잘 알고 있던 것 같고요. 이 살고 있는 집 역시 그렇죠. 몇 번이고 우린 이곳에서 살았었던 느낌이 들곤 해요. 그렇지만 장군께서는 그걸 모르시는가 보죠? 어젯밤엔 그러시던데, 어제 벙어리인가 묻지 않으시겠어요?

분장사 그래서 무어라고 대답했나?

아들 아무 말도 안했죠.

땜장이와 칠장이, 그리고 여주인이 부엌에서 만든 음식을 날라온다.

칠장이 비켜 주게!

땜장이 짠짜라 짠짠…….

분장사 굉장하군!

땜장이 아무렴!

언니 그동안 재료가 없어서 그랬지, 우리 아주머니 솜씨도 일품이세요!

여주인 당연한 칭찬이겠지!

동생 언니는 음식할 줄 몰라 샘이 나서 그래요.

언니 너는 어떻고?

동생 잘 먹을 줄은 알죠!

땜장이 (바구니에 가득 담긴 술병들 중에서 하나를 꺼내보이며) 최고급이라던데, 여기 무어라고 써 있나?

분장사 음. (귀에 대고) 땜장이가 먹으면 죽는다고 써 있네.

칠장이 (땜장이에게) 뭐라고 써 있대?

땜장이 칠장이가 먹었다간 죽는다고 써 있다네.

칠장이 그거 황홀하군! 먹으면서 죽는다니!

미장이가 장군 방 쪽에서 빈 물통을 들고 나온다.

미장이 장군 가족께서 곧 나오시겠다네.

칠장이 (물통을 가리키며) 요즘 자네는 냉천 물 값으로 톡톡히 재미 본다며?

미장이 자네들은 안 그렇고?

땜장이 우리야 귀빈처럼 대접 받고 있지.

장군 가족들이 등장한다. 장군은 들것 신세를 면하고 지팡이를 짚었다. 아들과 처녀는 식탁에 나란히 앉자마자 서로 얼굴을 바라보기에 조각처럼 아무 말이 없다.

분장사 (장군이 의자에 앉는 것을 도와주며) 아프진 않습니까, 다치신 다리가?

장군 아프지는 않소, 요즈음엔.

분장사 냉천의 효과를 보시는 겁니까?

장군 그런 것 같소. (나직하게 염려하는 표정) 선생, 저 사위될 사람이 무슨 말이든 하는 걸 들어 봤오?

부인 걱정이 돼서 죽겠군요. 여태껏 우린 저 사람에게서 아무 소리도 못 들었거든요. 혹시 벙어리가 아닐지…… 선생님, 무슨 방법이 또 없을까요?

분장사 (심사숙고해 보는 듯이) 글쎄요…… 좀처럼 생각이 안 떠오르는데요.

장군 (아들과 처녀 쪽을 바라보며) 저런 사위를 얻게 될 우리 심정을 아시겠소?

분장사 유감입니다만, 저에겐 딸이 없군요.

장군 유감스럽게도 우리에겐 저런 딸이 있다오.

부인 선생님, 부탁이에요. 제발 단 한마디만 듣게 해주셔도 그 은혜는 평생 잊지 않겠어요.

분장사 혹시 편도선염이 아닐까요. 요즘 감기에?

장군 (미장이에게) 여보게, 의사를 불러다 주게.

미장이 (놀라고 난처해 하며) 의사요?

장군 왜 내 다리를 가끔 진찰하러 오는 의사 계시잖는가? 지금 곧 오시도록 하게.

칠장이 (미장이보다 더 난처해서) 왜 그러십니까, 의사는?

부인 아니에요, 아무것도, 어서 잡수기나 하세요. (분장사에게) 저 사람들에게 직접 물어 볼까도 생각했었지만요, 그랬다가 무슨 실례가 될지 몰라서…….

분장사 어떻게 해보지요, 제가……. (진심으로 심사숙고하면서) 그러니까 장군, 아무 말이든지 그저 목소리만 나온다면 되는 거겠지요?

장군 그렇소, 우리는.

분장사 부탁도 여러 가질 하십니다. 저번엔 따님의 목소리, 그 울음소릴 푹 들어가게 해 달라 부탁하시더니, 이번엔 사위될 사람 목소리를 쑥 나오도록 하라시니…….

장군 (애가 타서) 불가능하겠소, 이번엔?

분장사 저어, 되긴 될 것 같습니다. 즉흥극을 꾸며 보죠. 따님과 사위를 주인공으로 시켜 가지고요. 물론 제가 옆에서 거들어 주면서 말입니다. 그럼 시작해 볼까요?

분장사, 일어선다. 그리고 연기를 시작하려는 배우와 같은 자세를 취한다. 식탁에 앉아 있는 사람들의 시선이 그에게 모아진다.

분장사 보라, 세상은 식탁과 같도다. 사람들은 둘러 앉아서 먹고 마시며, 서로 사랑하고 서를 속이는도다. (식탁의 좌우 양쪽 끝을 번갈아 가리키며) 그리고 저쪽에서는 죽음이 턱 버티어 서 있으며, 또 이쪽에서는 생명이 자리잡고 있도다. (그는 생명 쪽으로 가서 서고, 미장이를 일어나도록 해서 죽음 쪽을 맡긴다.) 그대 죽음이여, 그대는 식탁 곁에 서서, 누구를 데려갈까 그 생각만 하고 있구나.

미장이 누구를 데려가도 좋단 말인가?

분장사 그럼, 그대 마음대로지.

미장이, 식탁에 앉아 있는 사람들을 주욱 둘러보더니 여주인을 짚어낸다. 그리고 어둠 속 보이지 않는 곳으로 그녀를 데려간다.

분장사 무례하게도 죽음은 승낙을 바라지 않노라. 다만 그는 그것을 할 따름이다. 그리고 우리들은 아직 남아 있는 사람들을 바라보며 흘러가는 시간을 느끼는도다.

미장이 (칠장이를 어둠 속으로 데려간다.)

분장사 (텅 빈 의자를 손끝으로 어루만지며) 보라, 식탁에는 텅 빈 의자의 수효가 늘어가노라. 다정했던 그 사람, 그 사람의 체온만을 남겨둔 채. 그러니 점점 그 온기도 싸늘하게 식는도다. 우리들 또한 그러리라. 언젠가는 우리들도 사라지며, 우리는 이것을 운명으로 받아 들이는도다.

미장이 (땜장이를 어둠 속으로 데려간다.)

분장사 (땜장이와 작별의 악수를 나누며) 잘 가게, 친구여. 우리 즐거웠던 나날들이 그대 더불어 떠나가고 그리고 어둠 속에 우리 추억과 함께 묻히노라. (식탁 위의 사과를 손에 든다. 잠시 깊은 사념에 잠겨 바라본다.) 그러나 보라, 여기에 그대들은 되살아나 있도다. 이 한 알의 열매를 맺기 위하여, 나무는 어둠 속에 무수한 탐색의 뿌리를 내리고 그대들을 찾아 헤매야 했도다. (장군의 부인에게 사과를 주며 먹기를 권한다. 부인이 그것을 먹는다.)

보라, 여기 한 여인이 그 탐색이 맺은 열매를 먹어 자신의 피와 살로 받아 들였노라. 그대들은 잉태되는도다. 그리하여 여인은 생명을 낳았노라. (처녀에게 다가간다.) 그대 생명이여, 그대 속에 우리 모두가 들어가 있도다. 그대 아리따운 처녀여, 그대의 얼굴에서 우리의 얼굴이 보이고 그대의 웃음에서 우리의 기쁨이 되살아나며, 그대의 한숨에서 우리의 슬픔이 되살아나는도다.

미장이 (자매들을 데리고 어둠 속으로 사라진다.)

분장사 그러므로 이제 우리는 아무것도 두려워 하지 않노라. 죽음마저도 다시 살아나기 위한 과정일 따름이도다. 시간은 흘러가는 것이 아니라 멈춰 있으며, 다만 우리들 자신이 그 시간 속에 나타났다가는 사라지고, 사라졌다가는 나타나노라.

미장이 (아들을 데려간다. 식탁에는 장군과 부인, 처녀만이 남아 있다.)

처녀 (아들이 없어지자 안절부절 못하며) 되돌려 주세요.

분장사 그대 아리따운 처녀여, 세상에 태어나서 진실로 사랑하는 사람 만나기가 그 얼마나 어려운지 알고 있는가? 보라, 무릇 모든 사람들이 되살아나서 그대를 향하여 다가오노라!

땜장이 (어둠 속에서 나온다. 아들이 앉았었던 처녀 곁의 의자를 차지하고 그녀에게 미소를 짓는다.)

분장사 만났는가? 그대 진정 사랑하는 사람인가?

처녀 아뇨.

땜장이 (자기가 앉았었던 자리로 옮겨 간다.)

어둠 속에서 사람들이 나온다. 자매들, 여주인, 칠장이 그들은 처녀에게 아니라는 말을 듣고 각자의 자리로 되돌아 간다. 마지막으로 아들이 나온다.

분장사 이 사람인가? 그대 진정 사랑하는 사람이?

처녀 (일어나 반가웁게 포옹하며) 네, 그래요!

분장사 (아들에게) 그대는 어떤가? 말해 보라. 그토록 거듭되는 죽음과 생명에서, 그대는 무어라고 말하겠는가?

아들 (처녀를 힘껏 포옹하며) 사랑합니다. 영원히…….

땜장이 막을 내려!

칠장이 막을 내리라니까!

막이 내려온다. 땜장이와 칠장이는 막이 내려진 무대 앞으로 나와서 관객들에게 말한다.

땜장이 좋은 건 조금밖에 안 보여 주는 겁니다, 여러분!

칠장이 그렇죠. 인생이라는 것도 그렇잖아요? 좋은 날이 나쁜 날보다 많던가요? (막 뒤를 손짓으로 가리키며) 아무튼, 비가 오는 동안, 우리는 저렇게 잘 지냈어요.

땜장이 참, 한 가지 알려 드리지. 사랑하는 사람들, 그거 시끄러워요. 입이 한 번 터졌다 하면, 그 터지기가 어려운 거지, 그 다음부터는 술술 쏟아지기 마련입니다.

칠장이 문제는 그래요, 아무리 길게 쏟아진다 할지라도 사실은 짧다는 거죠. 여러분 생각해 보세요. 만약 저렇게 행복한 날이 계속되려면 비는 영원토록 내려야 합니다. 그런데 그랬다간…….

땜장이 끝장이 나죠, 여러분이나 우리들이나……. (물에 잠겨 버리는 시늉을 한다.)

칠장이 그래서 세상 일이란 절대 그렇게 안 되도록 되어 있어요.

땜장이 안심하십쇼. 행복이 잠시뿐이고, 불행이 기나긴 건, 다 그런 이유 때문입니다.

칠장이 잠시 저쪽 사람들은 행복하게 놔둡시다. 막이 다시 올라가면, 그땐 비도 끝나거든요. 그리고 평범한 그저 그런 날이 된단 말이지요.

땜장이 환상은 끝나고, 현실이 시작됩니다. 전당포 영감에다, 진짜 사위될 사람이다, 장군의 친구다, 그런 사람들이 몽땅 찾아와서는 고함을 질러대며 분통을 터뜨립니다.

칠장이 그럼 맑은 날 다시 봅시다, 여러분.

땜장이, 칠장이 조국과 여러분에게 영광 있으라! 이게 저희들 행복한 날의 마지막 인사입니다. (그들은 막 뒤로 사라진다.)

제3막

맑게 갠 날. 장군 가족들, 그리고 청년과 그의 부친이자 장군의 친구인 신사, 전당포 영감. 그들은 당황하고 분노하며 어처구니 없다는 표정을 하고 있다. 하숙집 사람들은 모두 어디론가 숨어버리고, 가엾게도 미장이 혼자만이 붙들려 곤욕을 치루고 있다.

전당포 영감 어쩐지 이상하더라니! 그토록 오랜 비, 다들 굶어 죽었을 텐데 멀쩡히 살아 있거든! 난 내 직업의 성질상 돈 꾸어간 사람들 형편을 죄다 알아둬야 한단 말이요, 그래서 여길 와 봤더니, 이게 무슨 꼴이겠소? 꼭 잔칫집 같더란 말이요! 호화판으로 먹고 마신 거지. 얼마나 괘씸한 거요? 그동안 내 돈 갚을 생각은 전혀 하지 않았더란 말이요! 난 당장 한 녀석을 붙들었지. (미장이의 멱살을 움켜 잡고 되풀이해 보이며) 자, 이게 어찌된 일이냐? 사실대로 말해라. 입 꼭 다물고 실토하지않더군. 오냐, 좋다. 그렇다면 너희들이 어디서 훔쳐온 모양인데 사람들을 다 모아 놓고 이 사실을 알리겠다…… 그랬더니 겨우 입을 열지 않았겠소?

부인 호텔 급사가 아니예요, 이 사람?

전당포 영감 미장이요, 미장이. 다른 녀석들은 땜장이, 칠장이, 거리에서 줄 타는 여자들, 분장사, 그런 나부랑이들이고.

장군 그럼 냉천은 뭐요?

전당포 영감 (미장이에게) 말씀해 드리지?

미장이 저어…… 빗물이었습니다, 지붕에서 떨어지는.

전당포 영감 아무튼, 다 듣고 보니 기가 차더군! 하지만 난 나대로 궁리를 해 봤지. 그동안 이자가 원금보다 수십 배나 불었는데, 그 돈 받아내긴 다 틀렸다…… 그렇다면 다른 방법이 없겠느냐…… 있기는 있다. 이 사실을 실수요자에게 팔아 넘기는 거다. 이런 결론이 나오더란 말이요. (신사 앞으로 가서) 그래서 난 선생 댁을 찾아갔던 거요. 흥정을 잘 하시더군. 사실의 중대성이 워낙 크니까 몇 푼 깎지도 않고서 사시더란 말이요.

신사 (장군에게) 이 영감이 날 만나서 한다는 소리가 자네 아니겠는가? 지체없이 달려 왔지!

장군 (쓰디쓴 얼굴로) 고맙네, 이제야 와 주어서.

신사 그날, 자네가 도착한다던 날, 내 아들을 마중 보냈었지. 그건 믿어 주게. 비는 쏟아지고, 기차가 연착했거든. 내 아들이 조금만 더 기다리고 있었어도 이런 불행한 일은 없었겠는데…… 미안하네. 역장에게 전화를 걸어 알아 봤더니 기차가 왔다는 걸세. 그렇다면 자네 가족들도 틀림없이 왔을 텐데, 어디에 묵고 있는지 알 도리가 있어야 말이지.

장군 왜 이런 곳에서 속아 지내고 있을 줄은 꿈에도 생각 못했는가?

신사 정말 미안하네.

장군 저기, 다 키워 놓은 내 딸이 있네.

신사 내 아들도 저기 있네.

청년이 처녀 뒤를 따라 다니고 있는 중이다. 청년이 다가가면 처녀는 뒷걸음질치고, 청년이 또 다가가면 그녀는 다시 뒷걸음 치기를 반복하고 있다.

청년 우리 서로 본 것 같지 않아요?

처녀 아니예요.

청년 꼭 어디서 본 것 같은데요…….

처녀 그럴 리가 없어요!

청년 어디었더라…… 기억나지 않으세요?

처녀 아뇨. 태어나기 전 기억을 다 뒤져도 당신 같은 사람 없어요!

청년 아무튼 만날 수 있기를 고대하고 있었습니다. 우선 당신을 이런 곳에서 구출할 수 있게 되어 기쁘군요. 얼마나 고생하셨습니까? 그 악당들이 당신을 괴롭혔던 걸 생각하면, 난 도저히 참을 수가 없어요. 맹세합니다. 난 그 악당들을 모조리 잡아내 복수를 해드리겠습니다. 특히 그놈 나를 빙자하고 행세했다는 그놈은 가만 놔두지 않을 거예요. 그까짓 코 흘리개, 하루 온종일 마루 바닥이나 닦고 다닐 녀석이 나라니…… 두고 보세요. 기필코 그놈을 잡아 내고 혼을 내놓고 말겠어요!

부인 (미장이에게) 다들 어디에 숨어 버렸죠?

청년 맡겨 두십시오, 저에게.

부인 (뒷걸음질 치는 처녀를 청년 쪽으로 살짝 밀어붙이며) 얘, 얼마나 마음 든든한 분이시니!

전당포 영감 (청년을 잡아 당기며) 아직 계산이 끝나지 않았는데, 우리 사이에는. 자네가 맡겨 놓은 그 잡동사니들, 뭐 내 전당포가 자네 집 창고라고 오해하는 건 아니겠지?

청년 영감……. (자기를 의아롭게 바라보고 있는 신사에게) 아무것도 아닙니다, 아버지…….

전당포 영감 아들이 못 갚을 돈, 아버지에게서 받아내라. 그게 내 철학이요.

신사 (사태를 무마하며) 내일 우리 집으로 오시겠소? 하루가 더 늦어질수록 영감은 그만큼 이익이 많아질 텐데?

전당포 영감 알겠소. (문 밖으로 퇴장하려 하며) 내 철학을 제대로 이해하여 주시는 분은 선생뿐이구려.

미장이 영감님!

전당포 영감 왜 그러나?

미장이 이분께서 우리들 대신 갚았으면 우리 도구들은 되돌려 주십쇼. 그래야 맑은 날, 우리도 일을 해서 먹고 살지, 안 그래요?

전당포 영감 음……. 자네들 그건 내가 가져다 주지. 그래야 비가 오는 날, 다시 자네들이 그걸 전당포에 맡길 것 아닌가? 이래 뵈도 난 철학적인 사람이라네.

전당포 영감, 퇴장한다.

신사 이번 이런 일이 생긴 것도 말이네, 사실 따져 보면 우리가 혼인을 너무 꾸물댔던 탓 아닌가? 누구나 비가 왔던 동안엔, 그만큼이나 또 늦어버린 거고 더 지체할 것 없네. 아무리 빨리 서두른다해도, 이제 와선 결코 이르다곤 볼 수 없겠는데 자네 생각은 어떤가?

장군 아, 그야 여부 있나. 내 생각도 바로 그걸세!

신사 결혼식을 올려 버리세. 신랑 있겠다, 신부 있겠다. 이제 주례

맡을 사람과 축하객들만 있으면 다 될 텐데, 그거야 어렵지 않지. 내가 이곳의 당당한 유지 아닌가! 나가서 손뼉만 쳤다 하면 한 시간 내에 모든 건 준비될 거네.

장군 그럼 한 시간 후에 식을 하자 그 말인가?

신사 물론이지! 내 아들과 자네 딸의 결혼식인데, 최고의 실력을 발휘해 봄세. 주례는 이곳 시장님이 좋겠지? 결혼식장은 또 어디가 좋겠나? 그래, 진짜 일류 호텔을 몽땅 빌어서 해버리세!

부인 (모든 것을 남자들끼리 결정하는 바람에 기분이 상해 있다.) 여보, 제 의견은 묻지도 않는군요?

장군 뭐 있다면 말해 보구려.

부인 있으나마나 상관 없으시다 그거잖아요?

신사 저어…… 안될 이유라도 있으십니까?

부인 아뇨. 찬성이에요. 단 하루라도 더 이상 늦췄다가는 또 무슨 일이 벌어질지 모를 지경인 걸요.

신사 (더 지체할 것 없다는 듯이 서두르며) 그저 몸만 가면 되겠습니다. 모든 건 단 한 시간 만에 끝날 테니까요. 자, 그럼 모두 나갑시다! (문 밖으로 나가려다가 다시 되돌아 와서) 아 참! 자네 그 다리 정말 다친 건가?

장군 (굉장히 아픈 것 같은 시늉) 정말 다친 거네.

신사 그럼 가족과 여기 있게. 우리가 준비해 놓고 곧 데리러 오겠네.

신사와 청년, 퇴장한다. 장군은 그들이 나간 다음 일어나서 다리에 감겼던 붕대를 푼다. 다리가 자유롭게 움직여진다.

장군 멀쩡하군!

부인 그런데도 왜 정말 다치셨다고 신음소릴 내셨어요?

장군 그 친구가 이 사실마저 알아 봐! 내 체면이 뭐가 되겠소? 그 어떤 전쟁터에서도 손가락 하나 다치지 않았었던 영웅이, 맙소사, 이런 꼴을 당하다니……. (시험 삼아 의자를 걷어찬다.) 기가 막히는군!

미장이 (안절부절 못하다가 달아나 버린다.)

부인 당신은 오직 당신 명예만 생각하시는군요?

장군 나의 영광스런 생애에 먹칠을 한 거지!

부인 스페인 황소는요? 그 여자 생각은 왜 안 하시는 거죠? 기가 막히는 건 오히려 저라고요. 황소에 대해서 어쩌고 하면서, 날 따돌려 놓고 자기들끼리만 좋아지내더니…… 이 이야길 장교 구락부에 가서 퍼뜨릴까요?

장군 (하늘을 우러러 탄식하며 울상을 하고) 하나님 맙소사! 이젠 평생을 마누라 손에 쥐어 지내게 되었습니다!

부인 여보, 차렷 하세요!

장군 (울상을 하고 차렷 자세를 취한다.)

부인 기적이군요!

장군 기적? 그 여자 말이 맞긴 맞는군! 나에게 무슨 기적이 일어날 거라더니 하필 이런 것이…….

부인 우향 우! 좌향 좌! 앞으로 갓! 장군, 조용히 우리들 철수의 짐을 꾸리세요.

장군, 자기 방 쪽을 향해 일직선으로 퇴장한다.

부인 너의 아빠가 내 말에 고분고분 따르시기는 이번이 처음이구나! 얘, 너도 결혼해 봐라. 그럼 알겠지만 말이다, 남편이란 저렇게 잡아 두어야 한다. 그렇지 않았다간 나처럼 매사에 따돌림만 당하고 서러움을 겪지. 아무튼 잘 됐구나. 이젠 스페인 황소 이야기만 꺼냈다 하면 저런 기적이 일어날 테니! 그래! 만사는 앞으로 잘 될 거야. 너도 그렇지? 그동안 우여곡절을 겪긴 했다만, 너도 이젠 제대로 임자를 만난 것 아니겠니?

처녀 (곧 울음이 터질 듯한 얼굴을 하고 있다.) 어머니!

부인 참 잘 생겼더라, 그 청년. 키도 크고…….

처녀 도무지 그를 사랑할 것 같지 않아요!

부인 (처녀를 감싸 안으며) 사랑? 사랑이란 해 보기 전엔 모르는 거란다. 그건 먹어 보고나서야 아는 음식 맛처럼, 다 겪고 나서야 사랑이었는지 아니었는지 판가름 되는 거야. 그러니 내 말을 들어라. 남자라는 건 잘 잡아야 한다. 잘 생긴 남자, 돈 많은 남자, 혈통 좋은 남자를 붙들어야 해. 얘, 울지 마라. 나도 너 같은 처녀 때엔, 그런 소릴 들으면 역겨워 했었단다. 사랑은 아름답고, 무슨 꿈 같고, 비 오는 날 환상 같고, 그런 것이어야 한다고 생각들 하지. 그렇지만 어디 현실에서도 그럴 수 있겠니? 넌 참 그래도 다행인 줄 알아라. 대부분 현실이 꿈보다는 못 생긴 얼굴을 내밀지만, 너의 현실은 돈 많고 제법 잘 생긴 얼굴을 내미는구나.

처녀 싫어요! 그런 얼굴은 싫어요!

하숙집 여주인이 들어온다. 그녀는 죄를 지었다는 듯이 가까이는 오지 못한다.

여주인 부인, 말씀을 좀 드릴 수 있을까요?

부인 (격식을 차리는 냉정한 태도로) 네, 말씀하세요.

여주인 비가 오는 동안엔…… 저희는 그럴 수밖에 없었답니다.

부인 아, 그렇겠지요.

여주인 폐를 끼친 건 진심으로 사과 드려요.

부인 너무 미안해 하실 건 없어요. 하지만 내 딸의 진짜 신랑에게 붙들리지는 마세요. 특히 당신 아들은 미리 조심해 두는 편이 좋겠어요.

여주인 감사합니다, 부인. 그리고 아가씨……. (몇 걸음 다가와서 호소하며) 부탁이 있습니다. 한 아들을 가진 어미로서, 제가 드리는 이 부탁을 거절하지 말아 주세요. 비가 오던 나날, 사실 저희들은 따님께 잘못을 저질러 놓았어요. 그렇지만 비가 그치면 장군님 가족들을 보내드려야 하고, 아무도 그걸 막을 수 없다는 건 알고 있었죠. 다만 제 아들만이 아직도 그걸 모르고 있다면 믿어 주실까요? 그 앤 그래요. 아직 철부지랍니다. 모든 나날이, 비 오는 날 다르고 비오지 않는 날 다르다는 걸 분별할 줄 몰라요. 정말 자기 자신이 장군의 따님과 결혼할 수 있다고 믿고 있어요. 아가씨가 떠나고 나면, 그 애는 깊은 마음의 상처를 입겠지요.

부인 안 됐군요.

여주인 어미로서 저의 가슴은 찢어지곤 했었죠. 비가 개고 해가 뜨며는…… 제 아들의 꿈 같은 것, 그 부질없이 꾸며 놓은 것, 비록 아름답지만 불가능한 그것은 끝나고 말리라는 걸 알았어요. 그래서 부인, 아가씨, 부탁이란 이런 거예요. 마침 제 아들은 거리에 나가고 없답니다. 그 애가 모르는 사이 떠나 주세요.

부인 우린 지금 떠날 거예요.

아들, 정문으로부터 명랑하게 들어온다.

아들 거리 구경을 가지 않겠어요? 굉장들 하거든요. 날씨는 좋고, 물 빠진 거리마다 사람들이 즐거웁게 몰려나오고 있어요. (처녀에게 자기의 손을 잡도록 내밀며) 아가씨, 함께 가실까요?

부인 (여주인에게) 아주머니, 유감이지만 그 부탁은 못 들어 드릴 것 같군요. (아들을 떼 놓는다.) 갈 테면 혼자서 가지! 내 말 들리나? 그따위 걸맞지도 않는 옷이나 입고 건드렁대면 뭐 우리 딸이 넘어갈 것 같던가?

여주인, 아들을 데리고 자기 방으로 들어간다.

처녀 어머니, 그렇게까지 하실 필요는 없잖아요!

부인 난 좋아서 그런 짓을 한 줄 아니! (처녀를 와락 껴안으며, 깊은 애정으로) 잔인한 것 같지만 그래야 맑은 날 우리는 살아갈 수 있어. 되지도 않을 것, 그런 것을 붙들고 있으면 뭘 하겠니? 이젠 맑은 날인데 빗방울 떨어질 것 같니?

처녀 맑은 날에도 빗방울은 떨어져요!

부인 억지소리 좀 그만 두렴. 만약 그렇다면 소원 못 이룰 사람 없겠고, 우선 나부터도 그런 소릴 마음껏 해 보겠다. 자, 이리 앉아라. 우리 냉정하게 생각해 보자. 비록 눈물을 흘리고 있을 때에도, 나 자신이 지금의 내 인생에서 손해를 보고 있는가 아니면 이익을 보고 있는가 계산해 볼 줄은 알아야 한다. 이 에미가 너를 볼 때에는 너는 손해난 건 하나도 없어. 꿈같은, 그런 사람도 만나보지 않았니? 그리고 현실적인 그런 사람도 나타났고. 계산해 봐라. 둘다 너에겐 이익이야. 사람들은 그 둘 중에 하나만 이익을 봐도 자기의 인생을 위로하곤 하는데, 넌 뭐니? 너무 욕심이 많구나. 둘 다 가졌으면서 뭐다 손해봤다는 듯 투정대진 말아라.

장군, 옷꾸러미 하나를 들고 나온다.

장군 이건 어떻게 해야겠소? 그애의 혼례복인데…….

부인 입혀야지, 어떻게 해요.

처녀 저는 절대 입지 않겠어요!

처녀, 식탁 쪽으로 물러간다. 부모들이 붙들려고 한다. 그녀는 식탁을 반 바퀴 돌아서 반대쪽으로 가버린다. 부모들이 뒤따라간다. 그녀는 다시 반대쪽으로 가서 선다. 그들은 서로 대치 상태로 들어간다. 부모들은 그녀를 설득시키기 위해 온갖 말로써 달래기도 하고 위협도 한다.

장군 설마, 너 반대하는 건 아니겠지?

부인 그랬다간 넌 우리 딸이 아니야! 좋은 말할 때 고분고분 들어라.

장군 우리들 체면도 생각해다오. 이 아빠는 친구 간에 의리 없는 놈이라고 평생 욕 들을 거고, 너의 엄마도 어디에 얼굴을 들고 다니겠니? 딸 하나 있는 걸 어찌 가정교육해 놨기에 그 모양이냐고 할 것 아니겠니?

부인 뭐 우리야 그렇다 하더라도 너는 어떻게 될 것 같니? 모든 걸 우리 합리적으로 생각하자, 응? 여보, 당신이 말해 보세요. 오늘 저 애가 결혼하면 얻을 수 있는 행복들을 그것들을, 낱낱이 들려 주세요.

장군 첫째, 너를 우리의 딸로서 인정해 주마.

부인 잘 들으렴. 넌 그걸 우습게 여길지 모른다만, 그거야말로 세상 살아가는 데 첫 번째 조건이지.

장군 다음 너는 아내라는 확고한 지위를 갖게 된다.

부인 상당히 좋은 자리란다. 남편이란 아내를 먹여 살리기 위해 온갖 수단과 방법을 가리지 않는단다. 그건 진리야.

장군 다음 세 번째, 너는 우리의 유산을 상속받게 된다.

부인 알겠니? 가장 중요한 거야.

장군 물론 내 친구도 같은 약속을 했다. 수십 개의 방에서 하인들을 거느리고, 겨울에도 여름 과일을 먹으며, 수영장이 달린 넓다란 정원을 생각해 봐라. 그건 모든 여자들이 갖고자 하는 현실, 부모들이 자기의 자녀에게 이뤄 주고 싶은 현실이지. 전쟁이란 것도 뭐겠니? 그런 현실을 지켜 주기 위한 싸움에 지나지 않는다. 수십 만의 군대가, 수천의 장군들이 목숨을 걸고 맞붙어 싸운다. 벌판에는 시체로 가득해진다. 다 무엇을 위한 거냐? 너 같은 처녀, 사랑스런 딸, 그런 여자들의 현실적인 행복을 위해 목숨을 바치는 거야. 한낱 꿈 같은 것을 위해 생명을 거는 병사는 없다. 그런 건 대포 한 방이면 박살이 나지. 얘야, 잘 들어! 너의 아빠인 내가, 여기에 군대라도 이끌고 와서 대포를 세워 놓고 네가 지키려는 꿈을 공격해야만 항복하겠니? 그래야만 꼭 너는 항복하겠어?

부인 (처녀에게 다가가며) 더 버텨봐야 소용 없잖니? 너의 꿈 같은 남자는 어디론가 들어가서 다시 나올 엄두도 내지 않는 구나. (혼례복을 내보이며) 예쁘잖니? 이걸 입어라. 너를 위해 마련해 두었던 거야. 지금 결혼식 준비가 되어가고 있을 텐데, 넌 내가 거들어 주마. (딸의 손목을 잡고 작은 방으로 데려가며) 옷도 입혀 주고, 화장도 도와 줄께.

부인과 처녀, 퇴장. 장군만이 남는다. 잠시 침묵. 그는 새삼스럽다는 듯이 붕대를 감았던 다리를 들고 흔들어 보더니, 다시 옆에 있는 의자를 걷어차 본다.

장군 멀쩡하군!

분장사 (소리) 축하합니다. 장군님의 다리가 완쾌되신 것을…….

장군 (사방을 둘러보며) 누구요?

분장사, 그는 지붕 위에 엎드려서 뚫린 구멍에 대고 아래를 향하여 말하고 있다. 그래서 그의 목소리는 울려퍼지는 듯한 효과를 내고 있다.

분장사 꿈입니다.

장군 그 엉터리 수작 좀 집어치우지!

분장사 장군, 장군께서는 말씀하셨습니다. 그 어떤 병사도 한낱 저희 같은 꿈을 위해 목숨을 걸지 않는다구요. 그 말씀은 맞습니다. 그렇지만 그 어떤 병사도 저희들을 구둣발로 걷어차지는 않습니다. 장군, 지금 저희는 당신 앞에 나타나려 합니다. 하지만 장군께서 병사도 하지 않을 짓을 하실까 봐 겁이 나는군요. 약속해 주시겠습니까? 만약 저희가 나타나더라도 그 완쾌하신 다리를 너무 무리하게 쓰지 않으시겠다구요?

장군 (발로 마룻바닥을 쾅 울리고 나더니) 좋소. 약속하지.

분장사 감사합니다.

두 자매를 비롯해서, 칠장이, 땜장이, 미장이, 분장사가 각기 숨어 있던 곳에서 나와 일렬로 나란히 도열한다. 그들은 예전에 입었던 대로의 꾸밈 없는 모습이다. 잠시 침묵. 대치 상태에서 장군이 그들에게 경고한다.

장군 제군들, 제군들이 저질렀던 과오는 마땅히 벌을 받아야 할 거요. 내가 그것을 요구하기만 한다면, 제군들은 재판에 회부될 수도 있소. 모두 감옥에 들어갈 거란 말이요. 알겠소?

분장사 용서하십시오, 장군. 그렇지만 저희들이 감옥에 들어가 있게 된다면 세상은 무슨 꼴을 할 것 같습니까? 세상은 지금 엉망진창입니다. 저희들이 수리를 해야 하고, 다듬어야 하는 겁니다. 미장이는 무너졌던 벽을 다시 쌓아 올려야 하고 칠장이는 다시 곱디곱게 칠을 해야 하며 땜장이는 뚫렸던 구멍을 다시 때워야 할 같습니다. 이 세상이 저희들을 필요로 합니다. 장군, 아무도 저희들을 감옥에 집어 넣을 수 없습니다.

아시겠습니까?

장군 참 만만치 않군, 당신들!

하숙집 사람들 고맙습니다.

장군 비 오던 날들, 그 모든 일은 불문에 붙이겠소. (그러나 너무 억울한 듯 이맛살을 찌푸리며) 하지만 당신들은 너무 지나칠 만큼 내 돈을 뜯어 갔단 말이요. 매일 밤마다 잔치를 벌였으며, 먹고 마시고 그리고 입는 것마저 모두 내 돈주머니에서 나간 거지. 특히 냉천인가, 그 맹물에 대해서는 터무니없이 비싼 대가를 치뤘었소. 그건 되돌려 줄 수 없겠소?

언니 스페인 황소 이야기는 무료로 해드렸는데요. 그 값을 내시겠어요?

장군 음…….

언니 (동생의 어깨를 양손으로 짚으며) 장군의 사위라고 나타난 남자를 위해, 저의 동생이 참고 있는 마음의 아픔은 그 아픔의 값은 또 어떻게 해야 할까요?

장군 그건 무슨 소리요?

동생 아무것도 아닙니다, 장군님. 값을 정할 수 있을까요, 누굴 위해 드리는 마음을? 그건 셈할 수도 없는 거고요. 그래서 그건 아무것도 아닌 거예요.

땜장이 장군님, 저희들 마음만은 다해 드렸습죠.

미장이 몸으로도 보살펴 드렸구요.

칠장이 그걸 모르시겠어요?

장군 (잠시 침묵) 알고 있네.

언니 기억해 주시겠어요, 저희들을?

장군 (고개를 끄덕이며) 그럼 잊을 리가 있겠소?

하숙집 사람들 감사합니다, 장군님.

장군 내 딸이 오늘 결혼식을 하오. 초대하고 싶은데 모두들 와 주겠소?

분장사 저희들도 오늘 결혼식이 있습니다. 장군님을 모시고 싶은데요, 참석하시겠습니까?

장군 누가 결혼을 하는데?

분장사 이 싸구려 하숙집의 아들이지요.

장군 그 되먹지도 않은 가짜가 오늘 결혼을 한단 말이요?

분장사 그렇습니다. 장군의 따님과 하게 됩니다.

장군 (발칵 성이 나서) 뭐요?

하숙집 사람들 저희들 소망입니다.

장군 소망? 당신들의 소망이라고? (어처구니 없다는 듯이) 하늘 좀 쳐다보지! 하늘이 어떻게 달라졌나 보란 말이오…….

아름다운 혼례복을 입은 처녀와 부인이 나오다가 이 광경을 바라본다.

장군 여보, 아직도 꿈같은 소릴 하고 있군!

하숙집 사람들 (처녀를 보자 더욱 소리를 높여) 저희들 소망입니다!

분장사 아가씨, 오늘 결혼식 주례는 제가 맡아 드리지요, 비록 몇 안 되기는 하지만 저 열렬한 축하객들도 있고, 간소하긴 하나 식장으로서 이 하숙집은 손색이 없습니다. 아가씨, 결혼은 누구와 하는 겁니까? 사랑의 확신이, 그 확신이 있는 사람끼리 하는 것 아닙니까?

처녀 모두 꾸민 거예요. 사랑도 지어낸 거고요. 확신이란 것도 한낱 어리석은 장난이죠. 자, 이젠 됐어요? 왜 모두들 저를 칭찬해 주지 않으시죠? 저는 이제 모든 걸 똑바로 볼 줄 안답니다. 비 오는 날과 비가 오지 않는 날을 가려낼 줄 알고요, 그 각기 다른 날씨에 따라서 제 자신을 바꿔 갖는 재주도 부릴 줄 안답니다. 저런 날엔 저렇게, 이런 날엔 이렇게, 적당히 바꿔가며 살 수 있어요. (하늘을 향하여 간절하게) 제발 저를 불쌍히 여겨 주세요! 저는 앞으로 살아나갈 모든 날들이 두렵습니다! 결혼이란 이런 걸까요? 확신을 주세요. 날씨에도 변하지 않는 확신을…… 오 이 맑은 날 저에게 한 방울의 비를 내려 주세요.

침묵.

처녀 비를 주세요!

하숙집 사람들 저희들 소망입니다. 비를 주십쇼!

하숙집 여주인과 아들이 나온다. 아들은 긴 자루가 달린 걸레를 든, 본디 예전의 모습을 하고 있다.

여주인 여기, 꾸미지 않은, 참 모습의 제 아들을 보여 드립니다.

아들 (처녀에게) 아가씨, 나는 언제나 나 자신입니다. 비가 올 때나, 오지 않을 때나, 난 그대로 나예요. 내가 날씨에 따라서 변하는 사람 같습니까?

처녀 (고개를 가로 저으며) 아뇨!

아들 우리 가문엔 그런 사람이 없어요. 우리 아버지는 훌륭한 분이시죠. 사람들을 홍수 속에서 구해내셨고, 어머니는 이 집을 평생토록 꾸려 오셨어요. 앞으로 나도 마찬가지죠. 날씨하고 상관없이 사람들을 위해서 아늑한 집 한 채는 있어야 해요. 아가씨, 이것보다 더 좋은 일이 있을 것 같아요?

처녀 아뇨!

아들 아가씨, 나하고 결혼하여 주세요.

처녀 (여전히 고개를 가로저으며) 아뇨!

아들 우린 결혼해서 이 집을 이어가는 거예요.

처녀 아뇨!

아들 아, 왜 아니라고만 하시죠?

처녀 이 맑은 날 비가 오며는, 저는 기꺼이 네라고 말씀 드리죠.

신사와 청년이 황급하게 들어온다.

청년 준비가 다 되었습니다.

신사 (장군에게) 보면 자네 놀랄 거네.

청년 신속 정확입니다.

신사 시장님도 주례를 승낙하셨다네.

청년 식장은 온통 꽃으로 뒤덮어 놨어요. 비둘기 떼도 갖다 놓고요. 그건 결혼식을 할 때에 하늘로 날아 올랐다가 일곱 바퀴 반을 돈 다음 땅에 내려오도록 잘 훈련받은 거지요. 사람들도 지금 떼를 지어 몰려 오는 중입니다.

신사 (부인에게) 이 도시가 생긴 이래 처음일 겁니다. 아무튼 아주 성대한 결혼식이 될 거예요. 한 가지 좀 염려스러운 점이 있다면…….

청년 네, 날씨가 좀 염려스럽죠. 뭔가, 심상하지 않는 구름 하나가 이 도시의 상공을 맴돌고 있거든요.

처녀 구름이요?

청년 네. 그래서 관상대에 문의해 보지 않았겠어요?

처녀 아, 뭐라고 그래요?

청년 염려할 것 없다는군요. 오늘 날씨는 소나기가 올 거라고 뭐 그 정도랍니다.

하숙집 사람들 (환성을 지른다.)

청년 아가씨, 그럼 저와 결혼식장으로 가실까요.

처녀 (고개를 힘차게 가로저으며) 아뇨!

아들 그럼 우리 결혼할까요?

처녀 (힘차게 고개를 끄덕인다.) 네, 하고 말고요.

아들과 처녀, 손을 맞잡고 분장사 앞에 가서 선다. 하숙집 사람들은 감격적인 환성을 그치지 않는다. 분장사가 조용해 주기를 당부한다. 그들은 모두 축복하려는 경건한 자세로서 아들과 처녀를 지켜본다.

신사 이거 어떻게 된 건가?

장군 (부인을 가리키며) 우리 마누라님께 물어 보게. 스페인의 황소들 때문에 난 아무 결정권도 없다네.

분장사 (아들과 처녀에게) 보라, 그대 속에 우리 모두가 들어 있도다. 그대의 얼굴에서 우리의 얼굴이 보이고, 그대의 웃음에서 우리의 기쁨이 되살아나며, 그대의 한숨에서 우리의 슬픔이 되살아나는도다. 그러므로, 이제 우리는 아무것도 두려워 하지 않노라, 죽음마저도, 다시 살아나기 위한 잠시의 과정일 뿐이도다. 시간은 흘러가는 것이 아니라 멈춰있으며, 다만 우리들 자신이 그 시간 속에 나타났다가는 사라지고, 사라졌다가는 나타나노라. (아들에게) 그대 하숙집의 아들이여, 자랑스런 아버지와 어머니의 자손이여, 그대는 우리들 앞에서 이 여인을 맞이하여 그대의 영원한 아내로 삼고자 하는가?

아들 네.

분장사 그대 아리따운 처녀여, 세상에 태어나서 진실로 사랑하는 사람 만나기가 그 얼마나 어려운지 알고 있는가? 보라. 무릇 사람들이 되살아나서 그대를 향하여 다가왔으나, 오직 한 사람, 그대 사랑하는 사람이 여기 있도다. 그대는 이 남자를 맞이하여 우리들 앞에서 영원한 남편으로 섬기고자 하는가?

이 광경을 바라보고 있던 청년, 성큼성큼 자매의 동생에게 와서 묻는다.

청년 내가 혼자서 살 것 같습니까?

동생 아뇨.

청년 아버지가 반대를 한다고 해서 당신하고 결혼을 포기할 것 같습니까?

동생 아뇨.

청년 그럼 나하고 결혼하여 주십시오.

동생 네, 기꺼이 하고 말고요!

신사 너 미친 거냐, 갑자기?

청년 이제서야 제 정신을 찾은 거지요. (동생의 팔을 끼고 분장사 앞에 가서) 자, 우리도 함께 맺어 주시오.

분장사 좋소. (두 쌍의 남녀에게) 죽음과 생명의 거듭됨 가운데, 그대들은 가장 영원한 언약을, 결혼의 언약을 맺었도다. 이로써 우리는 그대들을 축복하노라.

비를 주제로 한 음악이 들려온다. 빗방울이 떨어지듯이, 그 음악은 시작된다. 두 쌍의 신혼부부, 그리고 하숙집 사람들, 여기에 별도리 없이 축하객이 되어버린 장군과 부인, 신사, 그들 모두가 손을 맞잡고 춤을 추는데, 우산을 받쳐든 전당포 영감이 하숙집 사람들의 물건들을 큼직한 자루에 넣어 둘러메고 들어온다.

전당포 영감 비가 내린다네! 여보게, 이 너절한 것들일랑 다시 전당포에 맡기지 그래?

아들 자, 우리 모두 거리로 나가요!

음악, 고조된다. 모든 사람들이 손에 손을 맞잡고 비가 내리는 거리로 뛰어 나간다. 그들이 목청껏 외치는 환성이 울려 퍼지며 막은 서서히 내린다.

— 막.

개뻘

· **등장인물**

니임

노옴

그이

여인

무리들

· **무대**

단을 약간 높이 쌓아 관객들이 연기자의 발 움직임까지 잘 볼 수 있게 할 것. 이 단은 정사각형. 가로와 세로의 길이는 약 20자 정도. 이 단은 제단과 흡사하다. 단 위에는 고정되지 않는 입대를 올려 놓고 장면에 따라 이동해 가며 적절히 사용할 것.

· **의상**

삼베와 같은 직물로 만든 옷을 입을 것. 니임은 자색, 그이와 여인은 백색, 그밖에 인물들은 회색. 니임은 그 오른 손에 굵고 큰 반지를 낄 것.
그리고 많은 가면들이 필요하다. 똑같은 판에 박아낸 가면들, 크고 길쭉하게 생겼으며, 무표정한 모습이다. 이 가면과 함께 굽이 매우 높은 신을 사용할 것.

· **내용**

반복되는 음악.

텅 빈 공간에 무리들이 나타난다. 이 무리의 행렬은 같은 표정들(가면들)을 지녔다.

니임은 그 무리를 인솔하고 지배한다.

니임은 아버지처럼 자상하게 무리에게 걷고, 달리고, 앉고, 서는 여러 가지 기본적인 동작들을 가르친다.
노옴은 이 무리와 함께 보조를 맞추고자 애를 쓴다.
노옴의 서투름은, 무리로부터 경멸을 받고, 니임의 꾸지람 대상이 된다.
니임은 몇 가지 신호를 마련한다. 예를 들어 발을 구르며 그것은 걸으라는 뜻이 된다. 이 신호는 굉장한 능률을 가져온다. 이런 신호들에 익숙해질 때까지 무리들을 가르치고 나면 그 다음 무리들의 동작은 지극히 자동적이다. 언제든지 니임이 신호를 하면, 무리들은 그의 뜻대로 움직인다. 그러나 니임의 신호를 못 받으면, 이 무리들은 어찌할 바를 몰라 한다.
무리들이 행렬을 지어 움직일 때, 노옴은 그들의 맨끝이다.
노옴은 홀로 된 외로움을 안다. 두렵기까지 하다. 어서 그 무리들의 움직임과 똑같이 될 수 있도록 바란다. 그는 혼자서 그들의 동작을 복습해 보기도 한다.
노옴은 굽이 높은 신발을 신지 못했다. 같은 옷과, 같은 가면을 가졌으면서도, 그는 키가 작고, 더구나 그의 불행은 무리의 행렬에서 제외된 인간이라는 데 있다. 그는 무리들로부터 냉대받고 조소의 대상이 되기도 한다.
노옴은 슬픔이다.
노옴은 광대이다.
노옴은 무엇보다도 홀로 된 인간이다.
노옴은 니임과 무리들에게 연결되고 싶어한다.
이 목표는 잘못되어 있는지도 모른다. 그렇지만 이 잘못은, 그가 가면을 쓴 세계에 있어서는 그 목표의 달성만이 그에게는 유일한 살 길이다.

영원한 리듬이 반복된다.

어듬.

한 줄기의 밝은 빛.

입대 위에 여인이 서 있다. 머리에서부터 몸을 지나 입대를 덮고, 무대에까지 이르는 백색의 흘러내림.

그 여인은 한 생명을 예언 받는다.
잉태.
입대에서 내려오는 여인.
격렬한 진통과 해산.
격렬함과 정지, 그리고 또한 정지와 격렬함.
외침, 커다랗게 부르짖는 외침이 있다.
?태어났다.
태어났다.
태어났다.?

어두운 공간.
한 줄기 빛, 입대 위를 비춘다.
입대 위에 그이가 보인다. 태아처럼 그이의 육신은 둥그렇게 뭉쳐져서 웅크리고 있다.
음악, 그러나 그이가 이 음악의 리듬에 따라 조금씩, 조금씩, 벌어지는 꽃잎처럼 손을 펴고 발을 펼 때에, 그 리듬은 이제 예전의 그것이 아닌, 새롭게 들려 온다.
펴지는 손과 발.
웅크렸던 허리가 꼿꼿해지며, 마침내 그이의 머리가 드러난다.
얼굴이다.
가면이 없다.
눈이 있다. 코가 있다. 입이 있다.
그이는 표정, 그 표정이다.
감정이 있고, 그 무엇보다 그이의 얼굴은 인간의 얼굴이다.

그이는 입대에서 일어선다.
그이는 내려와 걷는다.
그이는 선회한다.
그이는 가면의 행렬과 곳곳에서 마주친다.
그이에게는 굽이 높은 신이 없다.
그이의 맨발은 선명하다.
그이의 얼굴은 그 맨발보다 더 선명하다.
그이의 얼굴에서는 생각이 보인다.
그이의 얼굴에서는 기쁨과 슬픔이 보인다.
그이의 얼굴에서는 고독이 보인다.
그이의 얼굴에서는 사랑이 보인다.
그리고 이것이 모두 표정이다.

무리들 행렬의 맨 끝에서 노옴은 그이를 본다.

그이는 노옴을 본다.

그이와 노옴은 서로 다가간다.
이리하여 그 둘은 만난다.
노옴은 그이의 가슴과 어깨를 만져 보고, 마침내는
그이의 얼굴을 만져 본다.
그이도 노옴의 가슴을 만지며, 어깨를 만지며
딱딱한 가면을 만진다.
노옴은 호소하고,
그이는 노옴의 가면을 벗긴다.

이제, 공간에는 얼굴을 가진 두 존재가 마주한다.
그 둘은 함께 걷는다.
그 둘은 달린다.
그 둘은 드높이 도약한다.
그 둘의 움직임은 모두 새롭다.
그리고 그 모든 움직임은 자유이다.
노옴은 홀로가 아니다.
노옴은 함께 있다.
노옴은 즐겁다.
노옴은 자기 얼굴을 가졌다.
노옴은 눈이 있다. 코가 있다. 입이 있다.
노옴은 표정이 있다.
노옴은 자기 얼굴이 노옴의 얼굴이라는 것을 안다.
노옴은 자랑스럽다.
노옴은 무리에게 자랑스런 얼굴을 보여주고 싶다.

음악은 계속되고 있다.
같은, 언제나 같은 리듬이다. 그런데 무리들이 니임의 지시에 따라 움직이자 이 리듬은 불길하게 들린다.
니임은 불안하다. 획일적인 움직임에서 벗어나 있는 노옴과 그이의 자유로운 동작이 무리에게 끼칠 영향을 두려워한다.
무리들의 수많은 손과 수많은 발이, 그리고 수많은 가면들의 행렬이 그이와 노옴의 사이를 가르고 들어온다.
무리는 노옴을 포획한다.
무리는 노옴에게 예전처럼 자기들의 세계 속에 예속되기를 요구한다.
노옴은 바라본다.
가면의 행렬 저 너머에 그이가 있다.
노옴은 무리를 뿌리치고, 그이에게 다가가고자 한다.
니임은 무리에게 그 행동을 제지하도록 명령한다.
무리는 명령에 따른다.
노옴의 팔이 그들에 의해 굴절된다.
노옴의 발이 접힌다.
노옴은 웅크린 몸이 된다.
그이가 노옴에게 다가온다. 그이가 굴절된 노옴의 팔을 펴고, 접힌 발을 펴게 한다.
니임은 분노한다.
그러나 노옴의 회복되는 모습을 본 무리들은 니임의 명령에 회의를 품는다. 획일적인 행렬이 뒤틀리고 가면들이 소란스럽게 흔들린다.
니임은 무리들의 획일적인 메커니즘을 이용하여 그들에게 질서를 명령하고, 다시 자기에게 복종하기를 요구한다.
니임은 이제 무리들의 앞에 섰다.
그들은 분노하여 행진한다.
니임은 이 공간으로부터 그이를 제거하고자 한다.
무리들은 그이를 사로잡는다.
무리들은 그이를 니임 앞에 내세운다.
니임은 그이의 얼굴을 바라본다. 이 표정이 있는 얼굴은 도저히 용납할 수 없는 것이다.

니임은 가면을 내놓는다. 그리고 그이에게 쓰도록 명령한다.
무리들은 그이에게 어서 가면을 쓰도록 재촉한다.
그이는 얼굴을 가졌다.
그이는 얼굴을 가지고 태어났다.
그이는 가면을 단호히 거부한다.
니임은 무리들에게 그이를 붙들게 하고, 강제로 가면을 그이의 얼굴에 씌운다. 그리고 본보기로서 그이의 처형을 지시한다.
무리들은 만족한다.

음악은 여전히 계속된다.
공간, 그 자체가 십자가이다. 입대 위 공간에 그가 처형된다.
허공의 양쪽 끝, 못 박히듯 그의 손이 꿈틀거리며 경련을 일으킨다.

니임은 날카로운 창끝으로 그이의 허리를 찌른다.
음악은 계속된다.

니임과 무리들이 도열해 있다.
노옴은 모서리진 구석에서 자리잡고 있다.
그이가 허공에 매달려 있다. 고통이 그의 심장을, 그의 가슴을 파고들어 온다. 그것이 그이의 육신을 활처럼 휘게 한 다음, 마침내는 축 늘어지게 한다.
고정된 양쪽 팔, 그 손가락의 경련이 멈춘다.

침묵

공간은 어둠에 묻히고, 니임과 무리의 모습은 희미한 배경을 이루며, 두 줄기 빛이 그이와 노옴을 비친다.

음악은 언제나 같은 리듬으로 시작된다.
그러나 이 리듬은 차츰차츰 절정에 다다른다.
그이의 얼굴에 씌운, 무표정한 가면이 두 쪽으로 갈라지더니 뚝 떨어져 산산조각으로 부숴진다.
그이의 얼굴이 드러난다.
그이의 얼굴에서 눈이 보인다.
살아 있는 눈이다.
뜬 눈이다.
바라보는 눈이다.
노옴의 얼굴이 그이의 내려다보는 눈과 마주친다.
시선이 얽힌다.
공간에는 두 개의 얼굴, 서로 시선이 얽힌 얼굴이 있다.
음악, 그 리듬은 언제나 같이 들린다.

무리들의 가면들이 벗겨진다.
하나, 둘, 셋……
니임의 가면이 마지막 벗겨진다.

— 막.

이강백희곡전집 2

초　　판 1쇄 발행일　1985년 3월 5일
초　　판 6쇄 발행일　1998년 6월 30일
개정 1판 1쇄 발행일　2004년 4월 15일
개정 2판 3쇄 발행일　2017년 3월 20일

지 은 이　이강백
만 든 이　이정옥
만 든 곳　평민사
서울시 은평구 수색동 317-9 [202호]
전화: (02) 375-8571(代)
팩스: (02) 375-8573

평민사 모든 자료를 한눈에 –
http://blog.naver.com/pyung1976
이메일: pyung1976@naver.com

등록번호　제251-2015-000102호

ISBN　978-89-7115-618-6　04800

정 가　12,000원